대한민국 보수가 지켜야 할 가치

대한민국 보수가 지켜야 할 가치

| 복거일 지음 |

북앤피플

지금은 넋의 알몸을 드러낼 때다.

로런스 비년, 〈낙엽 태우기〉에서

서언

지금은 자신을 대한민국의 보수 세력에 속한다고 여기는 사람들에겐 깊은 성찰의 시간이다. "넋의 알몸을 드러낼 때다." 자신이 지지한 대통령이 도덕적 권위를 잃어서 직무를 제대로 수행할 수 없게 되었으니, 자신의 선택에 대해 겸허하고 정직한 마음으로 돌아보아야 한다. 그런 성찰은 지적 정직과 용기를 필요로 하는 일이어서, 어려울 뿐 아니라 괴롭다.

보수의 뜻

보수 세력의 성찰은 보수라는 개념을 또렷이 하는 일에서 시작되어야 한다. 우리가 일상적으로 쓰는 보수라는 익숙한 말은, 엄격하게 따지면, 무엇을 뜻하는가?

보수(保守)는 보존(保存)과 수호(守護)를 뜻한다. 보수라는 말은, 그러나, 대상이 무엇인지 가리키지 않는다. 그래서 그 말이 쓰이는 상황에 따라 잇고 감싸는 대상이 결정된다. 이 점이 잊혀지면, 논의에서 혼란과 오류가 나온다.

사회적 차원에서 보수의 대상은 어떤 사회가 구성 원리로 삼은 이념과 체제다. 자유로운 사회들에서 보수는 자유민주주의 이념과 시장경제 체제를 잇고 감싸는 태도와 그런 태도를 지닌 사람들을 가리킨다. 1980년대 이전의 러시아와 같은 공산주의 사회에선 공산주의 이념과 명령 경제를 잇고 감싼 태도와 사람들이 보수라 불렸다. 북한에선 김씨 왕조 체제를 옹위하는 사람들이 보수고 중국에선 공산주의를 지지하는 사람들이 보수다.

대한민국의 보수

이념을 논의할 때, 우리는 모든 이념들을 어떤 기준에 따라 하나의 스펙트럼에 배열하고 양쪽이 대체로 대칭적이라 여긴다. 학문적 논의에선 이런 관행이 정당화된다. 그러나 특정 사회의 맥락에서 이념을 다루게 되면, 이런 대칭은 무너진다. 어떤 사회든 특정 이념을 자신의 구성 원리로 삼기 때문이다. 그렇게 구성 원리가 된 이념은 정설(orthodoxy)의 지위를 차지하고 다른 이념들은 모두 이설(heterodoxy)이 된다. 그리고 모든 사회 기구들은 정설과 이설 사이의 비대칭을 공식화하고 강화한다. 시민이 되는 사회화의 과정에선 정설의 습득과 이해가 핵심적이다.

우리 헌법은 "자유민주적 기본질서"를 지향한다. 그래서 우리 사회의 정설은 자유민주주의(liberal democracy)다. 자유민주주의는 자유주의(liberalism)와 민주주의를 아우른 개념이다. 자유주의는 개인들의 자유가 사회에서 가장 중요한 가치며 개인들에 대한 사회적 강제는 되도록 작아야 한다는 이념이다. 즉 자유주의는 사회적 강제의 내용에 관한 것이다. 민주주의는 인민들 전체가 권력을 가진다는 이념이다. 그런 권력이 쓰일 목적에 대해선, 즉 사회적 강제의 내용에 관해선, 그것은 얘기하는 바가 적다. 따라서 그것은 인민들의 뜻을 제대로 반영하는 사회 구조와 의사 결정 절차에 관한 이념이다.

자유주의의 역은 전체주의(totalitarianism)고 민주주의의 역은 권위주의(autocracy)다. 그 두 체계들의 어느 쪽도 다른 쪽의 역을 꼭 배제하지 않는다. 그래서 민주주의가 전체주의적 권력을 휘두를 수도 있고, 권위주의 정부가 자유주의적 원칙들에 바탕을 두고 행동하는 것을 생각할 수 있다. 실제로 그런 경우들이 드물지 않았으니, 더할 나위 없이 전제적이었던 공산주의 정권들이나 민족사회주의(national socialism) 정권들은 민주주의를 내세웠고, 18세기 유럽의 '계몽 군주'들은 자유주의적 정책들을 폈다.

이런 사정은 우리 사회가 이념적으로 중립이 아니라는 사실을 가리킨다. 우리 헌법이 자유민주적 기본질서를 지향하므로, '보수' 또는 '우파'라 불리는 자유주의는 우리 사회에서 정통성을 지닌 이념이다. '진보' 또는 '좌파'라 불리는 사회주의, 사회민주주의, 공산주의, 민족사회주의와 같은 이념들은, 좋게 말해서, 대안적 이념들이다. 우리 사회에선 자유주의와 다른 이념들이 동등할 수 없다. 자유주의는 정설이고 다른 이념들은 모두 이설들이다.

좌파 이념을 따르는 지식인들은 이 점을 흐리려 애쓴다. 그들은 우파 이념과 좌파 이념이 동등한 대접을 받아야 하며 그렇게 하는 것이 사회에 좋다고 외친다.

그들은 "새는 좌우의 날개로 난다"는 비유를 즐겨 쓴다. 비록 그럴 듯하지만, 이 비유는 완전히 그르다. 새의 날개는 물리적 운동을 위한 물체다. 이념은 사회 조직에 관한 생각이다. 둘 사이엔 아무런 연관이 없다. 여기서 연관이 조금이라도 있는 것은 새의 날개를 통제하는 것은 새의 뇌며, 뇌가 둘로 나뉘어 움직이면, 새가 날지도 살지도 못하리라는 사실이다.

"심장은 왼쪽에 있다"는 비유도 자주 나온다. 고대 서양에선 감정과 인정이 심장에 깃든다고 여겨졌고 여러 언어들에서 심장은 감정과 인정을 가리키는 말이 되었다. 그런 사정에 기대어, 이 비유는 좌파가 우파보다 감정적이고 인정적이라고 암시한다. 좌우파라는 명칭은 프랑스 혁명 때 급진적 정파가 의회의 왼쪽에 자리잡고 보수적 정파가 오른쪽에 자리잡은 역사적 우연에서 나왔다. 그런 역사적 우연과 대부분의 사람들은 심장이 왼쪽에 있다는 생물학적 사실 사이엔 아무런 연관이 없다. (심장이 왼쪽에 있다는 점이 그렇게도 중요하다면, 심장이 오른쪽에 있는 사람들은 논의에서 제외되어야 한다는 얘기인가?) 게다가 이제는 누구도 심장이 감정과 인정이 깃든 곳이라 믿지 않는다. (인공 심장을 달면 감정이 사라지리라고 걱정하는 사람이 있는가?) 불행하게도, 이렇게 겹으로 그른 비유가 많은 지식인들을 붙잡은 덫이 되었다.

특정 사회의 맥락에서 이념을 다루게 되면 좌우파의 대칭이 무너지므로, 중도파란 말도 일상적 의미를 잃는다. 정설과 이설의 중간이라는 자리는 존재할 수 없다. 한 사회의 구성원들은 정설을 받아들여 보수의 일부가 되거나, 정설을 거부하고 이설을 받아들여 대체 세력이 될 수 있을 따름이다. 이념은 유기적 체계고 헌법은 정설이 된 이념에 바탕을 둔 연역적 체계이므로, 엄격하게 말하면, 정설을 선택적으로 받아들이는 것도 허용되지 않는다. 대한민국 국민들은 헌법의 규정들을 선택적으로 받아들일 수 없다. 우리가 받아들일 수 있는 이념적 편차는 우리 헌법에 구현된 정설 안에서의 그것이다.

보수와 보수주의 사이의 관계

위에서 강조된 것처럼, 보수는 정설을 잇고 감싸는 태도와 그런 태도를 지닌 사람들을 뜻한다. 여기서 정설의 내용은 문제가 되지 않는다. 우리 사회에서 보수가 자유민주주의와 자본주의를 잇고 감싼다는 사실은 우리가 "자유민주적 기본 질서"를 구현한 헌법을 지녔다는 사실에서 비롯한다.

자연히, 보수(conservatives)와 일반적으로 보수주의(conservatism)라 불리는 이념 사이의 관련은 본질적인 것이 아니다. 보수주의라 불리는 이념은 그것이 근대 서양 사회들에서 정설의 자리를 차지했었다는 역사적 사정에서 그런 이름을 얻었을 따름이다. 보수주의는 18세기에 유럽과 미국에서 체계를 갖추기 시작한 자유주의에 대한 반작용으로 나타났고 이념으로서의 모습을 갖추었다.

사정이 그러하므로, 보수주의와 자유주의는 서로 비슷하고, 둘을 명쾌하게 나누기는 어렵다. 게다가 미국에서 자유주의가 보수주의라 불리며 자유주의라 불리는 이념은 사회주의적 빛깔이 상당히 짙다는 사정은 이념적 풍경을 아주 혼란스럽게 만든다.

중요한 것은 어느 사회에서나 보수가 정설을 지지한다는 점을 기억하는 것이다. 그래서 우리 사회에선 보수가 자유민주주의와 자본주의를 잇고 감싸는 태도와 사람들을 뜻한다는 사실이 널리 인식되어야 한다.

박근혜 정권의 성취에 대한 평가

1) 국내 정치

지난 번 총선거에서 새누리당이 참패했다는 사실이 가리키듯, 박근혜 정권의 국내 정치에 대한 시민들의 평가는 낮다. 보수 시민들에겐 허망하게도, 박 대통령의 납득하기 어려운 정치가 '최순실 추문'의 한 부분이었다는 것으로 드러났다. 특히, 어지럽고 요령부득이었던 인사 행태는 현 정권의 도덕성을 허물었고 국정 전반의 부실을 낳았다.

다른 편으로는, 북한 공산당 정권을 추종하고 대한민국의 전복을 기도한 '통일진보당'을 검거하고 법원의 해산 명령을 통해 우환의 뿌리를 잘라낸 일은 높은 평가되어야 한다. 이명박 정권이 "이념을 넘어 실용으로"라는 구호를 내걸고 우리 사회의 가장 근본적 문제인 이념의 좌경화를 외면한 터라, 좌파 정권들이 물러난 뒤에도 우리 사회는 이념적 건강이 점점 악화되었다. 그런 상황에서 통합진보당의 해산을 수행한 것은 아무리 높이 평가해도 지나치지 않다.

대한민국을 헐뜯고 좌파 이념을 전파하는 중등교육 역사 교과서들이 우리 사회에 끼친 해독은 참으로 컸다. 그런 상황에 대한 처방인 '역사교과서 국정화'는. 비록 실행은 서툴렀지만, 역시 높은 평가를 받아야 한다.

2) 외교

중국이 초강대국으로 떠오르면서, 우리 외교의 중심적 과제는 중국의 점증하는 영향으로부터 독립성을 지키는 일이 되었다. 이 일에서 박근혜 정권은 비참하게 실패했다. 중국에 맞서려면, 미국과의 동맹으로 우리의 대항력을 늘려야 한다. 현 정권은 거꾸로 중국에 굴종하면서 중국의 환심을 사서 문제를 해결하려 했다. 이 어리석은 정책으로 우리는 중국에 업신여김을 당하고 미국으로부터는 믿을 수 없는 나라라는 평가를 받았다. 한미동맹이 미일동맹과 유기적으로 연결되었다는 사실을 놓치고 일본과의 관계를 소홀히 한 일도 아쉽다.

그래도 북한에 대한 국제적 제제를 강화하기 위한 선결조건인 '개성공단 폐쇄'를 단행한 것은 박 대통령의 큰 업적이다. 개성공단은 북한과의 관계만이 아니라 국내적으로도 여러 요소들이 복잡하게 얽힌 일이어서 대통령으로선 정치적 위험을 각오해야 하는 일이었으므로, 더욱 높은 평가를 받아야 한다.

3) 안보

주한 미군의 최종단계 고고도 지역방어(THAAD) 미사일 포대 배치는 좌파의 선동선전, 배치 후보 지역 주민들의 이기적 행태, 그리고 중국의 외교적 압력으로 어려움을 겪었지만, 현 정권은 꿋꿋이 추진해 왔다. 비록 THAAD는 작은 무기 체계지만, 그것의 배치가 무산되면, 한미동맹은 크게 약화될 수밖에 없다. 이 점에서 현 정권의 안보 정책은 높은 평가를 받을 만하다.

4) 경제

시장경제의 원리를 정면으로 거스르는 '경제민주화'를 대통령 선거에서 주요 경제 공약으로 내건 순간, 박근혜 정권의 경제 성적은 결정되었다. 경제민주화가 무엇을 뜻하는지 뒤늦게 깨닫고 그것의 실행을 슬그머니 중지했지만, 공식적으로 철회하지 않은지라, 경제는 불필요한 혼란을 겪어야 했다. 결국 우리 경제는 빠르게 활력을 잃었고 시민들의 삶은 점점 어려워졌다. 특히 젊은이들이 일자리를 찾기 어려워졌다.

생각해보면, 이런 경제 침체가 박 대통령이 맞은 위기의 근본적 원인이다. 살기 어려워지면, 민심이 사나워지고, 사나운 민심은 조만간 지도자에게로 향한다. 박 대통령에겐 '콘크리트 지지층'이 있다고 일컬어졌지만, 지지자들의 박 대통령에 대한 실망은 이미 오래 전에 그 콘크리트 구조물을 허약하게 만들어서, 가벼운 충격에도 무너질 지경이 되었었다. 만일 경제가 건실하게 성장하고 사람들의 삶이 지금처럼 어렵지 않았다면, '최순실 추문'이 그렇게 큰 폭발력을 지닐 수 있었을까?

박 대통령이 측근들과 불법 행위들을 '공모'했다는 검찰의 발표는 충격적이지만, 객관적으로 살피면, 현 정권의 잘못은 역대 정권들보다 심각한 것은 아니다. 측근들의 전횡에선 김영삼 정권이 현 정권에 못지 않았고, 측근들의 부패에선 김대중 정권과 노무현 정권이 훨씬 심했고, 대기업의 재산권의 침해에선 김대중 정권은 거의 사회주의 수준이었으며, 대기업들로부터 거둔 준조세는 현 정권이 가장 적었다. 대통령 자신의 불법 행위를 따지더라도, 북한 정권에 거액을 비밀리에 불법 송금한 김대중 대통령의 행위보다 더 중대한 불법행위가 박 대통령에 의해 저질러졌을 것 같지는 않다. 시민들의 마음이 박 대통령에게서 떠나도록 한 가장 큰 요인인 '외국인들의 눈에 비친 한국 대통령의 기괴한 모습이 너무 부끄럽다'는 사정만 하더라도, 마오쩌뚱을 존경한다는 노무현 대통령의 발언보다 더 부끄럽고 나라에 해로울 수는 없다. 그가 다 망한 북한군을 도우려 우리나라를 침공해서 한반도의 통일을 방해한 적국의 원수였다는 사실만을 가리키는 것은 아니다. 중국에 공산주의 체제를 강요하고 인류 역사상 가장 많은 사람들을 죽이거나 굶어 죽도록 만든 '괴물'을 존경한다니! 경제가 침체해서, 지지의 수위가 낮아지면, 배는 숨어 있던 온갖 암초들을 만난다.

'경제민주화' 공약을 빼놓고는, 현 정권의 경제 정책들은 거의 다 옳은 방향을 지향했다. 반어적으로, 이제는 그 사실이 이제는 문제가 된다. 현 정권의 정치적 역량의 부족에 '국회선진화법'으로 국회가 마비되었다는 사정이 겹쳐서, 현 정권의 경제 개혁은 청사진만 제시되었을 뿐, 실행된 정책들이 드물다. 이제 그런 개혁 정책들은 추문에 오염되었고, 가까운 장래에 다시 추진되기는 어려울 것이다.

5) 총평

이렇게 보면, 현 정권의 성취가 평소의 느낌보다는 상당히 크다는 것이 드러난다. 외교에서 중국에 대한 편향과 경제에서 경제민주화를 빼놓으면, 다음 정권이 그대로 이어받을 만한 정책들을 추구해왔다. 비록 능력이 부족했고 정치적 환경이 어려워서, 실제로 이룬 것들은 크지 않지만, 무능하다고 비난 받을 정도는 아니다.

따라서 현 정권의 정책과 성취를 박 대통령 자신을 둘러싼 추문으로부터 떼어놓는 것이 긴요하다. 벌써 현 정권의 정책들을 "최순실이 간여했다"는 주장으로 폄하해서 고사시키려는 시도가 나온다.

보수의 고뇌

4년 전 대통령 선거에서 박근혜 후보와 문재인 후보가 맞섰을 때, 박 후보와 함께 일해본 적이 있는 사람들은 이구동성으로 말했다, "안 되면 큰일이지만, 돼도 큰일이다." 보다 구체적으로, "박근혜가 되면, 보수가 망하고, 문재인이 되면, 나라가 망한다"는 탄식도 들렸다. 즉 보수는 '덜 나쁜 후보'를 뽑은 것이다.

이번 추문이 점점 커지면서, 나는 여러 번 자신에게 물었다, '지금 내가 아는 것들을 그때 알았다면, 나는 어떤 선택을 했을까?' 답은 늘 같았다. 박근혜 후보가 훌륭해서가 아니라 문재인 후보가 문제적이었기 때문에, 보수는 박 후보를 선택한 것이었다. 그리고 지금까지 나온 추문들에 더 기막히고 창피한 추문들이 더해진다 하더라도, 내 선택은 바뀌지 않을 것이다. 두 후보를 변별하는 여러 특질들 가운데 가장 핵심적인 것은 그때나 지금이나 안보에 관한 생각과 정책이기 때문이다. "문재인이 되면, 나라가 망한다"는 말이 그런 사정을 유창하게 드러낸다.

문재인 후보의 최대의 적은 자신의 언행이다. 가볍게 말하고 더

가볍게 말을 뒤집는다. 정치적 발언들이야 그렇다 치더라도, 단식하는 '세월호' 유족을 말린다고 나가더니 함께 단식에 들어간 일화엔 말문이 막힌다. 박근혜 후보가 4년 뒤 자율적 인격을 갖추지 못했다는 의심을 샀으니, 문재인 후보의 인품은 논외로 치더라도, 이념과 안보에 관한 그의 견해는 분명이 대한민국에 심중한 위협이 된다.

문재인 후보가 줄곧 노무현 대통령의 가장 중요한 보좌관이었으므로, 먼저 노무현 정권의 안보 정책을 살피는 것이 순서다. 휴전 이후 대한민국의 안보가 가장 불안했던 시기는 노무현 정권이 나라 살림을 맡았을 때였다. 기억하는가, 당시 떠돌았던 "적화(赤化)는 되었는데, 통일은 안 되었다"라는 절망적 농담을? 근자에 새삼 밝혀져 문재인 후보를 곤혹스럽게 만들었던 '국제연합의 북한 인권 결의안 기권' 문제는 이미 당시에 노무현 정권이 민감한 외교와 안보 문제들에 관해 북한 김정일 정권의 '지침'을 받았음을 섬뜩하게 보여주었다.

대한민국의 안보는 한미동맹이 토대다. 좌파도 그 사실을 잘 안다. 아니, 오히려 우파보다 더 깊이 인식한다. 그래서 노무현 정권은 한미동맹을 약화시키는 데 안보 정책의 초점을 맞췄다.

> 씁쓸하게도, [미국과 한국 사이가 소원해지도록] 만든 것은 우리 자신이다. 김대중 정권과 노무현 정권은 드러내놓고 미국에 대해 비우호적 태도를 보였다. 반미 감정은 조직적으로 키워졌고, 주한 미군에

관한 협상 과정에서 정부는 미국의 분노를 일부러 일으켜 철군을 유도하는 듯한 정책을 폈다. 북한 핵무기 문제를 다루는 '6자 회담'에서 한국은 근본적으로 북한의 입장을 두둔해서 미국의 발목을 잡았다. 심지어 미국이 제공한 군사 기밀들이 북한으로 유출되는 상황까지 나와서, 미국이 중요한 정보를 아예 한국에 제공하지 않게 되었다. 미국에 대한 이런 비우호적 태도는 미국의 부정적 반응을 불러서, 지난 10년 동안 미국도 한국에 대한 호감과 믿음을 많이 잃었다.

콘돌리자 라이스 미국 국무장관이 '포린 어페어스' 2008년 7/8월호에 발표한 〈국익을 다시 생각함: 새로운 세계를 위한 미국의 현실주의〉는 그런 사정을 섬뜩하게 보여준다. 그 글에서 그녀는 "우리 가치들을 반영하는 국제 질서가 우리의 내구적 국익에 대한 가장 좋은 보장"이라고 진술했다.

현재의 국제적 상황을 반영해서, 글의 큰 부분이 중동과 회교 극단주의에 대한 논의에 바쳐졌다. 그래도 그녀를 비롯한 미국 외교관들의 마음에서 중국의 부상이 큰 자리를 차지하고 있음은 이내 드러난다. 그녀가 "우리의 민주적 동맹국들과의 협력"을 중국의 부상에 대응하는 전략으로 삼는다는 것도 드러난다.

이어 그녀는 동맹의 현황에 대해 "우리는 오스트레일리아, 동남아시아의 요소 국가들, 그리고 일본과 강하고 민주적인 동맹을 누린다… 또한 남한도 가난과 독재에서 민주주의와 번영으로의 고무적인 여행을 자랑할 수 있는 역사를 지닌 범지구적 동반자가 되었다"고 진단했다. 이것은 아주 이상한 얘기다. 미국에게 한국은 '한미상호방위

조약'에 의해 공식화된 동맹국이다. 한국 전쟁에서 미국은 한국을 북한과 중국의 침입으로부터 구하기 위해 엄청난 희생을 치렀다. 베트남 전쟁에선 한국군이 미군을 도와 공산주의 군대들과 싸웠다. 말 그대로, 두 나라는 혈맹(血盟)이다. 역사적으로 태평양 지역에서 한국보다 미국에 더 가깝고 이해가 합치했던 동맹국은 없었다. 지금도 미국은 한국에 큰 군대를 주둔시키고 있으며, 한국은 미국의 요청에 응해서 이라크와 아프가니스탄에 파병했었다. 그런데 한국은 동맹국의 반열에서 빠져 개념도 흐릿한 '범지구적 동반자'로 규정되었다. 오스트레일리아와 일본은 그렇다 치더라도, 동남 아시아의 요소 국가들에도 못 미친다는 얘기다. 동남 아시아에서 미국이 괄목상대할 동맹국들이라야 중요성에서 한국과 비교가 되지 않는다. 아마도 그래서 이름들을 대지 않고 '동남 아시아의 요소 국가들'이라는 야릇한 표현을 썼을 터이다. 왜 라이스는 굳이 한국을 따로 떼어내서 '범지구적 동반자'라고 규정했는가?

'민주적 동맹국'과 '범지구적 동반자' 사이의 차이는 작지 않다. 전자는 모든 면들에서, 특히 군사적으로, 가까운 협력자를 뜻한다. 후자에는 세계화로 함께 어울리게 되었지만 모든 면들에서 긴밀하게 협력하는 사이는 아니라는 뜻이 담겼다. 이명박 정권이 중국과 맺은 "전략적 협력 동반자 관계"보다 오히려 소원한 관계다. 이처럼 한국을 범지구적 동반자라고 규정함으로써, 비록 한국과 미국이 군사적 동맹 관계에 있지만, 그녀는 한국에 대해 따스함이나 믿음을 품지 않았음을 드러낸 것이다. 그녀가 미국의 외교를 관장하는 사람이므로, 그녀의

> 진술은 미국 정부의 마음을 드러냈다고 보아야 한다.
>
> 미국 국무장관이 이처럼 이상한 발언을 한 데는 분명이 까닭이 있을 터이다. 그럴 듯한 설명은 그녀가 우리에게 신호를 보냈다는 해석일 터이다. 그녀로선 우리가 미국의 공감과 신뢰를 잃어가고 있다는 얘기를 하고 싶었을 것이다. 위에서 살핀 것처럼, 지난 10년 동안 우리는 미국의 공감과 신뢰를 잃을 일들을 많이 했다.
>
> 걱정스러운 것은 그런 신호를 북한과 중국도 읽는다는 사실이다. 미국의 마음이 떠나면, 우리는 갑자기 외로워지고 그만큼 북한의 위협과 중국의 경멸을 받을 것이다. 이것은 결코 쓸데없는 걱정이 아니다. 반 세기 전 미국 국무장관이 무심히 드러낸 속내가 6·25 전쟁을 촉발하지 않았던가?
>
> [복거일, 〈한반도에 드리운 중국의 그림자〉에서]

미국 국무장관으로 하여금 한국전쟁의 '혈맹' 한국을 베트남 전쟁의 적국 베트남보다 한 단계 아래에 놓도록 만든 정권의 실질적 제2인자였던 문재인 후보가 대통령이 되었다면, 지금쯤 한국은 어떻게 되었을까? 그가 미군의 THAAD 배치를 맨 먼저 그리고 가장 강력하게 반대했다는 사실에서 그가 대통령이 되었을 때 한국의 모습을 유추할 수 있을 것이다.

THAAD는 주한미군을 북한의 미사일로부터 보호할 무기다. 북한이 핵무기와 운반체계를 개발했고 계속 개량해 왔으므로, 미군이 한국에 주둔하려면, 필수적인 무기다. 그런 무기의 배치를 반대한다면, 주한 미군을 북한의 핵무기 앞에 아무런 방어 조치 없이 노출시키라고 요구한다는 얘기가 된다. 그런 얘기엔 미군에게 한국에서 나가도 좋다는 뜻이 담겼다. 그리고 주한미군이 나가도 좋다는 얘기엔 대한민국을 북한의 군사적 위협에 그대로 노출시키는 것이 좋다는 생각이 담겼다. 국방에 관한 이런 견해와 정책이 4년 동안 지속적으로 작용했다면, 대한민국의 안보는 분명히 허약해졌을 것 이다.

문재인 후보는 한일군사정보협정도 반대한다. 동북아시아 대륙은 실질적으로 공산주의가 장악한 지역이다. 중국, 러시아, 베트남 및 북한이 모두 공산주의 국가들이고 지역이나 인구에서 아주 작은 한국만이 자유주의 국가다. 우리는 외롭기 짝이 없다.

다행히, 이웃 섬나라 일본이 자유주의 국가고 미국과 전통적으로 좋은 관계를 유지해왔다. 지리적으로 일본은 우리 안보에 결정적 중요성을 지닌다. 한국전쟁에서 이 사실이 아프게 드러났었다. 우리가 북한군과 중공군을 물리친 것은 미군이 전쟁을 도맡은 덕분인데, 그 미군의 후방 기지는 일본이었다. 모든 미군들이 일본에서 발진했다. 육군도 일본 점령 임무를 수행하던 부대들이었고, 해군은 일본의 항구들을 모항으로 삼았고, 공군은 일본 기지들에서 발진했고, 해병대는 일본에서 상륙작전 훈련을 했던 부대였다. 국제연합군이 쓴 그 많은 탄약과 보급품들이 대부분 일본에서 만들어졌다. "일본이 6·25전쟁 덕분에 경제가 살아났다"는 얘기를 우리는 자주 하는데, 그 얘기를 뒤집으면, 국제연합군이 일본으로부터 많은 물자들을 제공받았다는 얘기가 된다. 태평양 저쪽 미국으로부터 물자를 보급받았다면, 한국전쟁은 공산군의 승리로 끝났을 터이다.

그런 사정은 지금도 그리 바뀌지 않았다. 만일 일본이 주일 미군이 한반도에 출격하는 것을 반대한다면, 미군으로선 한국을 도울 길이 없을 뿐 아니라 한국을 도울 이유가 사라진다. 본질적으로, 미국은 동아시아에서 일본을 지키면 된다고 생각해 왔고 그런 전략적 판단에 따라 행동해 왔다. 지금도 우리가 유사시 일본의 큰 경제력과 발전된 제조업에 의지할 수 있다는 사실은 우리 마음을 든든하게 한다.

한일군사정보협정은 부쩍 커진 북한의 위협에 대해 두 나라가 군사정보를 공유하자는 뜻이다. 그것을 문재인 후보가 이끄는 제1야당은 "대한민국 군 정보를 일본에 갖다 바치는 매국협정"이며 "일본 군국주의 망령에 날개를 달아주는 것"이라고 비난한다.

> 일본은 대잠수함 감시 부문에서 세계 2위의 능력을 갖고 있다. 협정이 체결되면 정보와 첩보 수집 출처가 더욱 다양해져 북의 잠수함 활동을 좀 더 정확하게 확인할 수 있다. 일본이 획득한 북한 핵 미사일 관련 정찰위성 정보도 미국을 거치지 않고 신속하게 얻는 게 가능하다. 한국은 이미 러시아를 포함한 32개국과 군사정보 공유 협정을 맺고 있고 중국에도 제안해 놓은 상태다. 그런데도 일본만은 안 된다는 건 앞뒤가 맞지 않는다. 일본은 이미 60여 개국과 이 협정을 맺고 있다… 국익을 위한 군사교류 협정조차 반대하는 야당 지도자에게 어떻게 군통수권을 맡길 수 있겠는가.

위에서 인용한 '동아일보'의 사설이 지적했듯이, 한일군사정보협정은 너무 늦었다. 4년 전 이명박 정권이 일본과 협의를 끝냈지만, 정치력의 부족으로 체결에 실패한 터이다. 북한의 후견국 러시아와 이미 체결했고 북한의 핵무기 개발을 전적으로 지원한 중국에 제안한 협정을 우리에게 결정적으로 중요한 군사적 우방 일본과 체결하면 "매국협정"이 된다고 다음 대통령은 자기라고 믿는 정치지도자가 소리 높여 외치는 것이다.

문재인 '대통령'의 통치 아래서, 이처럼 허약해졌을 안보는 사회의 모든 분야들에서 갖가지 2차 및 3차 효과들을 낳았을 것이다. 특히, 경제 분야의 혼란과 불안은 클 터이다. 자본의 이탈과 투자의 저조는 경제를 허약하게 만들고 허약해진 경제는 국방력의 약화와 패배주의를 부추기고 다시 경제 활동을 위축시켜서 걷잡을 수 없는 소용돌이로 빠져들었을 것이다. 한국 시민들의 해외 탈출도 빠르게 늘어났을 것이고, 이념적 분열은 격화되었을 것이다.

여기에 보수의 고뇌가 있다. 도덕적 권위를 잃고 불법 행위에 연루되어 대통령의 직무를 제대로 수행할 수 없게 될 후보라는 것을 4년 전에 알았더라도, 그 후보를 지지할 수 밖에 없었으리라는 상황이 대한민국 보수를 고뇌하게 만든다. 역설적으로, 그 곤혹스러운 상황이 대한민국 보수가 지켜야 할 가치가 무엇인지 새삼 아프게 일깨워준다.

차례

제1부

정치적 상황

밥 딜런이 노래하지 않은 사람들

우리 사회에서 정치는 흑공(black hole)이다. 사람들의 관심을 모조리 빨아들인다. 정치적 사건이 터지면, 다른 일들은 아무리 중요하더라도 사소하거나 한가로운 일들로 느껴진다. 물론 여기서 정치는 국내 정치를 뜻한다. 작은 나라라서 늘 국제 정세의 영향을 크게 받는데도, 대부분의 시민들은 국경 밖의 정세에 대해선 관심도 지식도 작다.

요즈음은 최태민 일가의 행태가 대중매체를 점령했다. 그 일에 묻혀, 사회적 논의가 이루어질 만한 일들이 그냥 잊혀진다. 이런 사정보다 우리 사회의 척박한 지적 풍토를 선명하게 보여주는 것도 드물다.

근자에 그렇게 잊혀진 일들 가운데 하나는 '밥 딜런의 노랫말을 시로 보는 것이 타당한가' 하는 물음이다. 이 물음은 곧바로 '시란 무엇인가'라는 물음으로 이어질 터여서, 모처럼 삶을 깊이 성찰하는 논의가 나올 수도 있었다.

딜런의 노랫말은 워낙 좋아서, 시로 대접해야 한다는 주장이 일찍이 나왔다. 20여 년 전 어느 문학 모임에서, 나는 시와 노랫말이 점근(漸近)하리라는 예측을 내놓았다. 이어 "밥 딜런의 노랫말은 천재적인 무엇이지만, 시는 아니다"라는 어느 미국 평론가의 말을 소개하고, "저는 이 문제에 대해 확신이 없습니다" 하고 덧붙였다. 그러자 시인 오규원 선생이 곧바로 "시입니다" 하고 판정했다.

딜런이 노벨 문학상을 받았다는 소식을 듣자, 나는 오 선생이 일찍 타계해서 그 문답을 회고할 수 없는 것이 꽤나 아쉬웠다. 딜런의 수상은 오 선생의 탁견을 확인해주었지만, 나는 아직도 그의 노랫말이 좋은 시라고 확신하지 못한다.

시를 이내 판별할 기준은 없다. 시는 대개 운문이지만, 산문시도 있다. 애초에 시로 씌어지지 않은 글들이 시의 유기적 부분을 이루는 경우도 있다. 이처럼 경계가 분명치 않으니, 시는 퍼지 집합(fuzzy set)이라 할 수 있다. 훌륭한 작품들이 중심부를 이루고, 그 둘레에 시적 특질이 점점 옅어지는 글들이 동심원들을 이룬다.

후하게 평가해도, 딜런의 노랫말은 시의 중심부에 들 수 없다. 노랫말의 논리가 시의 논리를 거칠게 제약한다. 대표작 '바람 속에 불고 있네(Blowin' in the Wind)'에서 이 점이 괴롭게 드러난다. 노래로 부를 때는 기막힌데, 써놓고 보면, '역시 노랫말이구나' 하는 생각이 든다. 운율은 귀에 거슬리고 내용은 깊이가 없다.

딜런의 노래는 월남전 반대 운동의 산물이었다. 덕분에 그는 큰 명성을 얻었고 이번엔 사회 문제에 대한 관심을 보였다는 평가를 받으면서 상을 받았다. 원래 스웨덴 사람들이 총리까지 나서서 미국의 월남전 참전을 거세게 비난했다는 사실도 한몫 했을 것이다.

월남전 참전을 반대한 사람들의 세계관은 피상적이었다. 그들은 무조건 전쟁을 그만두자고 부르짖었다. 공산주의 북 베트남이 국제 협정을 어기고 남 베트남을 침략해서 시작된 월남전의 내력을 따지지 않았고, 미국이 남 베트남과 맺은 조약에 따라 참전했다는 사실도 살피지 않았다. 미국이 철군하면, 남 베트남은 공산군에게 점령된다는 지적도 "나쁜 평화가 좋은 전쟁보다 낫다"면서 무시했다.

나와 같은 세대의 미국 젊은이들이 품었던 어리석은 열정을 이제와서 굳이 탓할 것은 없지만, 그들을 대변했던 딜런이 끝내 원숙해지지 못했다는 사실은 지적하고 싶다. 미국의 배신으로 남 베트남이 멸망한 뒤 일어난 비극적 사건들을 그는 끝내 외면했다. 수많은 사람들이 강제수용소에 갇히고 처형되었다. 더 많은 사람들이 조각배에 목숨을 걸고 탈출해서 바다를 떠돌았다. 지나가던 배들에 구조된 사람들도 많았지만, 끝내 바다에서 죽은 사람들도 많았다. 그러나 '보트 피플'의 비극을 노래한 미국 가수는 없었다.

밥 딜런의 노랫말이 시냐 아니냐 따지는 것은 대단한 일이 아니다. 그러나 그가 반전 운동을 넘어 원숙해지지 못했음을 지적하는 것은 중요하다. 그저 전쟁에 반대하고 평화를 외치는 것만으로는 부족하다는 것을, 그런 피상적 세계관은 엄청난 비극을 부른다는 것을, 우리는 새삼 성찰해야 한다. 딜런은 자신의 잘못을 깨달을 만큼 원숙해지지 못했거나 알면서도 곤혹스러운 사실을 모른 체 한 것이다.

수상 소식을 듣고도 일절 말이 없다가, 스웨덴 한림원이 "오만하고 무례하다"고 꾸짖자, 딜런이 허겁지겁 수상 의사를 밝혔다는 소식이 들린다. 수용소에서 머리에 비밀 봉지를 쓴 채 숨이 막혀 죽었다는 남 베트남 군인들과 조각배에서 갈증과 허기로 죽어간 사람들을 떠올리면서, 창 밖을 내다보다가, 단풍이 들기 시작했음을 깨닫는다. 어지러운 나라처럼 찌푸린 하늘 속 내 가슴에도 검붉게 단풍이 든다.

도덕적 권위의 회복

문득 다른 세상에 선 듯하다. 전쟁이나 혁명이 일어난 것도 아니고, 그저 박근혜 대통령과 관련된 추문이 사실로 확인된 것인데, 며칠 사이에 딴 세상이 되었다. 모든 권위는 궁극적으로 도덕적 권위라는 얘기를 절감하게 된다.

이제 실질적 궐위기(闕位期)다. 대통령은 바뀌지 않았는데 도덕적 권위를 잃어 궐위 상태가 된 것이다. 절차에 따라 선출되어 완벽한 도덕적 권위를 확보한 대통령이 그것을 잃은 과정을 살피는 것은 그래서 진단과 처방의 첫걸음이다.

문제의 본질

시민들이 대통령에 대한 신임을 거두어들인 근본적 원인은 박 대통령이 오랫동안 최태민 일가에 의해 조종되었다는 의구심이다. 국정에서 궁극적 결정을 내리는 대통령이 온전한 인격을 갖추지 못한 것처럼 보이는 증거들이 속속 나오니, 시민들로선 당혹스러울 수밖에 없다.

국정을 혼자 다 살필 수는 없으므로, 지도자들은 많은 사람들의 조언을 듣는다. 그리고 가장 뛰어나고 믿음직한 참모 한 사람에게 점점 쏠리게 된다. 대통령제의 전범인 미국 정치에서도 그렇다. 프랭클린 루스벨트 정권의 해리 홉킨스나 조지 W. 부시 정권의 칼 로브는 우리에게도 익숙한 이름들이다. 대통령을 만나려는 사람들은 모두 홉킨스나 로브를 먼저 만났다. 사정이 그러했지만, 대통령도 '문고리 권력'도 비난받지 않았다. 미국 시민들은 대통령이 보좌관에 의해 조종되는 꼭두각시가 아니라고 믿은 것이다.

물론 홉킨스나 로브는 공식적 보좌관들이었고, 능력과 인품이 뛰어나서 개인적 추문이 없었다. 이들 조건들을 최태민 일가는 갖추지 못했고 대통령의 신임을 현금으로 바꾸는 일에 몰두했다.

문제의 본질이 도덕적 권위의 고갈이므로, 처방은 그것을 다시 채우는 것이다. 따지고 보면, '책임 총리'나 '거국내각'도 대통령이 잃은 도덕적 권위를 내각의 쇄신을 통해서 조금이나마 채우려는 방안들이다.

'책임 총리'는 헌법에 규정되었지만 제대로 쓰지 못한 권한을 총리가 정상적으로 행사하는 방안이다. 그것은 당연한 일이어서, 개혁이라 내세울 만한 일이 못 되고, 대통령이 잃은 도덕적 권위를 채우기엔 너무 미흡하다.

불행하게도, '거국내각'은 더욱 문제적이다. 그것은 구성하기가 무척 힘들다. 이번에 야당들이 먼저 거국내각을 제안했는데, 막상 여당이 그 제안을 받자, 야당들은 바로 거부했다. 설령 구성되더라도, 거국내각은 제대로 작동하는 경우가 드물다. 이질적이고 적대적인 정치가들로 이루어졌으므로, 어떤 일에서든 합의를 이루기 어렵다. 그래서 거국내각은 신속하고 과감한 결단이 필요한 사태에 곧바로 대응하지 못한다.

거국내각의 실상

거국내각의 이런 특질을 가장 아프게 보여준 것은 1930년대 프랑스의 알베르 사로 내각이다. 피에르 라발 수상이 사임한 뒤 다음 선거까지 기능할 내각이어서, 사로 내각은 좌파, 중도파, 우파 모두를 포함했다. 그래서 어떤 일에서도 합의에 이를 수 없었다.

그때 히틀러가 라인란트 재무장을 감행했다. 독일의 서부인 라인란트는 1차대전 이후 베르사유 조약과 로카르노 조약에 의해 비무장지대가 되었다. 라인란트가 비무장 상태면, 독일은 프랑스의 공격을 막기 어려우므로, 동부 전선의 약소국들을 공격하기 어렵다는 논리였다. 이런 논리에 바탕을 두고 프랑스는 폴란드, 체코슬로바키아, 루마니아 및 유고슬라비아와 동맹을 맺어 방역선(cordon sanitaire)이라 불렀다. 1936년 3월 독일군 19개 대대가 라인란트로 들어갔다. 그러나 마비된 프랑스 거국내각은 성명서 하나 발표하지 못했고 히틀러의 도박은 성공했다. 당시 라인강을 건넌 독일군은 3개 대대뿐이었지만, 독일군의 5배 병력을 동원할 수 있었던 프랑스군은 이들을 그저 지켜보았다.

독일이 라인란트의 재무장을 시작하자, 프랑스의 동맹국들은 독일의 공격에 대해 프랑스가 자신들을 도울 길이 없어졌다는 것을 깨달았고 독일에 대한 유화정책을 폈다. 그렇게 방역선이 무너진 뒤, 세 해 안에 체코슬로바키아와 폴란드가 독일에게 멸망했고 이어 프랑스 자신이 독일에 점령되었다.

거국내각은 그럴 듯하게 들리지만, 역사를 두루 살펴도 성공한 경우는 좀처럼 보이지 않는다. 특히 문제적인 것은 거국내각이 전체주의자들이나 근본주의자들이 세력을 확장하는 데 흔히 이용된다는 사실이다. 1934년 중국에서 조선 독립운동을 하던 세력들이 통합하자는 움직임이 일었을 때, 공산주의자인 약산 김원봉 선생이 민족주의자인 백범 김구 선생에게 '통일동맹'에 참여해서 거국정부를 만들자고 제안했다. 백범은 약산의 제안을 일언지하에 거절했다. 백범을 비롯한 상해임시정부 요인들은 쓰디쓴 경험을 통해서 공산주의자들의 술책을 깨달았던 것이다. 2차대전 직후 공산화된 여러 나라들의 경험도 거국내각의 위험성을 보여준다. 비록 지금 우리 처지에 해당되는 사항은 아니지만, 이런 특질은 거국내각이 안정성을 확보하기 어렵다는 점을 보여준다.

거국내각의 이런 특질들은 북한의 군사적 위협에 빠르고 단호하게 대응해야 하는 우리나라에선 특히 문제적이 된다. 통념과 달리,

지금 우리 처지에서 거국내각은 가장 나쁜 선택으로 보인다.

위임이 어려운 핵심 기능

대통령이 도덕적 권위를 잃어 실질적 궐위기가 되었어도, 가장 중요한 기능들은 대통령만이 수행할 수 있다. 이것이 지금 우리나라가 맞은 심중한 위기의 핵심이다. 다른 사람에게 위임하기 어려운 기능들 가운데 두드러진 것들은 국군의 통수와 외교다.

북한의 도발과 침공에 대한 적절한 대응은 국군 통수권자인 대통령이 소신에 따라 결정을 내리고 국민들이 그런 결정을 지지하는 상황이어야 가능하다. 도덕적 권위를 잃은 대통령이 과연 과감하게 결단을 내릴 수 있겠는가? 국민들이 그 결정을 믿고 따르겠는가?

그래도 군대는 잘 짜인 조직이고 작전 계획에 따라 움직이므로, 대통령이 실제로 간여하는 부분은 그리 크지 않다. 외교는 다르다. 정상 회담이 늘 주목을 받는다는 사실이 가리키듯, 외교는 국가 원수의 역할이 긴요하다. 우리는 작은 나라여서 외부 영향을 크게 받으므로, 외교의 중요성이 무척 크다. 도덕적 권위를 잃어 시민들의 지지를 받지 못하는 대통령은 정상적으로 외교를 수행할 수 없다. 우리의 생존을 위협하는 북한의 핵무장과 관련된 외교에선 특히 그렇다.

북한의 핵무장은 원래 중국의 세계 전략에서 나왔다. 중국은 미국이 친 봉쇄의 그물을 찢기 위해 파키스탄과 북한을 두 뿔로 삼았다. 그리고 그 뿔들을 강화하기 위해, 핵무기 개발을 지원했다. 북한이 핵무기 개발에 성공한 시기는 미국이 초강대국 지위를 누리던 때였다. 당시 중국은 미국보다 힘이 크게 약했을 뿐 아니라 경제 발전을 위해 미국의 도움을 받아야 했다. 그래서 미국은 중국에게 북한의 비핵화를 주문했고 중국은 그런 주문을 받아들여서 '6자 회담'이 마련되었다. 그러나 미국의 주문을 따를 생각이 없었던 중국은 실질적 합의를 막으면서 북한에 시간을 벌어주었다. 마침내 힘이 커지자, 중국은 미국에 맞서서 북한을 공개적으로 두둔하기 시작했다. 이것이 북한 핵무장의 약사(略史)다.

따라서 우리로선 북한의 핵무장에 영향을 미칠 길이 전혀 없다. 오직 미국이 나서주기를 바랄 따름이다. 걱정스럽게도, 지금은 중국과 러시아가 연합해서 미국에 맞서는 상황이어서, 미국은 외교적으로나 군사적으로나 힘이 부친다. 미국은 러시아의 군사적 위협을 받는 우크라이나, 발틱 3국, 시리아와 중국의 일방적 점유에 맞선 남중국해에 관심을 쏟는다. 자연히, 북한 핵무장에 대한 대처는 뒷전으로 밀려났다.

보다 근본적인 문제는 미국이 원래 고립주의가 강한 나라라는 점이다. 해외에 영토적 야심이 없는 대신, 세계 질서의 유지에 관심이 작다. 1차대전 뒤 우드로우 윌슨 대통령이 주도한 베르사유 조약이 비준되지 못해서 국제연맹이 무력하게 된 일은 전형적이다. 위에서 언급한 라인란트의 재무장에서도, 미국은 전혀 개입하지 않았고 루스벨트 대통령은 기자들을 피해서 낚시 여행을 떠났었다. 도널드 트럼프 후보의 비현실적 대외 정책도 고립주의를 고려해야 이해가 된다.

미국의 고립주의에 우리나라는 부정적 영향을 크게 받을 수밖에 없다. 미국은 동아시아에서 일본을 중시하는 정책을 줄곧 펴왔다. 그러나 한반도의 지정학적 중요성에 대해선 이상하리만치 둔감했다. 게다가 근년에 우리 정부는 미국에 대해 어리석은 외교를 펴왔다. 노무현 정권 시기엔 한미동맹이 실질적으로 고사해서, 미국은 한국전쟁에서 함께 공산군을 물리친 '혈맹' 한국을 월남전의 적국이었던 베트남보다 한 단계 아래에 놓았었다. 이명박 정권 아래서 가까스로 소생한 동맹은 박근혜 정권에서 다시 허약해졌다. 상설중재재판소의 남중국해 판결을 당사국들이 존중해야 한다는 원칙적 성명에 한국도 참가하라는 미국과 일본의 권유를 중국의 눈치를 보던 현 정권이 외면한 것이다. 결정적인 순간에 동맹에서 이탈하는 나라를 누가 믿을까?

내년의 긴급한 외교 일정

내년에 미국에 새 정권이 들어서면, 우리는 적어도 미국과 더 소원해지지 않도록 애써야 한다. 미국에서 고립주의가 다시 거세지는 상황에서 이것은 결코 쉬운 과제가 아니다. 워싱턴에 인맥이 거의 없는 처지라서, 우리의 대미 외교에선 대통령의 역할이 결정적으로 중요하다. 도덕적 권위를 잃은 터라, 박 대통령은 이 어려운 과제를 제대로 수행할 수 없다. 게다가 박 대통령의 외교는 중국에 너무 기울어서 미국 사람들의 마음을 얻을 수 없다.

중국이 강대해지면서 점점 더 공격적이 되어가는 터라, 한국과 일본 사이의 관계는 점점 중요해진다. 늘 유럽으로 기우는 미국이 동아시아에 보다 큰 관심을 지니도록 하는 일에서 한국은 일본과 협력해야 한다. 현실적으로, 한미 동맹은 미일 동맹과 유기적으로 연결되었다. 무엇보다도, 북한의 핵무장에 대응하는 일에선 두 나라의 협력이 바탕이다. 그러나 박 대통령은 일본과의 관계를 너무 소홀히 했다. 박 대통령은 아직 일본을 공식 방문하지 않았을 만큼 일본 지도자와도 서먹하다. 일본과의 관계 개선에서도 새 대통령이 새롭게 시작하는 것이 훨씬 효과적일 터이다.

하야의 길

사정이 이러하므로, 다른 일들은 그만두고 외교만 고려하더라도, 박 대통령은 대통령직을 충실히 수행하기 어렵다는 사정이 드러난다. 자연히, 박 대통령이 하야하고 새 대통령이 나와서 나라를 이끄는 방안이 가장 좋은 해법이라는 것도 분명해진다.

대통령이 하야하면 나라가 혼란에 빠진다는 얘기가 자주 나온다. 대통령의 하야는 분명히 두려운 일이다. 그러나 하야에서 나올 혼란이 다른 선택들에서 나올 혼란보다 크리라는 판단은 비현실적이다.

이 점은 간단한 사고실험(thought experiment)으로 증명된다. 1960년 4월, 이승만 대통령은 서울에서 학생들의 시위가 일어난 지 1주일 만에 하야했다. 만일 이 대통령이 부상한 학생들을 위문하고 시위의 정당성을 인정한 다음 선뜻 하야하는 대신, 자신은 조병옥 후보가 사망해서 투표를 하기 전에 이미 대통령에 당선되었으므로 부정 선거를 할 이유가 없었고 실제로 공정한 선거를 당부했었다는 점을 들어서 물러나기를 거부했다면, 어떻게 되었을까? 우리 사회가 그렇게 빨리 그리고 깔끔하게 묵은 때를 벗고 새롭게 출발할 수 있었을까?

대통령이 실제로 하야하는 일이 간단하다는 얘기는 아니다. 실은 그것은 아주 어렵고 소란하고 더딘 과정이다. 한편으로는 잘못을 저지른 사람들을 처벌하면서, 다른 편으로는 의혹의 한가운데에 선 대통령 자신을 보호해야 한다. 그래서 하야는 사면과 함께 논의되어야 한다. 사면의 보장이 없으면, 대통령은 직을 유지해서 "대통령은 내란 또는 외환의 죄를 범한 경우를 제외하고는 재직중 형사상의 소추를 받지 아니한다"는 헌법의 규정으로 자신을 보호하는 것이 합리적이다.

이 일에서 참고가 될 선례는 미국의 워터게이트 사건이다. 리처드 닉슨 대통령이 물러난 뒤, 후임 제럴드 포드 대통령은 바로 전임자에 대한 "완전하고 무조건적인 사면(a full and unconditional pardon)"을 단행했다. 그는 닉슨 대통령의 사면이 미국의 이익에 가장 좋은 방안이라 판단했다고 밝혔다. 덕분에 여러 사람들이 감옥에 갔고 포드 대통령 자신도 거센 비난을 받았지만, 미국 사회는 불필요한 상처를 입지 않고 새로 출발할 수 있었다.

사면의 현실적 어려움

그러나 한국 사회는 미국 사회와 크게 다르다. 누가 후임 대통령이 되든, 그가 과연 박 대통령을 사면할 수 있을까? 포드 대통령처럼, "[이 미국의 비극은] 마냥 이어지거나 누가 그것을 끝내야 합니다. 나는 내가 그 일을 할 수 있으며 만일 내가 할 수 있다면 나는 해야 한다고 결론을 내렸습니다" 하고 당당하게 말할 수 있을까? 스스로 결단을 내려 하야하면, 박 대통령은 아마도 사면을 받지 못할 것이다. 그리고 혼자서 온갖 수모를 감당해야 할 것이다.

그런 상황에서 박 대통령을 아끼는 누가 하야를 권할 수 있겠는가? 대통령직이 제공하는 보호를 스스로 버리고 넘실거리는 증오의 세파 속으로 혼자 걸어나가라고 조언할 수 있겠는가?

그런 험난한 사정에도 불구하고, 어쩌면 그런 사정 때문에 오히려, 하야가 옳은 길이라는 점도 분명하다. 하야가 박 대통령 자신보다는 나라를 앞세운 결단이므로, 그것은 도덕적 선택이다. 당연히, 그런 선택은 박 대통령이 도덕적 권위를 조금은 되찾는 계기가 될 것이다. 그렇게 되찾은 도덕적 권위는 궁극적으로 박 대통령 자신에게도 자산이 될 것이다. 만일 하야의 길을 선택한다면, 빠를수록 좋다. 실은 이미 좀 늦었다는 느낌이 든다.

네 해 전 새누리당 후보가 '경제민주화'를 공약으로 삼은 파천황을 맞아, 우파는 투표하기도 전에 선거에서 졌다고 탄식하면서도 '덜 나쁜 선택'을 위해 나는 무거운 마음으로 투표소로 향했다. 그 일에 담긴 아주 작은 도덕적 자산과 부채에 기대어, 박 대통령께 송구스러울 수밖에 없는 말씀을 드린다.

후기: 이 글은 2016년 11월 4일 '한국경제신문'에 실렸다. 그날 박근혜 대통령이 국민들에게 사과했다. 대통령의 사과에 대한 시민들의 반응은 부정적이어서, 상황은 빠르게 나빠졌다. 8일 뒤에 100만 명이 모였다는 '3차 촛불 집회'가 열렸다. 촛불을 들고 광화문에 모인 그 많은 시민들을 화면에서 보면서, 나는 박 대통령이 스스로 물러날(하야) 기회가 사라졌음을 느꼈다. 그 집회 이후 박 대통령이 물러나면, 그것은 쫓겨나는(퇴진) 것으로 비칠 수밖에 없었다. 하야할 수 있는 '기회의 창'은 그렇게 닫혔다.

겨우 1주일 밖에 되지 않는 기간에 박 대통령이 하야를 결심하기는 무척 어려웠을 것이다. 자신이 특별히 무슨 일을 한 것도 아니고 자신에 관한 추문이 터진 상황에서, 바로 하야하겠다고 결단하는 것은 상황에 대한 깊은 통찰과 대단한 도덕적 용기를 필요로 하는 일이다.

이 점에서 박 대통령은 유난히 불운했다. 이승만 대통령은 시위 학생들이 많이 죽고 다친 상황을 맞아서 결단을 내린 것이었다. 드골 프랑스 대통령의 경우, 상원과 지방정부에 관한 국민투표를 실시하고 그것을 자신에 대한 신임투표로 삼을 만큼 여유가 있었다. 게다가 이승만과 드골은 위대한 업적을 쌓은 위인들이었고 나이도 많이 들어서, 대통령직에 대한 미련이 없었다. 무엇보다도, 그들은 자신의 도덕성이 온전하다는 확신이 있었고 힘든 결단을 떠받칠 도덕적 자산이 컸다.

그래도 박 대통령이 하야할 기회를 잡지 못했다는 사실은 아쉽다. 만일 그런 기회를 잡았다면, 박 대통령은 도덕적 권위를 상당히 되찾아 정국을 주도할 수 있었을 것이다. 하야를 선언하면서, 국회에 거국내각을 이끌 총리 후보들의 추천을 요청하고, 검증을 거쳐 총리를 지명해서 국회의 동의를 얻은 다음, 총리와 함께 정당의 의석들에 비례한 내각을 구성하고, 업무 인계 인수 과정을 거친 뒤, 국민들에게 사과하고 청와대를 떠났다면, 박 대통령 자신이나 나라의 모습이 지금과는 상당히 달랐을 것이다. 나오기 어려운 역사의 흐름이었지만, 그래도 아쉽다.

지금 이 땅의 보수가 할 일들

지금은 이 땅의 보수 세력이 깊이 성찰할 때다. 자신이 지지한 대통령이 도덕적 권위를 잃어 직무를 제대로 수행하지 못하니, 보수는 자신의 판단과 태도에 대해 겸허하고 정직하게 돌아보아야 한다.

보수의 성찰은 보수라는 개념을 또렷이 하는 일에서 시작된다. 보수는 잇고 지킨다는 뜻이다. 그러나 그 말은 잇고 지킬 대상을 가리키지 않는다. 그 말이 쓰이는 상황에 따라 잇고 지키는 대상이 결정된다.

사회적 차원에서 보수의 대상은 사회의 구성 원리다. 우리처럼 자유로운 사회들에서 보수는 자유민주주의 이념과 시장경제 체제를 잇고 지키는 태도와 사람들을 가리킨다. 전체주의 사회들에선 전체주의 이념과 명령 경제를 잇고 지키는 태도와 사람들이 보수라 불린다.

그래서 보수와 보수주의는 본질적 관련이 없다. 보수주의라 불리는 이념은 그것이 근대 서양 사회들의 구성 원리였다는 역사적 사정에서 그런 이름을 얻었다.

우리 사회의 보수는 자유민주주의와 시장경제를 보다 철저하게 지향하는 정당과 후보들을 지지해왔다. 지난번 대통령 선거에선 새누리당의 박근혜 후보를 지지했다. 안타깝게도, 이번 추문으로 시민들은 박근혜 대통령에 대한 신임을 거두어들였다.

근본적 요인은 박 대통령이 오랫동안 최태민 일가의 조종을 받았다는 의구심이다. 어느 지도자나 많은 사람들의 조언을 듣고 소수의 보좌관들에게 크게 의존한다. 박 대통령의 경우, 그런 의존이 지나쳐서 온전한 인격을 갖추지 못한 것처럼 보이고 법을 어겼다는 혐의까지 받는다.

이런 상황은 보수로선 더할 나위 없이 부끄럽고 두고두고 성찰할 일이다. 널리 알려진 '최태민 추문'에도 불구하고 박 대통령이 늘 높은 지지를 받은 사실, 행정수도의 세종시 이전을 막지 못한 일, 보수 정당의 후보가 '경제민주화'라는 사회주의적 정책을 주요 공약으로 내건 일 및 현 정권의 비정상적 움직임이 제때에 바로잡히지 않은 상황은 특히 고뇌할 문제들이다.

그런 성찰은 당연히 넓고 깊어야 한다. 정치의 핵심은 지도자를 뽑는 일인데, 그 중요한 일에서 보수는 결정적으로 실패했다. 다른 편으로는, 성찰의 대상을 명확히 하는 일도 긴요하다. 실패한 것은 보수가 지지한 지도자였지 보수가 추구한 이념과 체제가 아니었다.

인류의 경험은 자유민주주의와 시장경제가 가장 낫다는 것을 증명했다. 자랑스럽게도, 대한민국의 역사는 그런 증명에서 가장 두드러진 부분이다. 식민지의 경험과 전쟁의 파괴에서 일어나 자유롭고 풍족한 사회를 이룬 대한민국의 역사는 많은 후진국들에게 영감을 주었고 그들이 발전할 수 있는 길을 보여주었다.

궂은 날씨에도 2백만 가까운 시민들이 촛불을 들고 평화롭고 질서 있게 시위하는 모습은 텔레비전으로 보는 사람들의 가슴에도 물결을 일으켰다. 참가자들은 뿌듯했고 외국 기자들은 감탄하는 기사들을 보냈다.

생각해보면, 이처럼 멋진 시위는 보다 깊은 수준에서 대한민국의 성취이기도 하다. 자유가 보장되고 삶에 여유가 있는 사람들만이 시위를 축제로 만들 수 있다. 압제적 사회에서 고달프게 사는 사람들은 폭동을 일으킬지언정 그런 시위를 할 수는 없다. 지금 너른 아시아 대륙에서 시민들이 그렇게 자유롭고 평화로운 시위를 즐길 수 있는 나라는 대한민국과 일본뿐이다. 보수에게 충격을 준 이번 시위보다 더 확실하게 보수가 추구하는 가치가 옳다는 사실을 증명해준 것도 드물다.

다른 소중한 것들과 마찬가지로, 자유민주주의와 시장경제도 여리다. 가꾸기는 무척 힘들지만 잠시만 외면해도 시들기 시작한다.

법치와 재산권이 확립되어 번영을 누린 홍콩이 공산당이 통치하는 중국에 반환된 뒤 점점 압제적이 되어가고 그런 상황에 항의하는 학생들이 경찰의 탄압을 받는 모습은 이런 사실을 아프게 일깨워준다. 대한민국의 이념과 체제를 제대로 잇고 지키려면, 보수는 먼저 자신의 신념이 옳다는 것을 겸허하고 깊은 성찰을 통해 다시 확인해야 한다. 한번의 추문으로 폐기되거나 퇴색한다면, 그것이 어떻게 잇고 지킬 만한 가치를 지닐 수 있겠는가?

당연히, 보수는 현 정권의 정책들을 모두 폄하하고 폐기하려는 시도에 맞서야 한다. 비록 도덕적 권위를 잃은 대통령이 추진했지만, 그 사실만으로 정책들의 정당성이 훼손되는 것은 아니다. 우리 사회의 구성 원리에 맞고 합리적이면, 좋은 정책이다. 북한 주민들의 짓밟힌 인권에 관한 국제연합 결의안에 기권한 노무현 정권의 정책이 그른 것은 그것이 인도에 어긋나기 때문이지, 당시 대통령 비서실장이 북한 정권의 사전 허가를 받았기 때문이 아닌 것과 같은 이치다.

당장 급한 것은 경제 분야다. 현 정권의 경제 개혁 정책을 폐기하고 민중주의적 법들을 만들려는 야당의 시도는 우리 경제를 심중하게 위협한다. 비록 박 대통령의 정치력 부족으로 제대로 실행되지 못했지만, 현 정권의 경제 정책들은 거의 다 옳다. 두드러진 예외는 '경제민주화'라는 이름으로 추진된 것들뿐이다. 민중주의는 늘 인기가 높은 데다가 야당은 다수다. 당연히, 막기 힘들다. 이 중요한

과업에서 보수는 새누리당 의원들의 분발에 의지할 수밖에 없다.

지금 새누리당은 집권당의 위상과는 먼 모습을 보인다. 큰 위기를 맞으면 서로 비난하고 이해에 따라 모이고 갈리는 것이 정치인들의 생리라서, 이상한 현상은 아니다. 그래도 시장경제를 지키는 일에선 모든 새누리당 의원들의 이익이 합치한다. 보수 정당의 깃발 아래 모두 모여 시장경제를 지키기 위해 후위작전을 펼치는 비장한 모습을 기대한다.

새누리당의 정체성과 전략

새누리당의 정체성

어느 사회에나 정설(orthodoxy)이 있습니다. 정설은 사회가 이루어지고 움직이는 과정에서 근본 원리로 작용하는 이념을 뜻합니다. 다른 이념들은 이설(heterodoxy)들이 됩니다. 어느 사회에서나 정설과 이설들은 다른 지위를 차지합니다. 사회가 정설에 따라 조직되고 움직일 뿐 아니라, 사회의 기구들과 자원이 정설의 보급과 이설의 억제에 동원됩니다.

정설을 지지하는 사람들은 보수 세력이라 불립니다. 이설들을 따르는 사람들은 대체 세력이나 변혁 세력이라 불립니다. 따라서 보수가 따르고 지키는 이념은 사회마다 다릅니다. 자유주의 사회에서 보수는 자유민주주의와 시장경제를 보존하고 수호합니다. 공산주의 사회에서 보수는 공산주의 이념과 명령 경제 체제를 보존하고 수호합니다.

새누리당은 대한민국의 보수 정당입니다. 즉 새누리당은 대한민국의 정설인 자유민주주의와 시장경제를 보존하고 수호합니다. 그것이 새누리당의 정체성입니다.

새누리당은 대한민국의 정설을 지키는 보수 정당이므로, 대한민국 사회에서 특별한 자리를 차지합니다. 이 점은 늘 강조되어야 합니다. 아울러, 새누리당은 대통령 선거에서 자신의 후보가 당선되어 권력을 장악한 집권당입니다. 당연히, 국정 운영에서 주도적 역할을 해야 합니다.

지금 대부분의 사회들에서 자유민주주의를 명시적으로 반대하는 세력은 작습니다. 자유민주주의에 적대적인 세력들도 겉으로는 자유민주주의를 지지합니다. 그러나 그들은 시장경제와 그것을 떠받치는 이념인 경제적 자유주의(economic liberalism)에 대해선 흔히 드러내놓고 적대적 태도를 보입니다.

사정이 그러하므로, 시장 경제와 경제적 자유주의를 지키고 발전시키는 일은 새누리당의 핵심 과업이라 할 수 있습니다.

새누리당의 위기

새누리당은 지난 번 총선거에서 예상보다 훨씬 부진했습니다. 그래도 선거에서의 반전이나 패배는 정당엔 병가상사(兵家常事)입니다. 딱하게도, 새누리당은 아직도 당황하고 방황하는 모습을 보입니다.

선거에서 지면, 시민들의 지지를 얻지 못한 까닭들을 살피고 대책을 마련해서 다음 선거를 준비하면 됩니다. 그 과정에서 치열한 토론이 나오고 더러 격한 비난이 오갈 수 있습니다. 그러나 당황하거나 방황할 이유는 없습니다.

그런 모습은 새누리당이 정체성을 잊었음을 보여줍니다. 정체성을 분명히 인식한 존재는, 사람이든 조직이든, 근본적 기준을 지녔으므로, 상황을 명쾌하게 파악하고 자신의 처지를 객관적으로 판단하고 적절한 전략을 선택해서 끈질기게 추구할 수 있습니다. 정체성을 잊은 존재는 그런 기준이 없으므로, 당황하고 방황하게 됩니다.

위기의 진단

돌아보면, 새누리당이 맞은 위기는 정체성의 망각과 훼손에서 비롯했다는 것이 눈에 들어옵니다. 위기의 시작은 지난번 대통령 선거에서 새누리당 후보가 '경제민주화'를 주요 공약으로 내건 것이었습니다.

당시 많은 사람들이 지적한 것처럼, 비록 우리 헌법에 들어있는 개념이지만, 경제민주화는 우리 헌법의 정신에 맞지 않고 우리 사회의 정설인 시장경제에 어긋납니다. 그것은 본질적으로 마르크스주의 세계관에서 나온 개념이며, 그것을 처음 쓴 19세기 영국의 사회주의자들은 그것으로 '부의 평등(equalization of wealth)'을 뜻했습니다.

시장경제에선 모든 시민들이 자유롭게 경제 활동에 참여할 수 있습니다. 그처럼 민주적인 시장경제를 다시 '민주화'하면, 결국 사회주의 체제에 가까워지게 됩니다. 경제민주화를 주장하신 김종인 선생님께서 우여곡절 끝에 시장경제에 비우호적인 야당 대표가 되셨고 그것을 경제 정책의 근간으로 삼으신 일화는 이 점을 극적으로 보여주었습니다.

이처럼 새누리당 대통령 후보의 경제민주화 공약은 새누리당의 정체성을 훼손했습니다. 정체성의 훼손이 워낙 중대한 일인지라, 경제민주화 공약은 새누리당과 우리 경제에 부정적 영향을 크게 끼칠 수밖에 없었습니다.

박근혜 대통령께선 당선 뒤 경제민주화 공약을 실천하겠다고 확인하셨고 그것을 실천하는 법들이 만들어지도록 애쓰셨습니다. 막상 국정을 운영하려니, 경제민주화의 근본적이고 거대한 문제점들이 앞길을 가로막았습니다. 그래서 황급히 그 공약의 실천을 중지하셨습니다. 그러나 그것이 핵심 공약이고 이미 법들이 만들어진 터라, 그것은 대통령의 뜻과는 달리 나름의 생명력을 지니고서 경제에 넓고 깊은 영향을 미쳤습니다. 물론 그 영향들은 모두 부정적이었습니다. 그런 혼란 속에서 새누리당 정권의 경제 정책들은 표류했고 경제의 운영을 맡은 사람들은 임상적 처방들만을 남발했습니다. 그래서 우리 경제는 예측보다 훨씬 빠르게 활기를 잃었습니다.

이번 총선거의 패배도 정체성의 망각에서 비롯했습니다. 어떤 후보의 생각이 당의 정체성에서 상당히 벗어나도, 원래 정당이 시민들의 지지를 목표로 삼는 터라, 이념적 스펙트럼을 넓혀 중도적 유권자들의 지지를 모은다는 뜻에서 그를 후보로 삼을 수 있습니다. 만일 정체성에서 당과 후보 사이의 간격이 너무 크면, 그를 후보로 공천하지 않는 것이 합리적일 것입니다. 그러나 이번엔 정체성에 관한 치열한 논쟁 대신 품위 없는 비난들만 오갔습니다. 그래서 시민들은 후보 선정 과정을 정체성의 확인 과정이 아니라 계파 싸움으로 보게 되었습니다.

무소속으로 당선된 의원들의 복당 과정에서도 똑 같은 잘못이 나왔습니다. 복당 절차에선 신청자들의 정체성과 당의 정체성의 정합 여부가 유난히 부각될 수밖에 없습니다. 그러나 이번 복당에선 정체성을 살피는 절차가 아예 생략되었고 당연히 분란이 일었습니다. 물론 시민들은 그 일도 계파 싸움으로 인식했습니다.

위기에 대처하는 길

큰 위기를 맞으면, "기본으로 돌아가자"는 얘기가 나옵니다. 가장 근본적 수준에서 성찰해서 진단과 처방을 내자는 뜻입니다. 그 때의 '기본'이 바로 정체성입니다. 당연히, 새누리당은 지금 자신의 정체성을 새롭게 인식해야 합니다. 정체성이 또렷해지면, 위기의 본질이 제대로 보이고 대처 방안도 스스로 나옵니다.

대한민국의 정설인 자유민주주의와 시장경제를 지키는 정당 - 그것이 새누리당의 정체성입니다. 따라서 자유민주주의와 시장경제를 지키고 발전시키려는 노력이 이번 위기를 헤치는 근본적 처방입니다.

자유민주주의와 시장경제의 우월성은 본질적으로 그것들이 사람의 천성에 맞는다는 사실에서 나옵니다. 우리는 모두 자신의 이익을 도모합니다. 다른 편으로는, 남과 협력하면 더 큰 이익을 얻을 수 있습니다. 자신의 더 큰 이익을 위해서 남들과 협력한다는 사실이 이 세상의 근본 원리입니다. 상호적 이타주의(reciprocal altruism)라 불리는 이 원리를 우리는 생태계의 모든 부분들에서 만납니다. 자유민주주의와 시장경제는 상호적 이타주의에 충실한 이념과 체제입니다.

모든 바람직한 것들과 마찬가지로, 자유민주주의와 시장경제의 혜택은 그저 주어지지 않습니다. 새누리당원 여러분들의 활기찬 움직임을 기대합니다.

민주 사회의 군주적 지도력

박근혜 대통령이 보여온 지도력은 이해하기 어렵다. 그런 사정이 '소통' 문제를 부각시킨 듯하다. '선거의 여왕'이라 불렸고 높은 지지율을 누려 왔는데, 시민들과 소통하지 못한다고 얘기할 수는 없다.

그 독특한 지도력을 이해하려면, 고귀한 신분을 누린 박 대통령의 이력을 고려해야 한다. 6·25 전쟁이 한창일 때 고급 장교의 딸로 태어나 5·16 군부정변으로 절대 권력을 쥔 집안에서 자랐고 서른이 되기 전에 '퍼스트 레이디'로 국가 운영에 참여했다. 정당 정치에 참여한 뒤엔 단숨에 인기 높은 지도자로 떠올랐고 마침내 대통령이 되었다.

덕분에 박 대통령은 평생 맨땅을 딛지 않았다. 자신이 뜻한 대로 모두 움직였고 자신의 따뜻한 말 한 마디 미소 한 점에 모두 감지덕지했다. 자연히 다른 사람들을 자신의 은혜를 바라는 탄원자들로 여기게 되었다. 자신이 다른 사람들보다 신분적으로 높다는 생각이 은연중에 자리잡았고 차츰 군주적 지도자가 되었다. 박 대통령의 지도력이 본질적으로 군주적이라는 점을 고려하면, 이해하기 어려운 일들이 설명된다.

실제로 박 대통령은 영국 엘리자베스 1세를 본받으려 한다고 했다. 민주 사회의 지도자가 절대 군주제가 자리잡았던 17세기 유럽의 군주를 역할 모형(role model)으로 삼은 것은 시사적이다.

군주적 지도자는 고마움의 문턱이 높다. 백성은 당연히 충성해야 한다. 박 대통령은 선거에서 자신을 지지한 사람들에게 고마움을 드러낸 적이 드물다. 좌파 이념의 확산을 막아 당선의 사상적 바탕을 마련한 자유주의 지식인들에게 고맙다는 얘기를 한 적도 없다. '경제민주화'라는 사회주의 공약을 느닷없이 내걸 때도 그들에게 설명하거나 양해를 구한 적이 없다. 군주가 언제 백성들에게 일일이 설명하고 양해를 구했던가?

물론 모든 것들이 자신의 신분에 걸맞아야 했다. 직책 없는 국회의원일 때도 비서실장을 두었다. 모든 문제들에서 자신의 말은 최종적 권위를 지녀야 했다. 어떤 추문이든 "근거 없다"고 자신이 얘기하면, 그것으로 끝나야 했다. 행정수도의 이전과 같은 대사에서도 자신이 전에 한 말을 바꾸지 않는 것이 유일한 원칙이라고 선언했다. 장기적 비용과 혜택을 비교해서 결정한다는 보편적 원칙은 백성들에게만 적용되는 것이다. 군주제에선 군주의 의사가 법이나 도덕보다 앞선다. 군주가 말을 바꾸지 않아서 백성들이 군주를 믿도록 하는 것이 당연하지 않은가?

그래서 박 대통령의 청와대는 자연스럽게 궁정이 되었다. 궁정에선 탄원자들의 상소와 군주의 윤허만이 오간다. 승지들과 내시들이 열심히 일하는데, 재상들이 군주와 대면할 필요가 어디 있는가? 모두 군주의 명쾌한 지시대로 움직이면 된다. 국무위원들의 어지러운 토론은 우아한 어전회의의 품격을 낮출 뿐이다.

군주와 신하들 사이엔 대화가 있을 수 없다. 누가 신분이 낮은 사람들과 대등하게 흉금을 털어놓는가? 유일한 예외는 북한의 김정일 국방위원장이었다. 고맙게도, 김 위원장은 입지가 좁은 자신이 고귀한 혈통임을 알아보고 대등하게 대해주었다. 박 대통령이나 김 위원장이나 처음으로 신분이 대등한 사람을 만나 대화다운 대화를 했으리라. 박 대통령이 김 위원장의 사악한 무력 공격에 대해 굳게 입을 다물었던 일은 그런 사정을 고려해야 설명이 된다. 가장 우아하게 산 군주인 살라딘이 지적한 대로, "왕은 왕을 죽이지 않는다."

어릴 적부터 지녀온 취향과 생각은 나이 들어서 바꿀 수 없다. 시민들이 무슨 얘기를 해도, 박 대통령은 자신의 행태를 바꿀 수 없다. 이제 바꾸려 들면, 혼란만 나온다. 바꿀 수 없는 지도력의 특질을 바꾸라고 요구하는 것은 좋은 추종력(followership)이라 할 수 없다. 한 지도자가 보이는 지도력에서 장점들과 단점들은 한 특질의 다른 면들인 경우가 흔하다. 단점을 억지로 고치려 들면, 장점이 약화될 수도 있다.

민주 사회에선 추종력이 지도력보다 오히려 중요하다. 응집력이 약한 우리 사회에선 더욱 그렇다. 궁극적으로, 시민들이 지도자를 뽑지 않는가? 박 대통령의 지도력은 비판 받을 면들이 물론 적지 않지만, 장점들도 많다는 사실을 우리는 놓치지 말아야 한다.

박 대통령은 스스로 세운 이상을 이루려 나름의 원칙을 따라 처신한다. 그런 자세는 우아하다. 불행하게도, 지금은 지도자의 우아함이 숭상 받는 시대가 아니다. 시민들이 자신들의 취향을 지도자에게 강요하는 시대다. 시민들의 눈 밖에 난 측근들을 바꾸는 것이 그리도 어려운가? 미국 시인 시오도어 레트커의 성찰대로, "자신에게 구애하는 것은 치명적이다, 자세가 아무리 우아하더라도 (It is fatal to woo yourself, However graceful the posture.)"

배신의 경제학

'배신의 정치'라는 말에선 상황을 간결하게 정리하는 박근혜 대통령의 장기가 잘 드러났다. 그리고 유승민 의원의 행적은 그 표현을 더욱 적절하게 만들었다. 배신이 흔한 정치판에서도 유 의원처럼 '주군'을 철저하게 배신한 경우는 드물다.

먼저, 유 의원은 개인적 차원에서 배신했다. 그는 오랫동안 박 대통령을 가까이에서 모셨고 덕분에 정치계에서 도약할 수 있었다. 소원해진 과정이 어떠했든, 그가 박 대통령에 맞서서 끝까지 괴롭힌 것은 일단 심각한 배신이다. 당과 청와대 사이의 조율은 일차적으로 당대표의 몫이므로, 원내대표는 대통령과 직접 맞설 일이 드문 직책이다. 첫 연설에서 느닷없이 대통령 공약을 거짓말이라 몰아부친 뒤, 그는 대통령과 맞서지 않을 수 있는 상황에서도 굳이 맞섰다.

헌법 첫 조항의 가치를 지키려 애썼다는 고별사는 특히 가관이다. 우리 사회에 민주공화국을 무너뜨리려는 세력이 있어서 자신이 그들과 싸웠다는 얘기인데, 정황으로 보아 종북 세력을 가리킨 것은 아니니, 박 대통령을 넌지시 겨냥한 셈이다. 해괴하다.

박 대통령의 군주적 지도력은 줄곧 논란을 불렀다. 그래도 그것은 스타일의 문제지 민주공화국을 바꾸거나 훼손하려는 의도의 문제는 아니다. 훨씬 군주적이었던 프랑스의 드골 대통령도 민주공화국을 위협한다는 얘기를 듣지 안았다. 분김에 했겠지만, 모함에 가까운 이 발언에 대해 유 의원은 국민들과 대통령에게 사과해야 한다. 지금 사과하지 않으면, 이 발언은 긴 정치적 여정을 앞에 둔 재능 있는 정치인을 두고두고 괴롭힐 것이다.

사람들은 서로 믿어야 협력할 수 있다. 그렇게 서로 믿도록 하는 장치로 진화한 것이 도덕이다. 그런 뜻에서 개인적 차원의 배신이 가장 부도덕하다. "만일 내가 조국을 배신하는 것과 친구를 배신하는 것을 골라야 한다면, 내가 조국을 배신하는 것을 고를 배짱이 있기를 바란다"는 한 작가의 고백은 우리 가슴 깊이 울린다. 그래서 사람이 가장 쓰디쓰게 내뱉는 말이 '배은망덕'이다.

둘째, 유 의원은 새누리당을 배신했다. 대통령은 정당의 후보로 선거에 나서고 정당을 정치적 바탕으로 삼아 국정을 수행한다. 집권당 원내대표는 입법을 통해 정권이 공약을 이행하도록 돕는다. 불행하게도, 유 의원은 시급한 법안들의 통과에 진력한 적이 없다. 국회선진화법을 면죄부로 휘두르면서 야당이 오히려 환호하는 행태를 보여, 박 대통령으로부터 '자기 정치'라는 비난을 들었다. 입법의 부진으로 초조해진 대통령의 절절한 얘기에 대해, "화를 푸시라"고 해서 대통령의 호소를 감정의 폭발로 치부하는 결례까지 했다.

대통령과 원내대표 사이의 일은 본질적으로 정당 차원의 문제인데, 입법부와 행정부의 대립이라는 틀로 유도해서, 문제의 본질을 호도했다. 그리고 굳이 자리에서 내쫓기는 절차를 고집해서, 당의 분열을 깊게 했다.

셋째 배신은 지식의 차원에서 나왔다. 주류 경제학을 공부했고 국책 연구기관에서 일했으며 2007년 한나라당 경선에선 '줄푸세'라는 자유주의 공약을 입안하는 데 기여했으므로, 그는 경제적 자유주의와 시장경제를 의회에서 잘 설명하고 지지를 확산시킬 수 있었다. 그런 기대를 첫 연설에서 깨뜨리더니, 급기야 '사회적 경제'라는 것을 들고 나왔다. 이름은 그럴 듯하지만 우리 경제 체제에 너무 이질적인 그 개념을 많은 주류 경제학자들은 곡학아세(曲學阿世)의 전범으로 꼽는다.

주류 경제학은 방법론적으로 튼실하고 이론적으로 정교해서, 주류 경제학자들의 판단은 다른 분야 학자들의 그것보다 훨씬 동질적이다. 그래서 유 의원이 보인 행태는 이해하기 어렵다. 부유한 집안에서 자랐고 좋은 직장과 많은 재산을 누리면서 권력을 쫓더니, 뒤늦게 '강남 좌파'로 변신한 셈이다. 프랑스 사상가 쥘리앙 방다의 탄식대로, 이런 지적 배신이 현대 사회에 가장 해롭다.

신뢰를 저버리는 행위의 심리적 비용보다 거기서 얻을 이익의 심리적 가치가 클 때, 배신이 나온다. 양심의 가책도 둘레의 지탄도 당장의 자기이익을 위해 감내할 수 있는 사람만이 배신할 수 있다. 이처럼 배신이 유난히 자기중심적인 성품에서 나오므로, 한번 배신한 정치인은 다시 배신하게 마련이고 끝내는 국민들을 배신한다.

사람은 '도덕적 동물'이어서, 작은 배신에도 큰 심리적 비용이 따른다. '배신 트라우마'에 시달려온 박 대통령에 대한 공개적 배신은 그래서 대단한 결단이다. 원내대표였던 단 몇 달 동안에 개인적, 정치적 및 지적 배신을 효과적으로 해냈다는 것은 그의 배신이 오래 준비되었음을 가리킨다. 그의 계산대로, 현직 대통령에 대한 거대한 불만을 돛폭에 받고 배신의 항로는 거침이 없다. 배신의 경제학은 늘 얄궂다.

민란의 추억

"민란은 가슴에 절망을 품었다." 예상보다 큰 동력을 얻은 '2차 안철수 현상'을 살피노라면, 프랑스 사상가 자크 엘륄의 얘기가 떠오른다. '1차 안철수 현상'은 금융위기가 낳은 경제적 절망이 동력이었고 이번엔 마비된 정치권에 대한 절망이 에너지를 공급했다.

안철수 현상은 본질적으로 민란이다. 민란의 틀로 살피면, 모습이 보다 또렷해진다. 활기찬 사회에서 사람들은 세계에 대한 합리적 설명과 현실적 정책을 찾는다. 앞날이 암담하면, 사람들은 즉각적 구원을 찾는다. 그래서 민란의 중심은 구세주다.

구세주는 초인적 능력을 지녀야 하므로, 신비로운 면모를 지닌 사람이 그 역할을 맡게 된다. 당연히, 정치 경험이 없어 '때 묻지 않은' 사람이 유리하다. 안철수 의원은 그런 사정 덕분에 단숨에 정치 지도자로 떠올랐다. 안 의원은 저번엔 미지수였지만, 이제 능력이 드러났다. 그래서 민중의 절망은 저번보다 작지 않지만, 이번 바람은 정치권을 공황으로 몰았던 저번의 태풍이 못 된다.

민란과 혁명은 다르다. 민란은 작은 혁명도 실패한 혁명도 아니다. 혁명은 가슴에 희망을 품었고 교리와 정책들을 갖췄다. 가슴에 절망을 품은 민란은 무엇을 지향하지 않는다. 그저 무엇을 반대한다. 자연히, 민란은 보수적이거나 반동적이다.

안 의원이 내건 '새 정치'는 그가 기성 권력에 반대함을 보여준다. 그러나 그가 밝힌 '새 정치'의 내용은 모범 답안 같다는 평가를 받았다. 그가 민란의 지도자라는 사실이 다시 확인된다. 근본적으로, 자유롭고 민주적인 사회에선 절망의 에너지가 크게 쌓이지 않고 대안들은 현재의 체제보다 매력적이지 못하므로, 혁명이 일어날 수 없다.

민란이 성공하려면, 지도자가 구세주의 신비로움을 잃지 않아야 한다. 자신에 대해 처음 말했을 때, 안 의원은 한나라당과는 다르다고 밝혔다. 그런 발언은 자신을 이념적 틀로 정의해서 신비로움을 걷어냈고 잠재적 추종자들을 줄였다. 정체가 모호할수록 그래서 사람들이 자기 나름으로 해석할 여지가 클수록, 지도자는 더 큰 세력을 거느린다.

민란 세력은 조직되지 않았으므로, 응집력이 약하다. 당연히, 태풍처럼 단숨에 기존 질서를 휩쓸어야 성공할 수 있다. 무엇보다도 민란의 지도자는 지배 세력과 협상해선 안 된다. 협상은 구세주를 상대방의 수준으로 끌어내리고 신비로움에 때를 묻힌다. 아울러,

지연 작전을 펴는 집권 세력에 말려들어 추종자들이 흩어진다. 대통령 후보였을 때, 안 의원은 재야 지도자들이 나름으로 이념적, 종교적 또는 정치적 기득권을 대표하며 그래서 자신에게 적대적이라는 점을 깨닫지 못했다. 그는 구세주인 자신에게 복속하라고 그들에게 요구하지 못하고 그들의 조정에 순응했다. 결국 그는 문재인 후보와 협상에 나섰고 그의 태풍은 열대성 저기압으로 사그라졌다.

역사적으로, 민란은 성공한 적이 드물다. 민란에 가담한 민중을 군대로 조직하는 것이 워낙 힘들었으므로, 지배 계급이 일부라도 가담해야 성공했다. 자유롭고 민주적인 사회에선 칼이 아니라 표가 말한다. 그래서 민란은 민중주의 정당의 모습으로 나타나서 다소간에 목표를 이루고 때로 집권하기도 한다. 경제가 절망적인 그리스에서 단숨에 집권한 시리자는 전형적이다.

그러면 민란의 한계를 지닌 '2차 안철수 현상'은 무엇을 이룰 수 있을까? 민란의 일차적 효과는 제대로 작동하지 못하는 체제에 대한 충격이다. 그래서 그 체제가 다시 움직이거나 무너지게 만든다.

말단 관리인 진승이 절망적 상황에서 일으킨 반란은 연쇄반응을 일으켜 잘 조직된 진(秦) 제국이 무너지도록 만들었다. 서양 문명의 배척을 근본으로 삼고 흥선대원군의 복위를 정치 프로그램으로 내건 동학교도의 봉기는 청일전쟁을 촉발해서 동아시아의 역사를 바꾸었다. 민중은 멀리 내다보지 못하지만, 그들의 봉기는 의도하지 않은 결과들을 낳아 체제를 흔들고 역사를 바꾼다.

국민의당은 이미 정치권에 긍정적 충격을 주었다. 북한의 인권과 테러에 대응하고 정부가 갈구하는 경제 법안들을 호의적으로 검토하겠다고 선언한 것은 진보적이다. 특히 안 의원은 "총선에서 야권연대는 없을 것"이라 선언해서, 자신이 실패에서 배우는 정치가임을 보여주었다.

민란의 함성은 사람들의 가슴에 울린다. 진승, 스파르타쿠스, 황소, 망이, 푸가초프, 홍경래, 전봉준, 자파타 - 이것보다 가슴을 더 시리게 하는 명단이 있을까? 몇 해 전 자신을 따라 나섰던 사람들이 아련해진 민란의 추억을 떠올리게 할 수 있다면, 이번엔 달든 쓰든 결과를 보겠다는 의지가 있음을 그들이 믿도록 할 수 있다면, 안 의원은 방해주의자들(obstructionists)에 막힌 정치권을 시원히 휩쓰는 태풍이 될 수 있을 것이다.

민란의 마무리

'안철수 현상'은 본질적으로 민란이다. 안철수 의원은 기존 정치에 반기를 들었고 국민의당을 이끌면서 양당 구도를 깨뜨리려 시도했다. 정치 현실에 절망한 시민들이 그를 따랐다. 국민의당이 예상보다 많은 의석을 얻으면서, 그가 이끈 민란은 드디어 근거를 마련했다. 이제 그는 민란을 마무리할 길을 찾아야 한다.

지금 상황은 〈삼국연의〉의 '삼국정립'과 비슷하다. 안 의원은 강대한 위(魏)와 오(吳)의 틈바구니에서 작은 촉한(蜀漢)을 세운 셈이다. 그러나 촉한을 세운 유비와 국민의당을 세운 안 의원은 중요한 점에서 다르다. 안 의원이 하는 전쟁은 정책의 대결이다. 실제 전쟁과 달리, 정책의 대결에선 작은 정당의 지도자도 좋은 정책들로 선거에서 이길 수 있다.

국민의당이 결정표(casting vote)를 지녔으므로, 안 의원은 입법을 주도하면서 세력을 늘릴 수 있다. 중도좌파인 안 의원으로선 오른쪽으로 향하는 것이 합리적이다. 우리 사회의 구성원리인 자유민주주의와 시장경제를 충실히 따르는 것은 집권에 유리할 뿐 아니라 민란의 성격에도 맞다. 민란에 참가한 사람들은 혁명가들이 아니다. 체제를 바꾸려는 것이 아니라 개선하려는 것이다. 새누리당에 실망해서 국민의당을 지지한 시민들은 특히 그렇다.

근자에 새누리당은 지지자들의 기대를 거듭 저버렸다. 공천 과정의 추태만을 얘기하는 것이 아니다. 박근혜 대통령은 '경제민주화'라는 사회주의 정책을 공약으로 내세웠고 실제로 집행했다. 그것이 재앙임이 드러나도, 공식적으로 철회하지 않았다. 당연히, 경제는 큰 혼란과 침체를 겪었다. 유승민 원내대표는 아예 '사회적 경제'를 내세웠다. 이번 선거에서 김무성 대표는 노동개혁을 반대한다면서 노조원들에게 표를 구걸했다.

새누리당이 자신의 정체성을 잊으면서, 우파 이념은 빈 땅이 되었다. 이런 이념적 묵정밭에 시장경제에 맞는 정책들을 심어 가꾸면, 안 의원은 단숨에 보수 시민들의 지지를 얻을 수 있다. 반면에, 왼쪽은 움직일 여지가 작다. 더불어민주당이 자리잡았고, 어차피 우리 사회의 구성원리를 거스르는 정책들엔 한계가 있다.

이 일에서 안 의원이 본받을 사람은 영국의 토니 블레어 수상이다. 그는 '제3의 길'이란 구호를 내걸고 선거에 나섰다. 집권하자, 그는 바로 시장경제의 원리에 충실한 정책들을 폈다. "노동당이 다 훔쳐가서, 우리 정책이라고 내놓을 것이 없다"고 보수당 의원들이 불평했을 정도다. 그런 친시장 정책들은 경제를 활기차게 만들었고 덕분에 노동당은 오래 집권했다. 독일의 슈뢰더 수상과 한때 브라질을 발전시켰다고 평가 받은 룰라 다 시우바 대통령도 같은 길을 걸었다.

집권한 뒤 친시장 정책을 편 좌파 지도자들과 달리, 안 의원은 친시장 정책을 미리 펴서 시민들의 지지를 얻어야 한다. 안 의원에겐 다행히도, 새누리당은 경제를 개혁할 의지를 잃었다. 이번 선거에서 새누리당은 민중주의적 공약들을 서슴없이 내놓았다. 특히 최저임금의 가파른 인상이 부를 문제들을 알리는 대신 더불어민주당을 따라 대폭 인상을 공약했다. 이미 자영업자들은 일손을 줄이고 아파트마다 경비원들을 줄이는데, 그런 조치가 부를 실업은 외면했다.

어느 사회에서나 경제 개혁의 핵심은 노동시장의 유연화다. 우리 사회에선 특히 그러하니, '귀족노조'들의 행태는 목불인견이다. 그러나 새누리당은 한국노총에 매달리고 더불어민주당은 민노총의 볼모 신세다.

안 의원이나 국민의당은 노조에 진 빚이 없다. 안 의원이 노동시장을 과감히 개혁하는 법을 마련한다면, 그는 자신의 지도력을 시민들에게 선명하게 각인시킬 것이다.

안 의원이 이끈 민란은 호남의 지지 덕분에 성공했다. 여기서 새로운 가능성이 나온다. 친시장 정책들을 펴는 데 성공하면, 그는 호남을 묶은 이념적 주문(呪文)을 풀 수 있다. 원래 호남은 우파의 보루였다. 대한민국이 세워질 때, 건국 이념을 떠받친 정당은 김성수, 송진우, 김병로 같은 호남 우파 지도자들이 이끈 한국민주당이었다. 시장경제의 우수성이 증명된 지금, 호남이 좌파 이념에 계속 매일 이유가 어디 있는가? 그 이념적 주문을 푼다면, 실은 풀려고 노력하기만 하더라도, 안 의원은 깊은 지역적 분열을 치유하는 단서를 마련하는 것이다.

이 과업은 파천황의 상상력을 요구한다. 끈질긴 '야권 통합'의 유혹을 물리치고 응집력 약한 정당을 이끌면서, 누구도 엄두 내지 못한 길을 가야 한다. 시민들에게 직접 호소해서 지지를 얻고 그 기운으로 국민의당을 힘차게 이끌어야, 비로소 가능하다. 고비를 맞을 때마다 안 의원이 지지자들에게 외쳐야 할 말은 프랑스 혁명을 이끌면서 당통이 외친 구호다. "대담함, 거듭 대담함, 항상 대담함!"

보다 나은 국회를 찾아서

19대 국회에 대한 평가는 낮다. 총선거가 다가왔으니, 보다 나은 국회를 꾸밀 길을 찾아야 한다. 이번 국회가 유난히 문제적이었던 근본적 이유는 국회선진화법이다. 헌법재판소는 이 법의 위헌 여부에 대해 곧 판결하리라 한다. 문제의 근원이 법 자체가 아니라 운용의 미숙이라는 주장도 나오므로, 위헌 여부를 떠나 이론적 고찰도 필요하다.

집단적 결정을 도출하는 데는 비용이 든다. 그 비용은 두 요소들로 이루어지니, 하나는 집단적 결정 때문에 구성원들이 손해를 볼 가능성을 뜻하는 외부비용(external costs)이고 다른 하나는 합의 과정에 드는 의사결정비용(decision-making costs)이다.

이 둘 사이엔 맞바꾸기(trade-off)가 존재한다. 외부비용을 줄여 소수의 이익을 보호하려면, 합의에 필요한 찬성 비율을 높여야 하므로, 의사결정비용이 커진다. 외부비용이 전혀 없는 만장일치에선 의사결정비용이 비현실적으로 커진다. 공적 집단에서 만장일치가 채택되지 않는 것은 이런 사정 때문이다. 그래서 외부비용과 의사결정비용을 합친 총비용이 가장 작은 수준에서 의결에 필요한 찬성비율을 정하게 된다. 흔히 쓰이는 것은 단순과반수다.

국회선진화법은 몸싸움을 막으려고 의결에 필요한 비율을 단순과반수 이상으로 높였다. 소수당의 외부비용을 줄이려 의사결정비용을 늘린 것이다. 여야의 세력이 비슷한 상황에서 이런 조치는 실질적으로 만장일치를 강요한다. 이처럼 비현실적으로 설계되었으므로, 이 법은 헌법재판소의 판결과 관계없이 폐기되어야 한다.

자주 언급된 대로, 박 대통령의 군주적 지도력도 국회의 마비에 한몫 했다. 여야 지도자들이 협상을 통해서 의사 일정을 마련하지 못하면, 대통령이 나서야 한다. 실은 여야 관계가 좋을 때도, 대통령이 적극적으로 나서야 입법이 제대로 된다.

남성들이 압도적인 정치계에서 여성 지도자는 아무래도 정치인들과 친밀한 관계를 유지하기 어렵다. 지도력이 뛰어났던 영국 대처 수상도 그 점에서 작지 않은 어려움을 겪었다. 그런 점을 감안하더라도, 박 대통령은 야당 지도자들과의 소통에서 너무 소극적이었다. 반면에, 국회의 무능과 비협력적 태도를 비판하는 발언은 어느 대통령보다 많았다.

20대 국회가 열리면, 박 대통령은 새로운 면모를 보일 기회를 얻는다. 의회의 비협력적 태도로 속이 썩지 않은 정치 지도자는 세상에 없었다는 사실을 박 대통령은 새겨야 한다.

19대 국회의 낮은 성적이 실은 입법의 부진이 아니라 악법의 양산에서 나왔음을 우리는 주목해야 한다. 법들이 너무 많고 거친 사회에선 법의 부재로 나오는 혼란보다 잘못 설계된 법들의 억압이 훨씬 해롭다. 게다가 국회선진화법이 여야의 흥정을 강요하면서, 법마다 야당의 민중주의적 성향이 깊이 스며들었다.

대표적인 것은 면세점법 개정이니, 면세점 사업권 기한을 느닷없이 10년에서 5년으로 줄였다. 대기업들만 참여하는 분야라서 특혜를 줄인다는 논리였다. 한국경제연구원의 추산에 따르면, 이 조치로 연간 1조 5천억 가까운 경제적 손실이 나오고 이미 2천 명이 일자리를 잃었다. 이런 민중주의적 법안 넷이 연간 8조원 가량의 손실을 끼치고 경제 성장률을 0.7백분점(pp) 낮춘다 한다. 곧 통과될 3개 법안들은 더 큰 해를 끼치리라 한다.

이런 상황을 개선할 길은 마땅치 않다. 민중주의는 어느 사회에서나 인기가 높다. 자연히, 우리 사회의 원리인 자유민주주의와 시장경제를 지키려는 노력은 보답이 작다. 의원들이 유권자들의 민중주의 성향을 무시하고 나라의 이익을 생각하리라고 기대할 수는 없다.

민중주의적 법들을 만든 의원들이나 정당을 응징할 길도 없다. '면세점법 개정안'은 야당 의원 한 사람이 1분 동안 우겨서 만들었다는데, 그는 이번엔 출마하지 않는다. 그의 정당을 응징할 길도 없다. 이 일로 지지 정당을 바꿀 사람이 몇이나 될까?

하긴 연간 3조 2천억 원이 넘는 손실을 끼친다는 '단통법'은 새누리당 중진 의원이 발의했다. 거슬러 올라가면, '경제민주화'라는 구호를 공약으로 내걸어 선거에 이기고 임기 초에 실제로 그것을 실행하다가 경제를 큰 혼란에 빠트린 것은 박근혜 대통령이었다.

사정이 조금이라도 개선되려면, 시장경제를 비난하는 의원들이 줄고 옹호하는 의원들이 늘어야 한다. 면세점법 개정을 주도한 의원이 좌파 시민단체 소속 경제학자였다는 사실은 아프게 일깨워준다, 중요한 것은 경제학 지식이 아니라 우리 사회의 원리에 맞는 사회 철학임을. 대기업들만을 대변한다는 비난과 경멸을 견디면서 시장경제를 옹호할 만큼 심지 굳은 의원들이 단 몇이라도 있다면, 나오는 법마다 경제를 해치는 상황은 피할 수 있을 것이다.

다시 핀 진달래 앞에서

서울 둘레길 따라 진달래가 다시 피었다. 잎새가 나오기 전에 먼저 피는 분홍 꽃은 애잔해서, 헤어짐을 생각나게 한다. 그래서 그런지, 소월의 시에서도 이흥렬의 노래에서도 진달래는 헤어짐을 상징한다. 그 꽃잎들에 앳된 얼굴들이 겹친다. 이어 물음이 나온다, "한 해 동안 우리 사회는 얼마나 바뀌었나?"

한 해 전 우리는 다짐했었다, 이번 일을 계기로 우리 사회를 보다 안전하고 맑은 사회로 만들자고. 온 나라가 슬퍼하는 비극은 실제로 사회를 바꾸는 힘이 될 수 있다. 슬픔은 어떤 감정보다 깨끗해서, 상처를 씻어 아물게 하고 재앙을 극복하는 심적 자산이 된다.

안타깝게도, 우리는 그런 심적 자산을 제대로 쓰지 못하고 흩어지도록 했다. 갖가지 안전사고들이 일깨워주는 것처럼 그때보다 우리 사회가 더 안전해진 것도 아니고, 잇달아 나오는 추문들이 가리키는 것처럼 더 맑아진 것도 아니다.

실은 문득 진 꽃들을 절제된 태도로 애도하는 지혜도 우리는 배우지 못했다. 유족들은 두 집단으로 나뉘어 일마다 의견을 달리했다. 끝내는 유족 대표들이 가난한 대리 운전사를 폭행해서 기소되고 위세를 부린 야당 국회의원은 공범으로 수사 받는 지경에 이르렀다. 어떻게 하다 우리는 이런 상황으로 몰렸는가?

세월호의 침몰은 여러 요인들이 겹쳐서 일어났다. 그 요인들은 본질적으로 도덕심의 부족에서 나왔다. 낡은 배를 사서 취미를 즐기려고 회사 돈으로 한 층을 더 쌓아서 배를 위태롭게 만든 해운회사의 사주, 무리한 개축을 "적재 화물을 크게 줄인다"는 조건으로 허가해서 자신들의 책임을 교묘하게 회피한 선박 전문가들, 과다 적재를 강요한 해운회사 실무자들, 안전 점검을 아예 하지 않고 서류만 꾸민 여러 감독 기관들의 요원들, 믿어지지 않을 만큼 도덕심이 부족한 선장과 선원들-이들 가운데 최소한의 도덕심을 지닌 사람이 하나라도 있었다면, 그 배는 많은 승객들과 함께 가라앉지 않았을 것이다.

당연히, 정부는 사고를 수습하는 절차를 밟으면서 우리 사회를 보다 도덕적으로 만드는 과제를 수행해야 했다. 세월호 사고가 특수한 사건이 아니라 우리 사회의 낮은 도덕적 수준에서 나오는 갖가지 사건들 가운데 하나라는 점을 명확히 하고 사회를 보다 안전하고 맑게 만든다는 목표를 세워야 했다.

그러나 정부는 법과 조직을 바꾸는 일에 매달렸다. 느닷없이 해양경찰청을 없애고 국민안전처를 새로 만들었다. 늘 위험한 상황에서 일하며 중국 어선들의 불법 조업을 목숨을 걸고 막아내는 해양경찰 조직을 단 한 번 미흡했던 책임을 물어 없앤 것은 정의롭지도 효과적이지도 않다. 국민안전처를 새로 만들면, 정부가 커져서 세금은 분명히 더 들지만 시민들이 더 안전해질지는 확실치 않다.

진단이 그르면, 옳은 처방도 좋은 효과도 기대할 수 없다. 해양경찰청을 해산할 만큼 정부의 대응에 문제가 있었다면, 궁극적 책임은 당연히 대통령이 져야 한다. 여러 요인들이 겹쳐서 일어난 교통 사고가 제대로 조사가 시작되기도 전에 정부와 대통령의 책임으로 규정된 것이다. 그 뒤로 세월호 사고에 관련된 일들에서 정부와 대통령은 수동적이 될 수밖에 없었다.

아울러, 정부의 조직 변경으로 대책이 마련되었다는 논리가 서자, 사회의 도덕적 수준을 높인다는 근본적 대책은 시야에서 사라졌다. 우리 시민들의 마음에서 일었던 슬픔의 깨끗한 에너지는 좋은 목적에 쓰이지 못한 채 그냥 흩어졌다. 한국이라는 배가 힘차게 항해에 오르도록 터빈을 돌릴 수 있었던 뜨거운 증기가 헛된 김으로 새어나간 것이다.

그러다 보니, 우리 사회는 목적항도 잊고 항로도 모르고 추진력도 잃은 채 표류하는 배처럼 되었다. 모든 행사들이 취소되고 모든 사람들이 고개 숙이고 몸을 낮추었다. 자연히, 경제는 침체했고 정국은 '유족의 뜻'을 내세운 세력이 주도했다.

"기술적으로 가능하면, 세월호를 인양하겠다"고 한 박 대통령의 얘기에서 이런 사정이 괴롭게 드러난다. 전문가의 얘기를 들을 것도 없이, 세월호 인양은 기술적으로 가능하다. 비록 선체가 크고 물살 거센 해역의 뻘에 묻혔지만, 얕은 바다에 침몰한 배를 건져 올리는 일은 기술적으로 간단하다. 진정한 논점은 '과연 그 배를 지금 건져 올리는 것이 타당한가'다. 기술적 어려움의 문제가 아니라 가치 판단의 문제다. 건져 올리는 데 엄청난 비용이 들고 상당한 위험이 따르는데 혜택은 분명치 않으니, 생각 깊은 사람들이 망설이는 것이다.

만일 야당 지도자들이 늘 강조해온 것처럼, '유족의 뜻'이 세월호와 관련된 모든 일들에서 최고의 지혜고 가치라면, 박 대통령은 명확히 말했어야 했다, "무슨 비용이 들고 무슨 위험이 도사리고 있어도, 세월호를 인양하겠다." 그렇지 않고, 합리적으로 비용과 혜택을 계산해야 한다고 여겼다면, 그 계산의 결과를 내놓고 시민들의 동의를 구했어야 했다.

지금까지 박 대통령은 보기 민망할 정도로 무기력했다. 자신에 관한 추문으로부터 자신을 지키느라, 적극적으로 사회적 논의를 주도하지 못했다. 그 동안 세월호의 인양에 관한 논의들이 자주 나왔지만, 정부는 단 한 번도 주도적으로 전문가들의 의견을 모아서 합리적 판단을 내리려 하지 않았다. 그저 '긁어 부스럼'을 피하자는 태도만 보였다. 그런 태도가 안은 치명적 위험은 목청이 큰 사람들의 주장에 휘둘려 '배가 산으로 가는' 것이다.

비용-편익 분석을 하지 못한 채 인양하기로 결정이 나는 바람에, '인양한 뒤엔 배를 어떻게 할 것인가'라는 중요한 문제는 정작 논의도 안 되었다. 비용-편익 분석의 편익에서 가장 큰 부분이 바로 건진 배의 활용이다. 그런 분석이 없었으니, 활용에 대한 논의도 나올 수 없었다. 원래 낡았던 데다 바다 속에 두 해 동안 잠겼을 터이니, 막상 건져 올린 뒤의 배는 보존도 활용도 어렵다. 그렇다고 버리기도 쉽지 않다. 다 삭은 선체를 어떻게 하자는 얘기인가? 세월호의 인양은 천안함의 인양과는 성격과 목적이 전혀 다르다.

세월호 사고 일주기를 맞아, 박 대통령은 무기력에서 벗어나 우리 사회를 이끌어야 한다. 무엇보다도, 관료주의적 처신에서 훌쩍 벗어나 대담한 상상력을 발휘해야 한다. 어느 회의에서나 박 대통령은 적어온 것을 낭독하고 당부하는 것으로 시종한다. 토론도 질문도 없다. 장관들도 비서관들도 관객에 지나지 않는다. 혼자만의 무대는 화려한 것이 아니라 적막한 것이다.

시민들을 대할 때도 마찬가지다. 박 대통령은 사회적 과업에 시민들이 참여할 자리를 마련한 적이 없다. 세월호 사고의 수습 과정에서도 시민들은 관객에 지나지 않았다. 관객이 된 시민들이 뜨겁게 반응할 리 없다. 시민들이 열정적으로 참여할 자리를 마련하는데 실패한 지도자는 업적을 남기기 어렵다.

시민들의 참여를 멋지게 이끌어낸 지도자로는 미국의 존 케네디 대통령이 먼저 꼽힌다. 민주당 대통령 후보 수락 연설에서 그는

"우리는 오늘 새로운 변경의 모서리에 서 있습니다"라고 선언했다. 그는 그 변경이 미지의 기회들과 위험들로 가득한 곳이라고 지적했다.

'새로운 변경(new frontier)'은 개인에게나 사회에나 필요하다. 아서 클라크의 얘기를 빌리면, "우리는 빵만으로 사는 것이 아니다. 우리에겐 모험, 다양성, 새로움, 낭만이 필요하다." 케네디는 시민들에게 새로운 변경의 모습을 보여줌으로써 그들이 자신의 꿈에 동참하도록 하는 데 멋지게 성공했다.

이어 취임 연설에서 그는 "당신의 나라가 당신을 위해 무엇을 할 수 있는가가 아니라 당신이 당신의 나라를 위해 무엇을 할 수 있는가 물으시오" 하고 요구했다. 시민들에게 나아갈 길을 보이고 그 길을 가는 데 필요한 헌신적 자세를 요구한 것이다. 시민들에게 높은 도덕을 요구하지 않는 지도자는 시민들의 잠재력을 이끌어 낼 수 없다. 1차대전의 갈리폴리 전투에서 케말 파샤는 병사들에게 말했다, "나는 귀관들에게 싸우라고 명령하는 것이 아니다. 나는 귀관들에게 죽으라고 명령하는 것이다." 그 명령을 받은 터키군은 절대적으로 불리하다는 예상을 깨고 영국군을 물리쳤다.

이제 박 대통령은 자신이 제시한 목표에 시민들이 열정적으로 참여하도록 해야 한다. 그렇게 시민들의 심적 에너지를 모을 만한 일로는 우리 사회를 보다 도덕적으로 만드는 일보다 나은 것이 없다. 낮은 도덕적 수준은 세월호 사고만이 아니라 우리 사회의 전반적

부진의 근본적 요인이다. 박 대통령은 시민들에게 도덕적으로 행동하라고 요구해야 한다.

물론 그 일은 쉽지 않다. 상상력과 대담성이 아울러 필요한 일이다. 게다가 갑자기 터진 '성완종 추문'이 정국을 휩쓰는 터라서, 그런 과업을 추진하기가 한결 어려워졌다. 그러나 지금 박 대통령이 적극적으로 나서서 지도력을 발휘하지 못한다면, 우리 사회는 무기력에서 벗어날 수 없다.

"중앙은 밀리고 우익은 후퇴합니다. 상황이 멋집니다. 공격하겠습니다." 1차대전이 일어났을 때, 프랑스 야전군 사령관 페르디낭 포쉬가 총사령관 조제프 조프르에게 올린 보고다. 밀리는 상황에선 거의 언제나 과감한 반격이 최선이다.

징병제와 모병제

새누리당 대통령 후보로 꼽히는 남경필 경기도지사가 모병제를 제안하면서, 병역에 관한 논의가 일었다. 그 동안 대통령 후보들이 주로 정치에 관한 공약을 내걸었다는 사정과 북한의 위협이 부쩍 커졌다는 사정이 겹쳐, 남지사의 제안은 신선하게 다가온다.

한 사회가 군대를 조직하는 방식은 그 사회의 구조와 성격을 결정하는 근본적 요인들 가운데 하나다. 잘 알려진 예는 '갑옷 입은 기사(armored knight)'의 출현이 중세 서양에 미친 영향이다. 중세 초기 이란에서 고안된 중갑기병(cataphract)은 유목민들의 경기병을 막아내는 데 뛰어나서 널리 퍼졌고, 마침내 유럽에서 갑옷 입은 기사로 변모했다. 말과 갑옷 같은 기사의 장비는 큰 비용이 들었으므로, 기사 계층은 사회적 잉여를 장악하면서 지배 계급으로 자라났다. 이런 사정은 중세 봉건제의 출현에 결정적 동력을 제공했다. 근세에 화기가 보급되자, 기사 계급이 몰락했고, 봉건제도 따라 무너졌다.

그래서 병역 체계를 개선하자는 제안은 진지하게 논의되어야 한다. 우리 사회가 빠르게 발전해 왔으므로, 현행 병역 체계가 사회의 구성 원리와 현실에 맞는지 살피는 것은 중요하다.

군인은 가장 오래된 직업이다. 사회적 동물들은 전쟁을 하게 마련이어서, 무사 계층을 만들어낸다. 개미와 흰개미 같은 곤충들은 그 점을 잘 보여준다. 큰 동물들 가운데 사람과 침팬지만이 전쟁을 한다는 사실은 인류가 독자적 종으로 진화하기 전부터 개인들이 군인 노릇을 해 왔음을 가리킨다. 가르쳐주지 않아도 패를 지어 전쟁놀이를 하는 아이들은 우리 마음이 다듬어진 환경을 보여준다.

인류 문명이 발전하고 분업이 뚜렷해지자, 직업 군인들이 나타났다. 유사시에만 모든 구성원들이 무기를 들고 나섰다. 역사적으로, 군대는 지원자들로 이루어지는 것이 상례였고 비상시에만 징집병들이 더해졌다. 어느 군대에서나 장교들과 부사관들은 직업 군인들이었고, 특수한 기술이나 고도의 숙련을 요하는 병과들도 지원자들로 채워졌다. 병력의 다수를 이루는 보병들이 주로 전시에 징집병들로 이루어졌다. 부족한 병력은 때로 외국인 지원병들로 메워졌는데, 이들은 용병이라 불렸다.

이렇게 보면, 우리 병역 체계를 논의할 때 징병과 모병을 대립시키는 것은 논리적으로 어색하다는 것이 드러난다. 국군은 지원병들이 근간을 이루고 실질적으로 육군 전투병과들만 징집병들로 채워진다. 자연히, 징병을 줄이고 모병을 늘리는 방안에 초점을 맞추어야, 논의가 생산적이 될 수 있다.

징집은 자유 사회의 원리를 거스른다. 적성에 맞지 않는 직업에 몇 해씩 종사하는 젊은이들이 겪는 괴로움과 손실은 사회의 복지를 크게 줄인다. 젊을 때 경력의 절정기에 이르는 운동선수들이나 가수들에겐 엄청난 손실을 강요한다. 게다가 징집된 병사들은 생산성이 낮고 군사 기술을 익힐 시간도 적다.

반면에, 지원병들은 의욕도 크고 현대 군대에 필요한 기술을 갖춘다. 시장의 원리를 통해서 충원하므로, 인적 자원의 배치에서 단연 효율적이다. 훈련과 위험한 임무로 이름난 해병대가 어느 사회에서나 인기가 높다는 사실은 시장을 통한 충원의 장점을 보여준다.

모병제를 당장 적용할 부대는 예비군이다. 지원병들로 이루어진 예비군 사단 몇 개를 만들어서 한 해에 두어 달 실전적 훈련을 하고 보상과 진급이 제대로 이루어지도록 한다면, 문제 많고 미덥지 않은 현행 예비군 체제보다 몸집은 작지만 전력은 훨씬 뛰어날 것이다.

반론도 나왔다. 모병은 군대를 가난한 계층으로 채울 터여서 정의롭지 못하다는 얘기다. 가난한 계층의 젊은이들이 많이 지원하리라는 전망은 나올 만하지만, 그것이 정의롭지 못하다는 지적은 비논리적이다. 젊은이들에게 자유롭게 직업을 고를 기회를 준 것이 어떻게 불의를 낳는가? 원하지 않는 직업에 일정 기간 종사하도록 강요한다는 점에서, 그렇게 강요하는 것이 국가라 하더라도, 징병이 오히려 정의에서 멀지 않은가?

그런 논리로는 건설 현장에 가난한 계층이 많은 것도 불의고 의사와 같은 좋은 직업들에 가난한 계층이 적은 것도 불의다. 그렇다면, 국회의원이 점점 세습직이 되어가는 지금, 국회의원들도 징집을 통해서 소득 기준으로 훨씬 평등한 국회를 추구해야 옳지 않을까? 국민참여재판에 징집된 배심원들의 판단을 보면, 징집 국회가 지금 국회보다 못할 것 같지도 않다.

모병이 불의라는 주장은 정의를 기회의 평등과 절차의 공정성이 아니라 최종결과의 산술적 평등에서 찾는다, 사회주의자들이 추구하는 그런 평등의 함의는 무섭다. 그것을 실현하려면, 개인들이 직업을 고르는 것이 아니라 중앙 기구가 노동을 강제로 배분해야 한다. 그런 '노동의 지도'를 하이에크는 개인들이 자유를 잃고 중앙 기구에 '예속되는 길(The Road to Serfdom)'이라고 경고했다.

소총의 현실적 개념 설계

1960년대 후반 강원도 김화의 경계초소(GP). 해가 막 저물었는데, 이웃 초소에서 총소리가 요란했다. 이어 그 초소 아래쪽 사면에 기관총으로 사격하라는 명령이 중대본부에서 내려왔다. 공비가 초소 아래쪽에 붙었는데, 사각(死角)이라는 얘기였다.

기관총탄이 몇 발 나가더니, 멎었다. 선임하사가 응급조치를 하고, 다시 쐈다. 몇 발 나가더니, 다시 멎었다. 선임하사가 기관총 사수에게 두격 조정을 안 해놨다고 욕설을 퍼붓고서 자동소총을 쏘기 시작했다. (두격은 노리쇠 앞 부분과 약실 안 탄환 사이의 거리인데, 그 간격을 잘 맞춰야 기관총이 작동한다.)

"장님," 상황병이 외쳤다. "중대장님 전환데요, 왜 사격 안 하느냐고 야단이세요."

"지금 열나게 갈기고 있다고 그래," 초소장이 대꾸했다.

"장님, 왜 예광탄이 안 보이느냐고 하세요," 되짚어 나온 상황병이 외쳤다.

초소장의 말문이 막혔다. 탄창을 쓰는 자동소총엔 탄착점을 가리키는 예광탄이 없었다.

"신형 기관총이라 그렇다고 그래," 자동소총을 겨눈 채, 선임하사가 느긋하게 농담을 던졌다.

이튿날 사정이 밝혀졌다. 이웃 초소 철조망 바로 아래서 초소를 살피는 공비를 보고 보초가 유탄발사기를 쏘았다. 그러나 유탄은 위력이 없었고 공비는 비탈을 굴러 내려갔다. 보초가 서두르다가 그만 훈련탄을 장전한 것이었다.

그런 경험들을 통해서 나는 '군대판 머피의 법칙'을 체득했다: '일어날 수 없는 사고들도 군대에선 조만간 일어난다.' 보초는 졸고 공비가 나타나면 훈련탄을 쏘고 기관총조는 두격 조정도 제대로 안 해놓는 것이 비무장지대 초소의 모습이었다. 무엇보다도, 초소에 관측장교로 올라갔던 나 자신이 어이없는 실수들을 저질렀다.

병사들의 소화기들은 그런 사정을 고려해서 설계되어야 한다. 딴짓하다 뒤늦게 적군을 보고 제대로 건사하지 않은 소총을 집어 마구 갈겨도 탄환이 표적을 찾아야 한다.

이런 상황을 고려해서 설계된 소화기로는 러시아의 AK-47이 으뜸이다. 간단하고 튼튼해서, 흙탕 속에 박혔어도, 물로 씻고 쏘면 나간다. 땅 속에 여러 해 묻혀 쇳덩이만 남았어도 작동했다는 얘기도 있다. 당연히 인기가 높아서, 지금도 1억 정 가량이나 쓰인다.

AK-47을 설계한 미하일 칼라쉬니코프는 학교 교육도 군대 훈련도 제대로 받지 못한 러시아 병사들이 바로 쓸 수 있는 무기를 지향했다. 이 점은 사격선택기의 설계에서 잘 드러난다. 선택기는 안전 위치에서 단발 위치를 거쳐 자동 위치로 가는 것이 자연스럽고 논리적이다. 그러나 AK-47은 안전, 자동, 단발 순이다. 당황한 병사가 안전 위치에 놓았던 선택기를 한껏 밀고서 사격하리라 예상한 것이다. 첫 표적에 탄환을 다 써버리는 것을 막으려고 의도적으로 골라야 되는 중간 위치에 자동을 놓은 것이다.

지금 국군의 소화기 K-11을 놓고 군 수뇌부가 고뇌한다는 얘기가 들린다. K-11은 소총탄과 공중폭발탄을 함께 쓰는 자동소총으로 분대의 중화기다. 공중폭발탄이 위력은 약한데 충격엔 예민해서 오발이 잦다.

이미 쓰이는 무기가 오발이 잦다는 것은 중대한 문제다. 게다가 K-11은 실전 상황을 고려하지 않고 설계된 듯하다.

먼저, 너무 복잡하다. 당황한 병사가 조건반사적으로 사격해도 되어야 하는데, 이 소화기는 병사로 하여금 두 무기 체계들 가운데 하나를 고르라고 강요한다. 그런 선택의 필요성은 실수의 가능성을 높이고 반응 속도를 늦추고 조준의 정확도를 낮춘다.

구조와 조작이 복잡해서, 다른 병사들이 조작하는 법을 배우기 어렵다. 전투에선 중화기 사수가 죽으면, 다른 병사들이 이내 조작할 수 있어야 한다.

무기가 무겁고 휴대할 탄약의 양도 많다. 보급이 제대로 되지 않으며 수시로 이동해야 하는 전투에선 이것도 작지 않은 문제다. 병사들에게 사랑을 받을 무기는 분명히 아니다.

너무 여리다는 점은 결정적 흠이다. 레이저 거리 측정기, 탄도 컴퓨터, charge-coupled device 카메라, 환경 센서, 표적 추적장치, 열영상장비와 같은 전자 부품들을 갖춘 무기가 과연 첫 전투를 겪은 뒤에도 제대로 작동할까? 전자 부품들은 아주 여리고 고장이 나면 전선에서 병사들이 수리할 수 없다.

분대의 중화기는 크기는 작지만 중요성은 큰 무기다. 군 수뇌부는 개념 설계의 차원에서 이 무기를 평가해서 실전에서 말썽 부리지 않을 소화기인지 판단해야 한다.

이미 배치된 무기를 거두어들이는 것은 무척 힘들다. 들어간 돈이 아까워서 판단이 흐려지는 '콩코드 오류'가 나오게 마련이고, 당연히 책임 문제도 따른다. 그래도 이 문제는 그냥 덮어두거나 다음 정권으로 미루기엔 너무 중요하다.

하늘에 만리장성을 쌓을 위험

"일본 해군의 만리장성이다." 1936년 일본 해군이 전함 야마토 호와 무사시 호를 건조하기로 결정했을 때, 겐다 미노루 소좌가 내린 평가다. 최신 기술로 지어진 그 전함들은 무려 63,700 톤이나 되었다. 펄 하버 기습 작전을 주도한 겐다는 맨 먼저 항공모함의 함재기들에 의한 해전의 시대를 예견했다.

겐다의 예견대로, 1942년의 '코랄해 해전'에서 미국과 일본의 함대들은 서로 보지도 못한 채 함재기들로만 싸웠다. 결정적 전투였던 '미드웨이 해전'에서도 마찬가지였다. 역사상 가장 컸던 두 전함들은 별다른 역할을 하지 못한 채 전쟁 말기에 함재기들에게 격침되었다.

항공모함은 아직 해군력의 상징이다. 그러나 전면전에서 항공모함은 큰 역할을 하지 못한 채 그저 표적이 될 가능성이 크다. 몇 해 전 미국 함대의 기동 훈련에서 중국 잠수함이 불쑥 항공모함 근처에 떠올라서 미국이 경악한 일은 시사적이다. 실은 국지전에서도 순양 미사일이 함재기를 쉽게 대신할 수 있다.

기술의 발전에 따라 무기체계는 끊임없이 진화한다. 기술 발전이 가속되는 터라, 설계 당시의 최신 무기가 배치될 때는 만리장성이 될 위험이 크다. "장군들은 늘 지난 번 전쟁을 싸운다"는 격언이 말해주듯, 군사 분야에선 판을 뒤흔드는 기술(disruptive technology)이 끊임없이 나온다.

인공지능(AI)의 발전으로 무기체계들은 점점 자율적이 되어간다. 무인기는 이런 추세를 상징한다. 2009년 미국 공군에서 무인기 조종 훈련을 받는 사람들이 조종사 훈련을 받는 사람들보다 많아졌다. 2012년 미국 공군 항공기들의 30 퍼센트 이상이 무인기였다. 북한이 무인기로 청와대를 정찰한 일은 그래서 섬뜩하다.

멀지 않은 미래에 조종사가 탄 항공기는 무인기로 대치될 것이다. 조종사가 없으면, 항공기는 훨씬 간단하고 값싸고 안전하게 된다. 이런 이점은 전투기에서 특히 두드러진다. 조종사가 타면, 보호장치로 기체가 무거워지고 가속에 제약이 있어, 기동성이 뒤진다. 전문가들은 궁극적으로 마하 5 이상의 극초음속(hypersonic) 및 마하 25 이상의 저지구궤도 무인기가 나오리라 예상한다. 그렇게 발전된 무인기는 극한 상황에서 오래 머물며 임무를 수행한 뒤 기지로 돌아오는 미사일처럼 될 것이다.

우리 공군이 개발하려는 한국형 전투기(KF-X)는 2025년까지 개발되어 2023년까지 배치된다. 그때면 그것은 만리장성의 특질을 짙게 띨 것이다. 무인기에 밀려 공격적 무기라기보다는 적군의 표적이 될 가능성이 크다. 어차피 조종사들의 안전 때문에 위험한 임무들엔 투입되기 어렵다. 애초에 월남전에서 무인기가 쓰인 것도 아주 위험한 임무들로 조종사들을 잃는 것을 막기 위해서였다. 1982년의 레바논 전쟁에서 이스라엘 군이 무인기를 미끼로 써서 시리아 군의 방공망을 무력화시킨 일화에서 보듯, 적군 방공망을 무력화하는 일에서 무인기는 결정적 역할을 한다.

물론 낡은 전투기들을 새 기종들로 대치하는 일은 필수적이다. 전투기들을 무인기들로 단숨에 대치하기는 기술적으로나 정치적으로나 무척 어려울 터이다. 그래도 점점 중요해질 무인기를 개발하려는 노력은 긴요하다. 당연히, 한국형 전투기 사업에 무인전투기 개발도 들어가는 것이 합리적이다. 무인기 기술이 아직 초보적인 지금 개발에 나서지 않으면, 우리는 기회를 놓치게 된다. 게다가 무인기는 이미 민간 부문에서도 많이 쓰여서, 엄청난 잠재력을 지닌 산업이 되었다. 반면에 전투기 기술은 산업 부문에 대한 혜택이 거의 없다.

한국형 전투기 개발의 당사자들은 다른 일에 마음 쓰기 어려울 것이다. 개발을 결정한 뒤 13년이나 기다렸으니, 공군으로선 기종이 계획대로 승계되기를 기원할 것이다. 우선협상대상자로 선정된 기업이야 말할 것도 없다. 인도네시아가 참여하는 터라, 국제적 조정도 필요하다.

그래도 무인기가 군사적으로나 산업적으로 워낙 유망한 기술이므로, 그것의 개발에 자원을 조금 돌리는 일은 그리 어렵지 않을 것이다. 원천 기술을 제공하는 미국 기업들도 반대할 이유가 없고 인도네시아 공군은 환영할 것이다. 당사자들로선 계획이 늦어질까 조바심이 나겠지만, 이번에 무인기 개발의 기본 계획이라도 포함되는 것이 타당하다.

13년 전만 하더라도, 무인기는 원시적 기술이었다. 이제는 상황이 근본적으로 바뀌었다. 18조 원이 들어가는 '건군 이래 최대 무기 사업'에 무인전투기 개발이 포함되지 않는다면, 우리가 생산 능력을 함양할 계기는 다시 오지 않을 것이다. 무엇보다도, 우리 공군으로선 앞으로 주력이 될 무기 체계를 외면하고 하늘에 만리장성을 쌓을 위험을 안는 것이다.

압제적 정권들의 삼난(三難)

얼마 전 미국 민주당 전국위원회 요원들이 버니 샌더스 후보에게 적대적이었다는 정보가 유출되었다. 러시아의 군정보국(GRU)과 연방보안국(FSB)에 연결된 해커들의 소행이라는 소식이 이어졌다. 러시아가 선호하는 도널드 트럼프 공화당 후보를 지원하려 러시아 정보기관들이 개입했다는 얘기다.

소련에서 민간정보는 국가보안위원회(KGB)가 맡고 군사정보는 GRU가 맡았다. 세계에서 가장 큰 정보기관이었던 KGB는 1970년대 이후 실질적으로 공산당을 대신했다. 소련이 무너진 뒤 보리스 옐친 러시아 대통령은 KGB를 FSB(국내정보), SVR(해외정보) 및 FAPSI(통신정보)로 나누어 위험을 줄이려 했다. 그러나 블라디미르 푸틴 대통령이 집권한 뒤, FSB는 다시 강력해졌다.

FSB의 득세로 위축되었던 GRU는 러시아가 우크라이나를 침공하면서 소생했다. 이번 사건은 GRU가 옛 모습을 되찾았음을 보여준다. 원래 미국에선 GRU가 KGB보다 성적이 좋았다. 대한민국 임시정부가 미국의 승인을 얻도록 하려고 줄기차게 노력한 이승만을 끝내 가로막고 러시아의 한반도에 대한 이익을 지킨 국무부의 실력자 앨저 히스도 GRU를 위해 일했다. 당시 GRU 첩자들이었던 미국 공산당원들의 정체가 일부만 밝혀졌으므로, 이번 사건과는 무관하겠지만, GRU의 뿌리는 아직 남았을 수 있다.

푸틴은 처음부터 정보기관을 통한 음습한 공작을 정책 수단으로 삼았다. 소치 올림픽에서 FSB가 선수들의 소변 샘플들을 첩보공작하듯 바꿔쳐서, 리우 올림픽에 많은 러시아 선수들이 참가하지 못한 것은 그 사실을 일깨워준다.

러시아 안에선 푸틴의 정적들이 잇달아 암살되거나 조작된 혐의로 감옥에 갔고 해외에선 밉보인 러시아 부호들과 전직 정보원들이 암살되었다. 한 전직 KGB 요원의 자랑대로, "공산주의 이념은 사라졌지만, 그 비밀경찰의 수법들과 심리는 남았다."

이 문제를 더욱 심각하게 만드는 것은 푸틴 자신이 뿌리라는 사실이다. 그는 대학을 나오자 바로 KGB에 들어가서 16년 동안 일한 뒤 중령으로 물러났다. 이어 1998년부터 이듬해까지 FSB 책임자로 일했다. 그의 세계관과 정책을 이해하려면, 그런 이력을 고려해야 한다.

푸틴은 미국을 러시아의 주적으로 여겨 미국을 약화시키려 애쓴다. 1985년부터 1990년까지 냉전이 치열했던 시기에 정보전의 최

전선 동독에서 일했으므로, 그로선 어쩔 수 없을 것이다. 그래도 냉전에 아직 얽매인 강대국 지도자는 위험하다. 특히 러시아에 위험하다.

근본적으로, 그는 대결적이어서 정보전을 너무 중시한다. 정보전에서 소련은 미국에 완승했다. 만일 정보전이 그렇게 중요하다면, 냉전에서 미국이 졌을 것이다. 정보나 공작보다 훨씬 근본적인 것들이, 자유로운 삶을 누리려는 사람들의 욕망과 그것을 보장하는 이념과 체제 같은 것들이, 역사의 물길을 이끈다는 사실을 그는 모른다. 그 점에서 큰 그림을 보고 러시아의 앞날을 걱정했던 고르바초프나 옐친과 다르다.

공산주의가 폐기되었는데 오히려 압제적 체제를 강화한 푸틴이 내세운 것은 공격적 민족주의다. 러시아의 영광을 되찾겠다는 정책은 물론 당장엔 인기가 높다. 그러나 그것은 풀릴 수 없는 국제 분쟁들을 불러 장기적으로는 문제를 키운다. 처음에 서방의 의표를 찔렀던 우크라이나 침공은 경제 제재를 불러서 러시아의 경제 규모를 줄였다.

전략적으로, 미국과의 대결에 집착하는 정책은 중국 문제를 키운다. 중국과 러시아는 세계에서 가장 긴 국경을 공유한다. 땅은 너르지만 사람들은 적은 시베리아로 중국의 거대한 인구와 자본이 확산되는 상황은 러시아 지도자들의 악몽이다. 푸틴이 등장하기 훨씬 전부터 중국 공산당 정권은 압제적 통치를 정당화하기 위해 공격적 민족주의를 추구해 왔다. 양국이 부딪칠 가능성은 커지는데, 서방과의 대결에 몰두하느라, 러시아는 점점 더 중국에 의존한다.

미국과 유럽의 약점들을 파고들어 이기는 것처럼 보여도, 푸틴은 압제적 국내 정치, 공격적 민족주의 그리고 마찰적 국제 관계라는 삼난(trilemma)에 부대낀다. 생각해보면, 그것은 모든 압제적 정권들이 맞는 문제다.

일반적으로 삼난은 최적화가 어렵다. 압제적 정권이 맞는 삼난은 민족주의가 비가역적이라는 사실 때문에 특히 어렵다. 한번 고양된 민족주의는 강력한 지도자도 누를 수 없다. 지금 중국 시진핑 정권이 맞은 어려움이 본질적으로 이것이다. 중국이 남중국해에 관한 중재에서 완패한 뒤 우아하게 물러설 기회를 놓치고 빠져나올 수 없는 외교적 구덩이로 들어간 것도 그리고 한국의 사드 배치 결정에 거칠게 반응하는 것도 이런 사정을 고려해야 설명될 수 있다.

THAAD 배치에 대한 중국의 태도

최종단계 고고도 지역방어(THAAD)는 무슨 무기인가?

THAAD(Terminal High Altitude Area Defense)는 미국 육군의 대탄도미사일 체계(anti-ballistic missile system)로서 단거리, 중거리 및 중장거리 미사일을 최종단계(terminal phase)에서 요격한다. THAAD는 명중파괴(hit-to-kill) 방식을 따르므로, 탄두가 없고 자체의 운동에너지로 다가오는 적군의 미사일을 파괴한다. 운동 에너지에 의한 파괴는 재래식 탄두 미사일의 폭발 위험을 최소화하고 핵탄두의 폭발을 초래하지 않으므로, 적군의 미사일에 대한 방어 수단으로 적합하다. 다만 탄두에 화학 무기나 생물학 무기를 장착한 미사일을 요격한 경우엔 주위를 오염시킬 위험이 있다.

THAAD 포대는 9개 발사대들로 이루어졌고 발사대마다 8개 미사일을 보유하는데, 2개 이동전술작전본부(mobile tactical operations center)가 지상설치 레이더를 통해서 이 장비들을 운용한다. 미국은 2008년부터 THAAD 포대들을 실제로 배치하기 시작했다. 2014년엔 북한의 중거리 탄도 미사일(IRBM)로부터 괌 주둔 미군들을 보호하기 위해 1개 포대를 배치했다. 국제적으로는 UAE와 오만이 각기 2011년과 2013년에 THAAD 구매 계약을 미국과 체결했다. 2015년엔 일본이 구매를 고려하겠다고 발표했다.

한국에 THAAD를 배치하려는 움직임은 2013년 북한의 위협적 미사일에 대한 대응책을 찾던 한국 군부가 미국에 THAAD의 구매에 필요한 정보를 요청하면서 시작되었다. 그러나 한국 군부는 장거리 지대공 미사일의 개발을 선호해서 THAAD 구매에 관한 논의는 중단되었다. 2014년 5월 미국은 한국에 주둔하는 미군 병력을 북한의 미사일로부터 보호하기 위해 THAAD를 한국에 배치하기로 하고 부지를 찾고 있다고 발표했다.

2016년 2얼 왕이(王毅) 중국 외교부장은 한국에 THAAD를 배치하는 일은 중국의 "정당한 국가안보 이익들(legitimate national interests)"을 해칠 수 있다고 말했다. 그의 주장은 조리에 맞지 않는 주장이었다.

먼저, THAAD 배치는 빠르게 위협적이 되어가는 북한의 핵무기와 운반체에 대한 최소한의 대응이다. 북한의 위협에 대해서는 전혀 언급하지 않은 채 THAAD 배치만을 문제 삼는 것은 비합리적이고 비생산적이다.

현실적으로, 방어용 무기인 THAAD가 중국의 안보를 위협한다는 주장은 이치에 맞지 않는다. THAAD에 쓰이는 레이더가 중국 안의 중국군에 대한 정보를 수집할 수 있다는 주장이 자주 나왔는데, 요격 미사일 포대의 레이더가 먼 중국 안의 일들을 알아낸다는 얘기는 '시비를 위한 시비'밖에 안 된다. 첩보 활동에 투입된 여러 발전된 체계들에 비기면, THAAD의 첩보 수집 능력은 원시적이다. 이런 사정을, 중국을 포함해서, 모두 잘 안다.

중국의 협상 방식

그러면 중국은 왜 그렇게 '시비를 위한 시비'를 거는 것일까? 이 심각한 물음에 대한 답을 제대로 얻으려면, 우리는 중국이 아직도 공산주의자들이 다스리는 나라라는 사실을 고려해야 한다. 중국 공산당은 국공내전(國共內戰)을 치를 때와 한국전쟁에서 국제연합군과 싸울 때 지녔던 정체성과 본질적으로 같은 정체성을 지녔다. 이 점을 놓치면, 우리는 중국의 정체성도 행태도 제대로 이해할 수 없다. 중국이 THAAD 배치에 거세게 반대하면서 한국을 압박할 때 중국 측에 붙어서 한국 정부와 미군을 비난한 한국인 퀴즐링(Quisling)들이 그렇게도 많았던 데엔, 물론 여러 가지 사정들이 작용했지만, 그들이 중국 공산당 정권에 대해 잘 몰랐다는 사정도 분명히 작용했다.

공산주의자들은 자유주의자들과 본질적으로 다르다. 당연히, 그들은 외교와 협상에서 자유주의자들과 판이한 행태를 보인다. 한국

전쟁이 한창이던 시절에 국제연합군 수석대표로 공산주의자들과 휴전 협상을 벌인 미군 터너 조이 제독은 자유주의 진영에서 공산주의자들과 맨 처음 가장 오래 그리고 가장 치열하게 협상한 사람이다. 자유주의 진영이 공산주의자들에 대해서 잘 몰랐던 당시, 그는 공산주의자들에 대한 무지가 협상을 결정적으로 불리하게 만들었으며 전투에서 얻은 성과들을 협상에서 많이 잃었다고 판단했다. 그는 그 경험을 회고록 〈공산주의자들은 어떻게 협상하는가(How Communists Negotiate)〉에서 밝혔다. 출간된 지 반 세기가 넘었어도, 그가 회고록에서 밝힌 교훈들은 생생하다. 공산당 정권이 통치하는 북한과 중국을 늘 상대해야 하는 한국에 이 책보다 더 소중한 지식과 교훈을 줄 책을 나는 떠올릴 수 없다.

중국이 미군의 THAAD 배치를 문제로 삼은 일과 관련된 중국의 협상 방식은 조이 제독이 "훈제 청어(Red Herrings)"라 부른 것이다. "공산주의자들의 기본적 협상 기술 한 가지는 엉뚱한 논점들을 도입해서 그것들을 흥정의 패들로 삼는 것이다." 중국이 THAAD 배치를 거세게 반대하는 것은 THAAD 배치를 결단코 막겠다는 생각에서가 아니다. 그것을 협상의 패로 삼아서, 다른 논점들에서 양보를 얻어내겠다는 계산이다. 게다가 이 패는 한국과 미국 두 나라에 쓸 수 있어서 중국으로선 더욱 좋다. THAAD를 반대한 뒤로, 중국은 한국의 국론을 분열시키고 한국에 친중국 '퀴즐링'들을 만들어내고 한국과 미국 사이의 틈을 벌려서 한미동맹을 약화시키고 남중국해에 쏠린 관심을 돌리는 부수적 성과들을 이미 얻었다.

우리는 중국이 THAAD를 단독 의제로 삼은 것도 주목해야 한다. 한국과 미국이 누누이 강조한 것처럼, THAAD는 북한의 점점 강화되는 핵무기와 미사일 역량에 대한 최소한의 대응이다. 따라서 THAAD에 관한 논의는 북한의 군사적 위협이라는 너른 맥락 속에서 이루어지는 것이 정상적이다. 그러나 중국은 그런 얘기를 못 들은 척한다. 그렇게 너른 맥락을 배제하고 자신이 원하는 의제로 논의를 좁히는 것이 공산주의자들이 늘 쓰는 협상 기술이기 때문이다. 이런 기술을 조이 제독은 "편향된 일정(Loaded Agenda)"이라 불렀다. "[공산주의자들은] 그들의 기본 목표들에 유리한 결론들로 이루어진 일정을 추구한다."

THAAD 배치에 대해 중국이 이의를 제기했을 때, 한국 정부는 단호하게 입장을 밝혔어야 했다.

1) THAAD 배치는 주한미군을 북한군의 위협으로부터 보호하기 위한 미국의 조치며 한국은 동맹국으로서 그 결정을 지지한다;

2) 따라서 THAAD 배치는 북한군의 위협이라는 맥락 속에서 이루어져야 한다;

3) 북한의 핵무기와 미사일의 개발에 중국의 책임이 크므로, 중국은 THAAD 배치를 막기 위한 조치로 북한의 무기 개발을 억제하려는 노력을 보다 진지하게 수행해야 한다;

4) 한국에 배치된 미군의 THAAD 포대들이 중국의 안보에 영향을 미친다는 주장은 사리에 맞지 아니한다.

이런 입장은 물론 중국의 반발을 불렀을 것이다. 그러나 중국의 반발이 아무리 거세었더라도, 한국으로선 그런 반발에 대응하는 편이 지금의 곤혹스러운 처지보다는 훨씬 나았을 것이다. 비겁한 마음에서 현명한 정책은 나올 수 없다.

중국의 북한 정권 옹호

중국은 한국보다 월등히 강대하므로, 한국으로선 중국의 공격적 민족주의에 대응하기가 무척 어렵다. 압제적 북한 정권의 존재는 가뜩이나 어려운 한국의 대중국 정책을 몇 곱절 어렵게 만든다. 악한 국가(rogue state)의 전형으로 누구나 두려워하고 상대하기를 꺼려하는 북한 정권에 대해 영향력을 지닌 나라는 중국뿐이므로, 한국은 북한의 위협을 줄이기 위해 중국에 매달리게 된다. 당연히, 중국은 북한 정권에 대한 자신의 영향력을 외교 정책에서 중요한 패로 쓴다. 따라서 중국과의 관계를 합리적으로 설정하려면, 우리는 북한과 관련된 중국의 속셈을 정확히 읽어야 한다.

어느 사회에서나 국가와 집권 세력은 이해가 다소간 엇갈린다. 시민들의 뜻이 선거를 통해서 정치에 반영되는 사회들에선 그런 이해의 엇갈림이 제한된다. 시민들의 뜻이 무시되는 압제적 사회들에선 집권 세력의 이익이 우선 추구되고 국익은 집권 세력에 도움이 되는 한도까지만 고려되므로, 엇갈림이 커지게 마련이다. 공산당이 최고 기구고 국가가 당에 예속되는 중국에선 이런 괴리가 엄청나다.

중국 공산군은 1940년대 말엽 국공내전에서 소련의 적극적 지원 덕분에 미국의 외면을 받은 국부군에 이겼다. 장제스(蔣介石)의 국민당 정권은 타이완으로 도피했고 공산당이 중국 대륙을 차지했다. 그 뒤로 공산당 정권은 공산주의 이상향을 세우려 권력을 독점한다고 말해왔다. 1970년대 말엽 경제적으로 파산한 중국이 공산주의 명령경제를 버리고 자유주의 시장경제를 채택했으므로, 공산주의를 추구한 공산당 정권은 정당성을 잃었다. 그러나 그들은 권력을 움켜쥔 채 민족주의를 내세워 정당성을 되찾으려 한다.

1842년 아편 전쟁에서 참패한 뒤부터 1945년 태평양 전쟁에서 진 일본이 중국에서 물러날 때까지, 중국은 외세에 시달렸다. 중국 사람들 스스로 "백년국치(百年國恥)"라 부르는 이 굴욕적 상황을 끝낸 것은 중국 공산당이 아니었다. 태평양 전쟁에서 주역은 미국이었다. 중국은 조역에 머물렀고, 그나마 당시 중국을 대표한 것은 국민당이었다.

외세와 관련하여 공산당이 내세우는 것은 한국전쟁이다. 그들은 이른바 "항미원조(抗美援朝)전쟁"에서 '북조선'을 도와 미국에 '승리'했다고 주장한다. 그리고 그런 승리로 자신들이 백년국치를 끝냈다고 자랑한다. 그런 역사 해석이 중국 공산당 정권의 정당성을 떠받친다.

만일 중공군이 "항미원조전쟁"에서 이겼다면, 북한이 한반도의 주인이어야 논리적이다. 미국의 '괴뢰 정권'인 한국은 잘살고 중국의 원조를 받은 '정통 정권' 북한이 몰락한 현재의 상황은 중국 공산당 정권으로선 곤혹스러울 수밖에 없다. 자신의 정당성을 떠받치는 민족주의적 역사 해석을 지키려면, 중국 공산당 정권은 북한 공산당 정권이 무너지는 것이라도 막아야 한다. 그것이 중국 정권이 기를 쓰고 북한을 돕는 근본적 이유다.

물론 중국은 한반도의 분열을 즐긴다. 둘로 나뉘어 경쟁적으로 중국에 매달리는 한반도의 현 상황이 자신에게 가장 낫다고 중국은 생각한다. 북한에 대해 영향력을 지녔다는 사실은 거의 모든 면들에서 맞서는 미국과의 교섭에서 좋은 패이기도 하다. 당연히, 중국 정권은 북한 정권의 존속에 큰 가치를 두고 북한 정권에 대한 지지로 보는 어지간한 손해들은 감수한다.

그러나 중국 정권이 북한 정권을 감싸는 가장 큰 이유는 북한 정권의 붕괴가 중국에 미칠 정치적 영향이다. 북한에서 압제적 정권이 무너지면, 자유화의 바람은 중국에서도 거세게 불 것이다. 한 사회에서 일어난 혁명은 이웃의 압제적 사회들에서도 혁명의 기운을 일으킨다. 최근의 예는 '아랍의 봄'이니, 당국의 자의적 단속에 죽음으로 항의한 튀니지의 젊은 행상은 폐쇄적 아랍 사회들에서 튼튼해 보였던 압제적 정권들을 단숨에 무너뜨렸다. 얼마 전 홍콩 당국의 행상 단속이 거센 반중국 시위를 부른 상황은 '천안문 사건'의 악몽에 시달리는 중국 지도자들의 꿈자리를 더욱 어지럽힐 것이다.

사정이 그러하므로, 중국 정권은 중국에 짐만 되는 북한 정권을 큰 비용을 들여서 떠받친다. 그 사실을 인정할 수는 없으니, 그들은 속셈을 숨기려 별의별 연기를 다 한다. 자신의 북한에 대한 영향력이 작다고 늘 강조하고, 심지어 북한의 모욕적 대접을 사서 받기도 하니, 얼마 전 중국 외교 사절이 북한을 방문했을 때를 골라서 북한은 미사일 발사를 발표하는 연극을 했다. 북한이 워낙 폐쇄적이라 경제적 제재가 효과를 볼 수 없다는 논리도 편다. 북한의 위협을 막을 THAAD가 중국을 위협한다고 시비를 걸어, 논점을 흐린다.

도덕적 접근

중국 정권의 속셈이 그러하므로, 우리로선 중국의 정책에 대응하기 힘들다. 당장 할 수 있는 것은 북한 정권의 유지와 핵무기 개발 사이엔 유기적 연관이 없다고 설득하는 일이다. 북한의 핵무기 개발은 미국 및 미국의 동맹국들과의 관계를 뒤흔들어서 미국을 따라잡을 시간을 벌려는 중국의 기본 전략에 방해가 된다는 점도 지적해야 한다.

근본적 대응은 도덕적 접근이다. 악한국가의 핵무기 개발을 돕는 것은 더할 나위 없이 부도덕하다는 점을 강조하는 것이다. 이런 도덕적 고려를 바탕으로 삼아야 우리 외교는 효과적일 수 있다.

현실정치의 영역인 외교엔 도덕이 들어설 자리가 없다는 생각이 널리 퍼졌다. 그런 통념은 피상적 관찰에 바탕을 두었다. 도덕심은 사람의 천성이어서, 도덕은 모든 일들에서 판단을 인도하는 원리다. 외교라고 예외일 리 없다.

'도덕 무기'의 중요성을 깊이 이해한 지도자는 우드로 윌슨 미국 대통령이니, 당시 비현실적 이상이라 여겨진 민족자결주의는 이내 기본적 국제 질서로 자리잡았다. 공산주의 이상향을 지향한다고 알려진 코민테른(국제공산당)은 한때 온 세계에 열렬한 추종 세력을 거느렸고 덕분에 코민테른을 움직인 소련은 큰 이익을 얻었다. 근년에는 국제적 여론으로 남아프리카의 인종차별 정권이 무너졌고 미얀마의 압제적 군부 정권이 민주화에 동의했다. 무엇보다도, 로널드 레이건 대통령이 냉전에 도덕적 차원을 더해서 미국이 끝내 "사악한 제국" 소련을 무너뜨린 것은 도덕적 접근의 강력함을 일깨워 준다.

이번에 국제연합이 북한에 대한 강력한 경제 제재를 의결한 것도 궁극적으로는 도덕의 힘에서 나왔다. 북한의 핵무기 개발을 돕는 것이 부도덕하다는 판단이 다른 고려 사항들을 압도했기 때문에, 북한과 계속 거래하는 것이 현실적으로 유리한 중국과 러시아도 어쩔 수 없이 동참했다.

북한의 핵무기 개발은 원래 중국의 기술과 자금으로 시작했고 뒤에 파키스탄의 기술적 도움을 받았다. 파키스탄의 핵무기 개발도 중국이 원조했으므로, 북한 핵무기에 대한 중국의 도덕적 책임은 총체적이다. 우리의 대중국 외교는 그 점을 강조하는 것에서 시작해야 한다. 개인이든 국가든, 약자를 궁극적으로 지키는 것은 도덕이다.

시민적 대항력의 중요성

모두 잘 아는 것처럼, 외교를 떠받치는 것은 국력이다. 도덕은 중력과 같아서 언제 어디서나 강력하게 작용하지만, 그것만으로 모든 외교적 문제가 풀릴 수는 없다. 도덕적 정당성과 국력이 함께 작용해야, 효과적 외교가 나올 수 있다.

한국과 중국은 국력에서 크게 차이가 난다. 그런 비대칭적 상황에서 강대국은 상대를 압도하려는 정책을 고르게 마련이고 약소국은 강대국의 압력으로부터 핵심적 가치를 지키려는 적응적 묵종(adaptive acquiescence)을 추구하게 된다. 적응적 묵종의 전략적 개념은 양보(concessions)와 대항력(counterweight)이다. 강대국에 최소한의 양보를 하면서 핵심 가치를 지키는 데 필요한 대항력을 갖춘다는 얘기다. 물론 대항력이 커지면, 양보는 작아지게 마련이다.

대항력은 외교적 대항력, 군사적 대항력 및 시민적 대항력으로 이루어진다. 외교를 통해서 국제적 환경을 개선하고 강대국에 대한 지위를 향상시키는 것이 외교적 대항력의 본질이다. 군사적 대항력엔 자국의 군사력만이 아니라 동맹국의 군사력도 포함된다. 시민적 대항력은 정권이 누리는 시민들의 지지를 뜻한다.

외교적 대항력과 군사적 대항력은 결정적으로 중요하지만, 그것들을 약소국 스스로 키우는 데는 한계가 있다. 시민적 대항력은 약소국 스스로 키울 수 있다. 그리고 그것은 다른 두 요소들의 기반이 된다. 스스로 지키려는 뜻이 없는 집단을 남들이 도울 수는 없다.

아무리 작아도, 스스로 지키려는 뜻이 강하면, 강대한 집단이 넘보기 어렵다. 스스로 지키겠다는 시민들의 정치적 의자는 대항력의 근본이다. 우리 시민들이 이 사실을 깨달을 때, 비로소 우리는 핵무기로 위협하는 북한과 호의적이지 않은 거대한 이웃 중국에 대해 효과적으로 대응할 수 있을 것이다.

제2부

제2부 경제적 처방

옆집 할머니께 들려드리는 자유주의

자유주의는 사람의 천성을 따르자는 주장이다. 사람의 천성을 따르는 것이 그것을 거스르는 것보다 자연스러우니, 정의롭고 효율적이라는 얘기다.

모든 생명체들은 생존과 생식을 추구하고 사람의 천성도 그런 목적에 맞게 다듬어졌다. 사회를 이루어 살고 도덕적으로 행동하지만, 모두 자신의 이익을 먼저 생각한다. 자연히, 사회 생활에서 드러나는 사람의 천성은 흔히 아름답거나 바람직하지 못하다. 그렇게 마음에 들지 않는 모습들을 강제로 바꾸려는 시도들은 많았지만, 성공한 적은 드물었다. 70여 년에 걸친 공산주의 실험이 엄청난 재앙으로 판명된 것은 잘 알려진 예다. 오랜 진화 과정을 통해서 다듬어진 것이므로, 천성은 거스르거나 바꾸기가 무척 어렵고 위험하다.

그래서 자유주의는 사람의 천성에 대해 불만을 품고 자신이 이상적이라고 여기는 질서를 강요하고 싶은 사람들에게 환영 받지 못한다. 그러나 오랜 삶에서 많은 것들을 경험했고 그런 경험들에서 자연스럽게 지혜를 얻은 '옆집 할머니'에겐 자유주의는 당연한 얘기로 들릴 것이다.

생각해 보면, 자유주의를 가장 잘 드러내는 것은 할머니들이 즐겨 쓰는 속담들이다. '오이를 거꾸로 먹어도 제멋이다'라는 속담보다 자유주의의 정수를 잘 드러내는 말은 드물다. (요즈음은 오이를 따서 그 자리에서 통째로 먹는 일이 없고 오이의 밑동도 쓰지 않아서, 젊은이들은 이 속담을 모른다는 것을 근자에 알았다.) '콩 심은 데 콩 나고 팥 심은 데 팥 난다'는 속담은 천성은 못 속인다는 현대 진화생물학의 성과가 새삼 확인한 지혜다. '사촌이 땅을 사면, 배가 아프다'는 속담은 현대 사회에서 횡행하는 '부러움의 정치'를 경계해 왔다. 로버트 프로스트가 〈담장 고치기(Mending Wall)〉에서 '좋은 울타리는 좋은 이웃을 만든다(Good fences make good neighbors)'고 했는데, 미국의 속담으로 보이는 이 구절은 재산권의 중요성을 선명하게 드러낸다.

역사적으로, 혁명에 가장 적대적인 계급은 농민들이었다. 작물들의 천성을 잘 알고 그 천성에 맞는 환경을 만들어 주어야, 농사를 지을 수 있다. 자신이 가진 땅이 비록 작을지라도, 농민은 그 땅에 애착을 보이고 그 재산이 지닌 뜻을 몸으로 안다. 그래서 농민 반란을 주도한 것은 농민들이 아니라 도시의 지식인들이었다. 직업적 혁명가들이 주도한 러시아 혁명에 도시의 노동자들은 적극적으로 가담했지만, 농민들은 시큰둥했고 끝내 공산당 정권에 의해 혹독한 박해를 받았다. 1970년대 말엽 중국이 시장경제로 전환하는 기폭제가 된 안휘성 샤오강 마을 농민들의 자발적인 비밀 토지 분배도 많은 것들을 시사 한다.

모두 강조한다, 어려운 주제들을 쉽게 풀어서 널리 알리는 것이 중요하다고. 쉽게 쓰기만 하면 자유주의를 모르거나 오해하는 사람들을 단숨에 자유주의자들로 바꿀 수 있다고. 소수의 비애를 늘 맛보는 자유주의자들에게 더할 나위 없이 매혹적이지만, 그런 생각은 사람의 천성에 맞지 않는 환상일 가능성이 크다. 홀씨를 날리는 민들레들처럼, 운이 좋으면 뜻밖의 곳에서 싹을 틔우리라는 소박한 희망이 현실적이다.

단편소설의 형태를 한 이 글은 경제적 자유주의의 본질을 다룬다.

할머니가 평상에 혼자 앉아서 물끄러미 아래쪽 마을을 내려다본다. 이곳 달동네 할머니들이 모여서 담소하는 곳이다. 평상을 지붕처럼 감싼 커다란 산벚나무에서 진 꽃잎들이 눈처럼 평상 둘레를 덮었다.

교복을 입은 고등학생 하나가 산비탈로 난 길을 돌아서 다가온다. 저만큼 혼자 앉은 할머니를 보더니 반가워서 외친다, "굴비 할머니!"

할머니가 흘끗 돌아본다. 반가운 웃음으로 할머니 얼굴의 주름이 더욱 깊어진다. "민형이구나. 우리 도토리 깍지 어서 와라."

"할머니 혼자 계세요? 다른 할머니들은요?" 다가온 민형이가 어깨에서 책가방을 벗으며 묻는다.

"다들 재개발조합으로 몰려갔다. 따질 일이 많다나 뭐라나."

"할머니는 왜 안 가셨어요?" 민형이가 할머니 얼굴을 살핀다.

늘 그대로인 것 같던 굴비 할머니의 얼굴이 이제는 많이 늙었다는 생각에 가슴에 시린 기운이 스친다. 굴비 할머니는 그가 태어났을 때부터 바로 옆집에 살았다. 민형이 친할머니는 시골에서 큰 아들과 함께 사셔서 서울 사는 작은 아들 집엔 가끔씩 들렀다. 대신 민형이는 울타리도 없는 옆집 굴비 할머니를 따랐다. 고향이 영광이라 굴비 얘기가 많이 나왔는데, 그가 어릴 적에 '영광'은 말하기가 어려워 '굴비 할머니'라고 부르기 시작한 것이 그대로 굳어져서 지금은 다른 사람들도 할머니를 '굴비 할멈'으로 부른다.

"가 봐야 맨날 같은 소리만 나오구. 그저 쌈박질만 허지 뭐 되는 게 있어야지. 여기서 벚꽃 구경이나 허는 게 낫지." 할머니가 둘레에 흐드러지게 핀 벚꽃들을 가리킨다. "벚꽃이 얼마나 좋으냐?"

민형이가 고개를 건성으로 끄덕이고서 할머니 차림을 살핀다. "할머니 옷이 멋지네요. 새로 사셨어요?"

"이거?" 할머니 얼굴이 환해진다. "우리 막내가 생일 선물루 준 건디, 곱지?"

"네. 시흥 사시는 고모요?"

"맞다." 웃는 얼굴로 고개를 끄덕이고서, 할머니는 옷을 내려다본다. "유명한 메카라는디, 중국에서 만들었다구 허더라. 요새는 죄다 중국에서 만들어. 중국에서 만들었다는 것은 쬐끄맣게 구석에 써서, 그냥 봐선 모른다구 허더라."

"정말 그래요. 요즘 중국이 물건 만드는 거는 세계에서 제일 간대요. 오늘 경제 시간에 배웠는데요, 지금 우리나라 기업들이 중국 기업들에 밀리고 있대요. 이대로 가면, 큰일이라고 선생님도 한숨을 쉬셨어요."

"그렇다구 허더구나." 할머니가 고개를 끄덕인다. "경노당에서 사람들이 다 그러더라, 예전엔 중국제는 싸구려였는데, 요즈음엔 중국제가 싸면서두 물건두 좋은 게 많다구. 도대체 원제부터 그렇게 된 거냐? 걱정이다."

"아, 할머니, 오늘 바로 그걸 배웠어요. 언제부터 중국이 그렇게 잘 되기 시작했는가. 선생님이 꼭 알아두라고 몇 번이고 당부하셨어요."

"그랬니? 언제부터 중국이 잘 되기 시작했다구 허디?" 할머니가 옆자리를 손바닥으로 짚어 가리킨다. "여기 앉아라."

자리에 앉자, 민형이는 휴대 전화를 꺼내 살피고서 다시 주머니에 넣는다. "이젠 휴대폰도 중국제가 한국제를 밀어낸대요."

"그러냐?"

"예. 몇 해 전만 해도, 중국에서 삼성이 제일이었는데, 이제는 샤오미라는 회사 제품에 삼성 제품이 밀려난대요."

"도대체 원제부터 그렇게 됐다냐?"

민형이가 잠시 생각을 가다듬더니 얘기를 시작한다, "지금부터 꼭 사십 년 전이래요."

"사십년 전이라…" 할머니가 눈을 껌벅거리면서 민형이의 얼굴을 살핀다.

"예. 그때 중국에 샤오강이란 작은 마을이 있었대요. 스무 집 가량 되는 작은 마을이었대요."

"스무 집? 우리 동네보다두 작은 동네였구나." 할머니가 마을을 훑어본다. "우리 동네는 이제 백 집이 넘을걸."

"예. 샤오강은 '작은 언덕'이란 뜻이랍니다. 아, 샤오미가, 중국 휴대전화 회사 샤오미가, '작은 쌀'이란 뜻이랍니다. 좁쌀이라나요."

"좁쌀? 좁쌀은 조를 말허는디. 우리 고향에선 스슥이라구 했지. 너 오곡밥 먹을 때 조를 먹었잖니?"

"아, 예. 그렇네요. 한번은 그 마을 사람들이 모여서 한탄을 했대요, 우리가 예전엔 잘 살았는데, 이젠 식량을 걱정할 처지가 되었구나, 하고요. 원래 그 마을은 농사가 잘 되어서, 모두 잘 살았대요. 그러다 1950년대에 중국 공산당이 강제로 '인민공사'라는 것을 만들었대요. 개인들이 가진 농지들을 한데 모아 집단농장을 만들었대요."

"왜 그런 짓을 했다냐?"

"부자하고 가난한 사람들이 모두 평등하게 살자는 생각이었대요. 땅을 공동으로 소유하고 함께 농사를 지어서 똑같이 나눠가지면 좋다는 생각이었대요. 원래 그렇게 하는 것이 사회주의의 목표였답니다."

"그래? 그런디 그게 잘 되겄냐?" 할머니가 고개를 갸웃한다. "공동으루 뭘 허면, 맨날 의론하다 날이 샐 텐디. 그리구 공동으루 허면, 누가 열심히 일허겄냐?"

"어떻게 할머니가 그렇게 잘 아세요?" 민형이가 감탄하는 눈길로 할머니를 살핀다. "집단농장을 만들었더니, 사람들이 일을 열심히 하지 않았대요. 남의 눈치를 보면서, 적당히 하는 시늉만 하고. 그래서 농토는 그대로인데, 거기서 나오는 쌀은 점점 줄어들었대요."

"당연허지. 내 것 허구 남의 것 허구 어떻게 같을 수 있냐? 우리 동네서두, 이 꾀끄먼 달동네서두, 공동으루 허는 일은 뭐 하나 제대로 되는 거 못 봤다. 사람의 천성이 그렇다. 저기 봐라." 손을 들어 아래쪽을 가리키는 할머니의 목소리가 문득 높아졌다. "저 깃발 점 봐라."

두 사람은 잠시 마을을 내려다본다. 허름한 집들이 옹기종기 모인 달동네지만, 이렇게 위에서 내려다보면, 평화스러운 마을이다. 군데군데 붉은 깃발이 내걸렸다. 재개발조합의 집행부에 반대하는 사람들이 항의의 표시로 내건 깃발들이다. 간간 불어오는 봄바람에 펄럭이는 그 붉은 깃발들이 평화스러운 풍경에 긴장감을 준다.

"제 집 갖고도 한데 모아서 무슨 일을 허면, 저리 싸우잖니? 서루 조합장이 되려구 박치기를 허더니, 이젠 조합장이 뭘 해먹었다느니 안 해 먹었다느니 날마다 다툰다. 그런 판인디, 네 것 내 것 다 없어지구 모두 함께 농사 지어서 똑같이 나누어 갖자구 허면, 일이 제대루 되겄니? 누가 그렇게 이치에 안 맞는 짓거리를 했다냐?"

"마우쩌뚱이요. 중국의 지도자였죠."

"마우쩌뚱?" 미간의 주름을 모으면서, 할머니가 곰곰 생각한다. "예전엔 모택동이란 자가 있었는데. 혹시 그 사람 아니냐?"

"맞아요. 할머니. 할머니 어떻게 모택동을 아세요?" 민형이가 탄성을 낸다. 속으로 할머니를 무식한 사람으로 여겼는데, 뜻밖에도 할머니가 아는 것이 많다. 그는 오늘 처음으로 마우쩌뚱에 대해서 배운 터이다.

"내가 아홉 살 나던 해에 육이오가 났다. 우리가 다 이겼는디, 느닷없이 중공군이 쳐들어왔지. 우리 큰 오빠가 강원도서 중공군허구 싸우다 전사허셨지." 잠시 마음을 가다듬은 다음, 물기 어린 목소리로 할머니가 말을 잇는다, "떠나기 전에 우는 나를 업어주시면서, 얘, 순임아, 오빠 금세 돌아올 게 울지 말어라, 허구 떠나셨는디…"

"아, 그러셨군요," 민형이가 조심스럽게 대꾸한다.

각기 상념에 잠겨 잠시 두 사람은 마을을 내려다본다. 한 사람에게 육이오는 아직도 아픔을 주는 생생한 상처고, 다른 사람에겐 역사 시간에 시험 문제로 만나는 아득한 옛날 얘기다.

만득이네 장닭이 길게 운다. 이곳에 맨 먼저 들어온 만득이네는 아직도 닭을 몇 마리 친다. 만득이 할아버지는 여러 해 전에 돌아가셨고 만득이는 이제 마흔 넘은 어른이지만, 아직 모두 만득이네 만득이네 한다.

"저 녀석은 시도 때도 없이 울어," 상념에서 깨어난 할머니가 닭을 탓하고 나서 자세를 바로 한다. 그리고 한숨을 길게 내쉰다. "그 때 어른들이 모택동이가 중공군을 내려 보냈느니, 장개석이가 우리를 도울 거라느니, 그런 얘기들을 허셨지. 나도 어른들 곁에서 몇 마디 주어 들었다."

"하아, 육이오 전쟁 때 얘기니, 정말 오래 전 얘기네요. 어쨌든, 그 모택동이 토지들을 한데 모아서 거대한 집단농장들을 만들었어요. 할머니 말씀대로 집단농장에선 사람들이 일을 열심히 하지 않으니, 생산은 점점 줄어들었죠. 그래서 굶어 죽은 사람들이 무려 4천만 명이나 되었답니다."

"4천만 명? 그때 우리가 3천만이라구 했는디. 천하에 어리석은 짓을 해서 그 많은 사람들을 다 죽였구나. 굶어 죽는 게 얼마나 힘든디." 할머니가 고개를 젓는다. "하루 두 끼 나물죽 먹구 살아봐야 배 고픈 게 뭔지 안다."

"예. 그래서 그 샤오강 마을 사람들이 몰래 모여서 얘기를 했답니다. 이러다간 우리가 다 굶어 죽겠다. 그러니 우리 예전에 하던 대로 하자. 그렇게 합의를 하고선, 자기들이 농사짓던 땅을 공평하게 나누었대요. 물론 비밀로 했죠. 탄로가 나면, 붙잡혀가는 거죠. 중국이란 나라 그때는 정말로 험악해서 인권이라는 것이 없었거든요. 붙잡혀가서 죽어도, 하소연할 데가 없었던 나라였거든요. 지금도 중국에선 인권이 제대로 지켜지지 않지만, 그때는 정말 법이 없는 사회였대요. 그래서 그 사람들이 서로 다짐을 했답니다, 만일 우리 가운데 누가 붙잡혀가면, 그 사람의 자식들은 열여덟이 될 때까지 나머지 사람들이 먹여 살리고 학교에 보낸다. 그렇게 약속하고서 계약서에 손도장을 찍었대요."

"그랬구나. 그럴 만도 허지." 할머니가 열심히 고개를 끄덕였다. "한식에 죽으나 청명에 죽으나였구먼 그려."

"그 말이 무슨 뜻이에요, 할머니? 한식에 죽으나…"

"한식과 청명은 하루 새거든. 그래서 하루 더 살아도 그게 그거다 그런 얘기지."

"아, 예. 어른들 속담은 참 재미있어요. 어쨌든, 그렇게 자기 땅을 갖자, 이제까지 빈둥거리던 사람들이 열심히 일하기 시작했어요. 그래서 씨를 뿌린 농토가 당장 곱절로 늘었어요. 그래서 굶주릴 것을 걱정하던 샤오강 마을 사람들은 갑자기 여유가 생겼죠."

할머니가 열심히 고개를 끄덕인다. "잘 했구나."

"예. 그 사람들은 자기들이 공산당 정부 몰래 땅을 나누어서 농사를 지은 것을 비밀로 했죠. 하지만 비밀은 이내 새어나가서 둘레 사람들이 알게 되었죠."

"아무렴. 그런 일을 어떻게 감춰? 낮 말은 새가 듣구 밤 말은 쥐가 듣는다." 할머니가 코웃음을 쳤다. "세상엔 비밀이 없다. '이거 비밀로 해줘'하는 사람이 실 없는 사람이다."

"예. 그래서 소문이 바로 퍼졌답니다, 샤오강에서 땅을 나누어 갖고 농사를 지으니 생산이 많이 늘었다고. 그 소문을 들은 사람들마다 집단농장 땅을 나누어 갖고서 농사 짓자고 나섰죠. 그래서 순식간에 곳곳에서 집단농장이 모두 개인 땅으로 분할되었어요."

"공산당에서 그냥 놔 두었나? 그 그악스런 공산당이?"

"공산당이 그냥 놔 둘 리가 있겠어요? 공산당 간부들이 나와서 샤오강 사람들을 위협했어요, 당장 그만두라고. 그리고 종자나 비료나 농약 같은 것들을 샤오강 사람들에겐 주지 않았죠. 그래도 어떻게 막아요? 모두 잘 살겠다고 자기들끼리 몰래 약속하고서 시치미 떼는데. 아무리 힘이 세고 무자비한 공산당이라 해도, 중국 농민들을 다 잡아 가둘 수는 없잖아요?"

"아무렴." 할머니가 싱긋 웃었다. "민심이 천심인디."

"결국 공산당 정부도 두 손을 들었죠. 그렇게 해서 집단농장에 갇혔던 중국 농민들이 자기 땅을 갖고 자유롭게 농사를 지을 수 있게 되었어요. 그러니 점점 잘 살게 되었죠. 처음엔 농업만 그렇게 풀어놓았는데, 점차 다른 분야들도 풀었어요. 그래서 중국은 모두 자기가 하고 싶은 일을 정부의 간섭을 덜 받으면서 할 수 있게 되었죠."

"그랬구나. 그 시골 사람들이 대단허다. 마을 이름이 뭐라 했냐? 사요 뭐?"

"샤오강요. '작은 언덕'요."

"알았다. 사요강."

"사요강이 아니고 샤오강요."

"알았다, 사요강. 아무튼 대단허다."

"예. 그렇게 되니, 사람들이 온갖 꾀를 내어 돈 벌 궁리를 하고 덕분에 중국에선 점점 좋은 물건들이 나오게 되었죠. 모든 것들을 나라가 소유하고 모든 것들을 나라가 지시하는 사회주의에서 자기 것은 자기가 갖고 하고 싶은 일들을 하는 자본주의 사회로 바뀐 것이죠. 이제 중국도 우리나라처럼 자본주의 사회가 됐어요. 덕분에 중국이 발전해서 이제 '세계의 공장'이란 소리를 듣게 된 거죠."

"자본주의? 그거 나쁜 거 아니냐? 모두 지금 우리가 어려운 게 자본주의 때문이라던데." 할머니가 고개를 갸웃한다.

"저도 자본주의가 나쁜 거라고 배웠어요. 돈 많은 사람들만 잘살고, 돈 없으면 평생 어려운 게 자본주의라고. 그런데 경제 시간에 잘 배워보니, 그런 게 아니에요. 자기가 번 돈은 자기가 쓴다. 법을 어기지 않고 도덕에 어긋나는 짓이 아니면, 자유롭게 일해서 돈 벌어 자기가 쓴다. 남이 번 돈을 시기하지 않고 남에게 손을 내밀지 않는다. 권력을 가진 사람들 눈치보지 않고 일마다 관리들 지시 받지 않고 자유롭게 활동하고 자유롭게 산다. 그게 자본주의라는 거예요."

할머니가 생각에 잠긴 얼굴로 고개를 끄덕인다. 잘 이해가 되지 않는 듯한 낯빛이다.

"할머니, 이 세상 잘사는 나라는 다 자본주의고, 못사는 나라들은 다 자본주의 제대로 못 하는 나라들이래요. 할머니, 우리는 자본주의고 북한은 사회주의거든요. 우리가 북한보다 훨씬 잘 살잖아요. 그렇죠, 할머니?"

"그렇지. 북한 사람들 테레비에서 보니 사는 게 사는 게 아니더라. 너무 불쌍하더라."

"그렇죠? 북한 사람들은 자유가 없죠? 말끝마다 수령님 덕에 잘 산다고 하잖아요? 그 말을 꼭 해야, 붙잡혀가지 않잖아요?"

"맞아. 어찌 그리 말끝마다 그런 얘기를 허는지. 그게 다 공산당 눈치 보는 거지."

"할머니, 우리가 북한보다 잘살고 자유로운 이유가 바로 그것이랍니다. 우리는 자본주의를 하고 북한은 사회주의를 한다는 것이랍니다."

"그런데, 민형아, 왜 모두 자본주의가 나쁘다고 그러냐?" 할머니가 심각한 얼굴로 물었다.

"그건…" 민형이가 머리를 긁었다. "아까는 알았는데. 그건 저도 잘 설명을 하지 못하겠어요. 아까 수업 시간에 친구들이 바로 그걸 선생님께 물었거든요. 선생님은 잘 설명하셨는데, 전… 하여튼 우리나라가 자본주의를 한다는 것이 우리가 잘사는 근본적인 이유래요. 그것만큼은 확실해요, 할머니."

"선생님껜 물어보는 것이 아니라 여쭈어보는 거다," 할머니가 미소를 지으면서 지적했다.

민형이가 뒷머리를 긁는다. "그렇게 말해야 한다고 배우긴 배웠는데, 잘 안 돼요."

"아무튼, 우리 도토리 깍지가 이렇게 커서 많이 배웠구나."

민형이가 어릴 적에 엄마가 머리에 사발을 씌우고서 머리를 깎아 주었는데, 굴비 할머니가 그 모습이 꼭 도토리 깍지 같다고 해서 민형이 어릴 적 별명이 '도토리 깍지'였다.

"경제 과목이 처음엔 영 딱딱하고 재미 없었는데, 선생님이 재밌게 가르쳐 주세요. 세상 이치를 좀 아는 것 같아요."

"우리 민형이를 경노당에 초청해서 경제 강의를 들으면 좋겠다. 우리 할망구들끼리 내가 옳네 네가 그르네 다투는데, 가관이다. 우리 민형이가 와서 심판을 하면… 공부하느라 시간을 낼 수 없어서 아쉽다." 할머니가 혀를 찼다. "너 일등 해야 헌다."

"예. 그런데, 할머니, 제가 지난 주말에 근석이 형 대신 알바를 해서 돈을 점 벌었거든요."

"네가 알바를 했어?"

"예. 근석이 형이 주말에 소개팅 나간다고 저보고 편의점 몇 시간 봐달라고 했어요."

"그랬구나. 어디 헐 만허디?"

"예. 미성년자라 문제가 된다는데, 몰래 했죠. 할머니, 제가 아이스크림 하나 사드릴까요? '만득이 슈퍼' 가서요?" 민형이가 지갑이 든 주머니를 손으로 툭툭 쳤다.

"아이고, 우리 도토리 깍지가 효도허네. 근데 난 아이스크림 이가 시려 못 먹는다."

"아, 참 그렇죠. 그러면, 할머니," 민형이가 잠시 생각한다. "할머니, 초코파이 어떠세요? 초코파이 정?"

도란도란 얘기하면서 달동네 아래쪽 '만득이 슈퍼'를 향해 내려가는 할머니와 손자의 등 뒤로 달동네가 자라나는 것을 지켜본 산벚나무에서 꽃잎들이 아쉬운 몸짓으로 날린다.

너그러움

"자유주의는 가장 높은 형태의 너그러움이다; 그것은 다수가 소수에게 양보하는 권리고 그래서 이 행성에 울려 퍼진 가장 고귀한 외침이다." 오르테가 이 가세트의 〈대중의 반역〉에서 읽은 이 한마디는 내 메마른 넋에 봄비처럼 스며들었다. 내가 오르테가를 읽은 것은 1980년이었다. 우리 사회에 자유주의가 자리잡을 가능성은 보이지 않고 역사에 대한 믿음마저 흔들리던 그 시절, 꼭 반 세기 전 유럽에 전체주의의 그늘이 짙어지기 시작할 무렵 명철한 자유주의자가 쓴 이 책은 우리 사회의 전망에 관해 많은 것을 내게 가르쳐 주었다. 오르테가(1883-1955)는 스페인의 철학자이자 정치가로 그의 저작들은 온 세계에 깊은 영향을 미쳤다.

현대는 대중의 시대다. 신분의 제약이 사라지고 모든 사람들이 사회의 운영에 참여하게 된 것은 자연스럽고 바람직하다. 그러나 민주주의 사회에서 대중이 드러낸 모습은 그리 아름답지 않다. 무엇보다도, 일시적 다수가 갖가지 소수들을 비난하고 억압한다. 자연히, 대중의 편견과 이기심을 부추겨서 자신의 목적을 이루려는 정치가들이 권력을 쥐는 경향이 깊어지고, 차츰 모든 사회들에서 민중주의가 대세를 이룬다.

대중이 먼저 출현한 유럽의 경험은 부정적이다. 대중의 열광적 지지를 받은 전체주의가 세상을 휩쓸어서, 끔찍한 참화를 불렀다. 20세기 초엽에 전체주의가 갑자기 번창한 까닭은 대중의 출현에 대해 기존 지배 계층이 대응하지 못해서 대중의 선동과 동원에 능한 전체주의자들에게 기회를 주었다는 사실에서 찾을 수 있다.

이제 공산주의, 파시즘, 그리고 나치즘으로 불리던 전체주의 체제는 거의 다 사라졌다. 그러나 그런 체제를 가능하게 했던 대중의 득세는 오히려 강화된다. 대중은 20세기에 갑자기 나타난 존재로 자신의 정체성에 대해 마음을 쓰지 않는다. 오히려 다른 사람들과 같다는 것에서 안정과 만족을 얻는다. 대중은 자신들이 평범하다는 것을 알 뿐 아니라 그런 평범을 자랑스럽게 여겨 사회 전체에 강요한다. 그리고 민주주의는 대중에게 그렇게 강요할 힘을 준다. 이제 대중의 취향과 뜻을 거스르는 의견은, 아무리 합리적이고 정의롭더라도, 나오기 어렵고 박해 받는다. 그렇게 대중이 득세한 사회에선 너그러움이 줄어들고 갖가지 소수들은 박해를 받는다.

반어적으로, 이런 대중의 득세는 모든 사람들의 자유를 위협한다. 개인은 궁극적 소수다. 그래서 대중의 뜻이 여론이라는 이름으로 도덕이나 법 위에 자리잡으면, 누구의 자유도 확고하게 보장될 수 없다. 조지 오웰이 경고한대로 대로, 여론에 의한 지배보다 더 압제적인 정치는 없다. 그것은 어떤 압제적인 법이나 폭군의 지배보다 압제적이다. 대중의 뜻이나 취향을 거스르는 말 한 마디로 한 사람의 삶이 문득 부숴질 수 있다는 사실을 우리는 날마다 만난다.

모두 사랑이 중요하다고 외친다. 그러나 정말로 필요한 것은 너그러움이다. 이 세상엔 우리가 도저히 사랑할 수 없는 사람들이 너무 많다. 길바닥에 가래를 뱉는 사람들로부터 신호를 어기고 차를 모는 사람들을 거쳐 부패한 관리들에 이르기까지, 도저히 사랑할 수 없는 사람들이 너무 많다. 그렇게 사랑할 수 없는 사람들을 억지로 사랑하려 애쓰면, 우리는 '추상적인 사람'을 - 인류를, 민족을, 국민을, 민중을 - 구체적인 사람들 대신 사랑하게 된다. 그리고 그런 추상적 사람의 이름으로 개인들을 억압하고 박해하게 된다. 소설가 로렌스의 얘기대로, "다른 사람을 사랑하도록 스스로에게 강요하는 사람은 스스로의 몸 속에 살인자를 낳는다." 사회를 이루고 살아가는 데서 중요한 것은 자신들이 싫어하거나 미워하거나 경멸하거나 이해할 수 없는 사람들의 권리를 인정하고 그들의 판단을 존중하는 시민들의 너그러움과 그런 너그러움에서 나오는 참을성이다.

그러나 대중은 결코 너그럽지 않다. 그래서 자유주의는 고귀하지만 여리다. 오르테가는 이 점을 강조했다. "자유주의는 적과 공존하겠다는 결심을 선언한다; 그것도 약한 적과. 인류가 그렇게 고귀하고, 그렇게 역설적이고, 그렇게 세련되고, 그렇게 곡예적이고, 그렇게 반자연적인 태도에 이르렀다는 것은 믿기 어려울 정도다. 그래서 바로 그 인류가 이내 그것을 없애려고 안달한다는 것이 이상하지 않다. 그것은 지구에 뿌리를 굳게 내리기엔 너무 어렵고 복잡한 절제다."

오르테가의 얘기는 모든 자유주의자들이 새길 만하다. 자유주의는 대중이 득세한 세상에선 뿌리를 깊이 내릴 수 없다. 그 사실을 잊으면, 세상이 자기를 몰라준다는 서운함과 세상을 보다 자유롭게 하려는 노력에 대한 회의가 겹쳐서, 자유주의를 포기하게 된다.

유동적 사회의 사회철학적 함의

문명의 발전은 사회를 유동적으로 만든다. 교통과 통신의 발전은 사회를 유동적으로 만드는 데 특히 중요하니, 증기기관을 이용한 교통 수단들이 보급되면서 사회의 유동성이 급격히 늘어난 데서 이 점을 확인할 수 있다.

근년의 사회적 변화들을 부른 힘은 컴퓨터와 인터넷의 모습을 한 인공지능(AI)의 보급이다. 인공지능은 사회의 유동성을 폭발적으로 늘렸다. 컴퓨터가 처음 쓰인 것은 제2차 세계대전이었고 인공지능이란 말이 나온 것은 1956인데, 반 세기가 좀 넘는 동안, 인류 사회의 성격은 근본적으로 바뀌었다. 개인이나 사회나 본질적으로 정보처리 체계이므로, 정보처리 능력의 향상은 당연히 사회를 유동적으로 만든다. 교통과 통신도 본질적으로 정보처리를 늘리는 도구다.

이런 변화는 어떤 사회철학적 함의를 품었는가? 생명의 본질이 정보처리이므로, 정보처리 능력에서의 혁명적 발전은 우리의 삶의 모습을 근본적 수준에서 바꿀 수밖에 없다. 사회철학은 아직 이 점을 제대로 반영하지 못한다.

인공지능의 성격

생명체들이 지닌 지식은 셋으로 나뉜다. 유전자들 속에 든 지식은 본능이다. 뇌에 든 지식은 지능이다. 사회에 퍼진 지식은 문화다. 다른 종들보다 지능과 문화에서 뛰어난 덕분에 사람은 지구 생태계에서 중심적 자리를 누린다.

인공지능은 말 그대로 사람의 지능을 보강한다. 그것은 기술이지만, 사람의 근육을 보강하는 종래의 기술과 본질적으로 다르다. 바로 그 사실이 인공지능을 혁명적 발명으로 만든다.

인공지능의 도움을 받는 21세기의 개인은 19세기의 국가보다 큰 정보처리 능력을 지녔다. 지금 최신형 휴대 전화의 정보 처리 능력은 1969년 미국 항공우주국(NASA)이 아폴로 11호를 달에 보낼 때 갖추었던 것보다 낫다. 이런 추세는 앞으로 더욱 가속될 것이다.

발전된 컴퓨터 프로그램들은 스스로 배운다. 사람이 이용할 수 있는 것보다 엄청나게 많은 자료들을 바탕으로 수많은 해법들을 생각해내고 그것들을 모두 시험해보아 가장 성공적인 것을 찾아내는 방식으로 어려운 문제들을 풀어나간다. 생명이 진화하는 방식을, 즉 변이들을 생산하고, 환경에 적용해서 맞는 것을 골라낸 다음, 그것들을 재생산해서 퍼뜨리는 방식을, 따르는 것이다. 생명체들은 여러 세대들을 두고 천천히 진화하지만, 컴퓨터 프로그램들은 단숨에 진화한다. 이제 전문가 체계(expert system)라 불리는 그런 컴퓨터 프로그램들은 모든 분야들에서 인간 전문가들을 돕고 흔히 인간 전문가들의 판단을 인도한다.

개인적 선택과 설계

본질적으로 지능과 같으므로, 인공지능은 모든 다른 기술들에 지능처럼 작용한다. 그래서 기계들은 점점 자율적이 된다. 첨단 공장들은 거의 다 스스로 움직이고 사람의 개입이 필요한 경우는 드물다. 이제는 스스로 움직이는 수송 수단들이 나타났다. 자율적 기계들이 연결되어 움직이면, 지금 큰 관심을 끄는 '사물 인터넷'이 실현된다.

인공지능은 이처럼 물건들을 만들어 쓰는 '물리적 기술'에만 작용하는 것도 아니다. 인공지능은 사회를 조직하는 '사회적 기술'에도 혁명적 변화를 불러왔다. 복잡하고 예측하기 어려운 상황을 컴퓨터 프로그램으로 재현해서 살피는 '시뮬레이션'은 보다 현실적이고 정교한 제도와 정책을 가능하게 한다. 휴대 전화와 같은 전자 기기들을 통해 수집된 자료들은 사람들의 행태에 관한 정보들을 실시간으로 제공해서 예측의 정확성을 크게 높인다. 덕분에 갖가지 시장 설계(market design)가 가능해져서 사회를 풍요롭게 만든다. 결혼 시장에서 나온 '짝 찾아주기(match-making)' 기술은 이제 모든 재화들의 수요와 공급을 촘촘히 연결한다.

인공지능의 출현으로 물리적 기술과 사회적 기술에서 혁명적 발전이 나오면서, 생물철학자 대니얼 데네트가 설계 공간(design space)이라 부른 기능성이 따라서 넓어졌다. 이전에는 실제로 만들어지거나 실현될 수 없었던 물건들이나 공정들이나 제도들이 실제로 이루어진다는 얘기다.

이런 변화들은 사회가 유동적으로 되면서 나온 현상들이면서 사회의 유동성을 늘리는 데 기여한다. 사회의 유동성이 늘어난다는 것은 개인들의 활동이 활발해진다는 얘기다. 유동성(fluidity)의 원뜻이 바로 그것이다. 유체(fluid)는 고체보다 분자들의 활동이 활발하다.

사회의 유동성이 커지면, 당연히 개인들의 선택의 폭이 늘어난다. 신분과 관습의 제약이 많이 사라지고, 정보 비용이 실질적으로 사라지고, 빠르고 싼 교통 수단이 나오고, 짝 찾아주기 기술의 발전하면서, 보통 사람들도 사회적 및 지리적 제약에서 벗어나 거의 모든 일들에서 자신의 필요와 취향에 맞춰 선택할 수 있게 되었다. 직업과 직장과 의식주를 포함한 모든 일들에서 그런 선택이 가능해진 것이다. 그런 선택들의 가능한 조합들은 작은 집단의 경우에도 천문학적 수준에 이른다.

아울러 정보처리 능력이 늘어나면서, 개인들은 점점 많은 일들을 점점 정교하게 설계할 수 있게 된다. 성공적 기업들의 끊임없는 변신은 이 점을 생생하게 보여준다.

사회철학적 함의

사회가 점점 유동적이 되어간다는 사실에서 나온 이런 모습은 사회 체제에 대한 근본적 함의들을 품었다. 1920년대 초엽 사회주의가 실제로 수립되기도 전에, 독일 경제학자 루트비히 폰 미제스는 사회주의 체제가 생존하기 어렵다고 지적했다. 시장은 본질적으로 방대한 정보 처리 기구인데, 사회주의 체제에서 시장을 대신할 중앙계획 기구는 정보 처리에서 너무 원시적이고 비효율적이어서, 경제가 제대로 움직일 수 없다는 얘기였다. 20세기 사회과학에서 가장 중요한 논쟁이었던 '사회주의 계산 논쟁'을 부른 그의 경이로운 통찰은 70년 뒤에 공산주의 체제의 붕괴로 증명되었다.

이제 개인들의 정보처리 능력이 엄청나서 이전에는 상상하지도 못한 일들에 관해서 선택하고 설계하는 세상이 되었다. 그런 사회에서 사회주의적 체제는 말할 것도 없고 정부의 계획과 규제는 점점 비현실적이고 비능률적이 되어간다. 점점 유동적이 되어가는 사회는 정부의 몫을 되도록 줄이고 시장을, 즉 개인들의 선택들을, 늘려야 한다는 자유주의자들의 주장을 확고하게 떠받친다.

다른 편으로는, 정부의 정보처리 능력도 20세기 중엽까지 사회주의 정부들이 지녔던 것과는 비교가 되지 않게 향상되었다. 정부가 쓸 수 있는 엄청난 컴퓨터 처리 능력, 경제학을 비롯한 사회과학의 발전, 방대한 자료들을 이용한 사람들의 행태 분석(big data), 그리고 시뮬레이션을 통한 시장 설계 능력의 향상과 같은 요인들은 정부가 이전에는 시도하기 어려웠던 대규모 설계들을 할 수 있도록 만든다. '치명적 자만'은 여전히 경계해야 하지만, 정부가 대규모 설계에서 지는 위험은 점점 작아지는 것도 분명하다. 자연히, 정부의 기능도 차츰 바뀌었고 시장과 정부 사이의 관계도 미묘하게 달라졌다.

이제 경제적 자유주의자들은 이처럼 사회가 점점 더 유동적으로 된 사정을 자신들의 사회철학에 담아야 한다. 사람의 천성에 들어 있어서 사회에 늘 잠재하는 민중중의적 성향에 대응하기 위해선 미제스, 프리드리히 하이에크, 밀튼 프리드먼과 같은 선구자들이 쌓은 사회철학 체계를 점점 유동적이 되어가는 사회에 맞춰 다듬어야 한다.

대중과 자유주의

주최측으로부터 요청 받은 강연 주제는 '자유주의의 위기'였습니다. 전화로 요청을 듣는 순간, 제 마음을 스친 생각은 '언제는 자유주의가 위기 속에 놓이지 않은 적이 있었던가?'였습니다. 역사를 살피면, 우리는 자유주의가 아주 힘겹게 자라났고 늘 위협을 받았다는 사실을 새삼 깨닫게 됩니다. 그리고 앞으로도 그러하리라는 것을 무거운 마음으로 받아들이게 됩니다.

전체주의와 자유주의

자유주의는 다른 사회철학들보다 개인을 중시합니다. 거칠게 정의하면, 개인들이 가치가 궁극적으로 귀속되는 단위이므로 사회적 강제를 되도록 줄여서 개인들이 누리는 자유를 한껏 늘려야 한다는 주장입니다. 달리 말하면, 사회적 선택들을 되도록 줄여서 개인적 선택들을 늘려야 한다는 주장입니다. 그래서 사회 자체를 가치의 궁극적 단위로 보는 전체주의와 대립합니다.

사회철학은 사회의 구성에 관한 이론이므로, 사람만이 아니라 모든 사회적 종들을 대상으로 삼아야 합니다. 사람만을 대상으로 삼으면, 사회의 본질을 놓칠 수 있고 인류 사회의 특질들에 대한 통찰을 얻기도 어렵습니다. 물론 이 진술은 사회를 너무 좁게 정의한다는 문제를 안았습니다. 너르게 보면, 종 자체가 사회입니다. 그래도 사회를 이루지 못한 종들까지 포함하면, 사회철학의 범위가 너무 넓어져서 실용적이지 못하게 됩니다.

지구 생태계에서 사회를 이룬 종들은 아주 적습니다. 그리고 사회가, 흔히 군체(colony)라 불리는 작은 공동체가, 가치가 궁극적으로 귀속되는 단위인 경우가 대부분입니다. 사회성이 가장 두드러진 진사회(eusociety)에서 이 점이 잘 드러나는데, 잘 알려진 대로, 개미, 벌, 말벌 및 흰개미는 진사회를 이루는 대표적 종들입니다.

진사회성을 지닌 종들에선, 사회 자체가 가치의 궁극적 단위이므로, 전체주의가 어울립니다. 모든 일들이 본능에 의해 수행되고 군체를 떠난 개체들은 생존이 어렵고 생식이 불가능하므로, 자유로운 개체라는 말은 실질적 뜻을 지닐 수 없습니다. 자연히, 자유주의는 설 땅이 없습니다.

자유주의는 개인들이 가치의 궁극적 단위인 인류에게만 뜻을 지닐 수 있습니다. 그런 뜻에서 자유주의는 인간적입니다. 발전된 도덕심이 인간적이라는 얘기와 뜻이 같습니다. 자연히, 자유주의는 아주 여립니다. 우리의 천성을 살피면, 전체주의는 하부구조고 자유주의는 최근에 그 위에 지어진 상부구조라 할 수 있습니다.

사람들이 이루는 모든 조직들에서, 가장 중요한 일은 최종적 결정권을 지닌 지도자를 뽑는 것입니다. 실제로, 정치는 지도자를 뽑는 일이라 해도 지나친 단순화는 아닙니다. 그런 모습은 여왕을 중심으로 조직된 개미나 벌의 군체들과 아주 비슷합니다. 우리의 천성에서 사회의 궁극적 형태인 진사회를 지향하려는 힘들이 그렇게 크므로, 전체주의는 사람들에게 거의 주술적 호소력을 지녔습니다. 인류가 사회를 이루어가는 한, 이런 성향은 늘 존재할 것입니다.

대중의 출현

개인들이 누리는 자유는 문명의 발전에 따라 늘어났습니다. 지식이 쌓이고 물질적 풍요가 늘어나면서, 개인들의 판단과 자유를 억압하는 풍속, 신분 및 종교적 교리가 차츰 약해졌습니다. 마침내 근대에서 구성원들 사이의 평등과 개인들의 자유를 기본 원리로 삼는 사회들이 나타났습니다. 이 과정에서 자유주의는 중요한 역할을 했습니다. 그리고 그런 사회들이 출현은 자유주의의 근거를 튼실하게 만들었습니다.

자유주의를 구성 원리로 삼은 사회에선 필연적으로 대중이 권력을 장악하게 됩니다. 정치적 권력만이 아니라 가치를 평가하는 문화적 권력까지 대중이 장악하게 됩니다. 대중은 정의하기가 무척 어렵지만, 인품, 취향, 정치적 견해, 경제적 능력과 같은 면들에서 사회적 평균에 가까운 사람들을 가리킨다고 보면 무난할 듯합니다. 그래서 뛰어남이나 고귀함이나 너그러움은 대중의 특질이 아닙니다. 자연히, 대중은 다수고 다수의 힘으로 모든 일들에서 자신의 취향과 견해를 사회 전체에 강요합니다. 그런 강요는 법이나 도덕으로 규제되기 어려우므로, 사회적 소수의 자유를 크게 위협합니다.

대중이 지닌 이런 성향과 잠재적 힘을 먼저 깨닫고 이용한 것은 전체주의였습니다. 그래서 20세기 초엽에 전통적 지배 세력을 밀어내고 전체주의 세력이 득세했습니다. 자유민주주의 전통이 가장 튼실하게 자리잡은 유럽에서 민족사회주의(national socialism)가 단숨에 전통적 사회 체제를 무너뜨린 것은 이런 사정 때문이었습니다. 결국 2차대전 중엔 유럽 대륙 전체를 민족사회주의나 공산주의가 지배했습니다.

민중주의의 득세

1945년 민족사회주의 세력이 패망하고 1990년대 초엽에 공산주의가 몰락하면서, 전체주의의 위협은 많이 가셨습니다. 물론 이 진술엔 엄중한 조건절이 따라야 합니다. 우리가 속한 동아시아엔 아직도 공산주의가 절대 다수를 지배하고 있습니다. 중국, 베트남, 라오스 및 북한이 공산주의 체제를 고수하고 러시아는 실질적으로 공산주의 체제로 복귀하고 있으며, 오직 한국과 일본만이 자유주의를 누리고 있습니다.

어쨌든, 세계적으로 전체주의가 쇠퇴하면서, 민중주의(populism)가 자유주의를 위협하는 이념으로 떠올랐습니다. 20세기부터 대중은 스스로 정치적 결정에 나섰습니다. 특별한 지적 능력이 없고 사회적 결정들에 필요한 지식들을 갖추지 못한 사람들이므로, 대중은 거의 언제나 사람의 본능과 직관에 맞는 이념들과 정책들에 끌립니다. 그래서 사회적 문제들에 대해 예외 없이 단순주의적(simplistic) 태도를 보입니다. 이런 태도는 사회 안의 문제들만이 아니라 사회 밖의 문제들에도 적용되어 '낭만적 애국심'에 바탕을 둔 대외 관계를 추구합니다. 이런 현상은 일반적으로 민중주의라 불립니다.

공산주의나 민족사회주의와 같은 전체주의와 달리, 민중주의는 일관된 세계관도, 근본적 사회 개혁 프로그램도, 거기서 나온 기본 전략과 전술도 없습니다. 그래서 민중주의는 사회마다 시기마다 다른 모습으로 나타납니다. 민중주의를 처음으로 내건 미국인민당(People's Party of the United States of America)의 기본 정책이 은화(銀貨)의 자유주조와 독점산업들의 정부통제였다는 사실을 떠올리면, 이런 사정이 또렷이 드러납니다.

소득 양극화

근년에 거의 모든 사회들에서 민중주의는 빠르게 커지는 소득 격차에 대한 비판으로 거세게 분출됩니다. 과거엔 가난이 가장 큰 사회적 문제였고 정부의 자원은 가난한 사람들을 돕는 데 주로 쓰였습니다. 이제는 가난한 사람들이 있고 그들을 돕는 것이 중요하다는 주장 대신 구성원들 사이의 소득 격차 자체를 문제 삼는 주장이 힘을 얻었습니다. 그래서 가난한 사람들의 구호 대신 소득 격차의 감소가 사회 정책의 목표가 되었습니다.

이런 변화보다 민중주의의 득세를 잘 보여주는 것도 드뭅니다. 시장경제와 자유주의에 대한 가장 거센 비판이 이런 소득 격차의 증가이므로, 흔히 '소득 양극화'라 불리는 이 문제는 깊이 살펴보아야 합니다.

소득 양극화는 물론 여러 요인들로부터 나온 현상입니다. 가장 근본적인 요인은 불평등이 삶의 본질적 특질이라는 사실입니다. 환경에 제대로 적응하지 못한 종들과 개체들은 사라지고 그 자리를 잘 적응한 종들과 개체들의 후손들이 차지합니다. 자연은 '승자 독식(winner-take-all)' 사회입니다. 모든 종들과 개체들이 골고루 잘 사는 세상은 없습니다. 만일 그런 세상이 있다면, 그곳에선 생명이 나타나지 못했을 터입니다. 삶은 본질적으로 불평등합니다.

문화의 발전은 이런 불평등을 폭발적으로 늘렸습니다. 유전적 진화는 느리고 제한적이지만, 문화적 진화는 아주 빠르고 근본적 변화들을 부릅니다. 현대에선 경제의 빠른 발전, 세계화 그리고 정보 기술의 발전이 이런 추세를 가속시켰습니다. 특히 지식의 이용은 비용이 들지 않고 지적 재산들은 실질적으로 비용 없이 복제되므로, 많은 재화들이 물질적 한계에서 벗어나서 널리 싸게 소비됩니다. 덕분에 '승자가 거의 독식하는 (winner-take-almost-all)' 현상이 점점 심화됩니다.

기술의 발전은 중간 관리직과 숙련 노동자들의 일자리를 상대적으로 많이 줄입니다. 조직의 상층부와 기계화가 어려운 서비스 분야 종사자들은 영향을 훨씬 덜 받습니다. 자연히, 기술이 발전하면, 소득 격차는 점점 벌어집니다. 소득 격차가 유난히 큰 금융산업의 발전도 거듭니다. 소득 격차가 큰 노인 계층의 증가도 한몫을 합니다.

위에서 언급한 것처럼, 소득 양극화는 삶의 본질적 속성에 나왔으므로, 줄이기가 무척 어렵습니다. 그것을 아예 없애려 하면, 삶 자체를 억제하고 약화시킵니다. 고귀한 이상을 추구한 공산주의가 가장 사악할 뿐 아니라 소득 격차가 가장 큰 제도로 판명된 역사적 사실이 그 점을 잘 보여줍니다.

물론 그런 사정을 대중은 이해하지 못하고 받아들이려 하지 않습니다. 큰 소득을 얻은 사람들이 낸 세금으로 사회적 선택들을 집행하고 가난한 사람들을 돕는다는 사실도 그들에겐 별다른 고려사항이 못 됩니다. 소득 양극화는 문화가 발전하고 사회가 원숙해질수록 심화될 터이므로, 자유주의는 늘 비난과 위협을 받을 것입니다.

자유주의의 대응

여기서 긴요한 것은 소득과 복지의 구분입니다. 현대 사회에서,

소득과는 반대로, 복지는 점점 격차가 줄어듭니다. 의식주, 교육, 의료에서 갑부들과 중산층이 누리는 혜택은 차이가 작고 점점 줄어듭니다. 사람에게 궁극적으로 중요한 것은 복지입니다. 소득은 복지를 얻는 수단입니다. 소득 양극화가 복지 양극화로 이어지지 않으므로, 일단 소득 양극화의 심각성은 상당히 누그러집니다. 아주 가난한 사람들을 구하는 사회안전망을 보다 튼튼하게 만들어 보다 넓게 치면, 급한 문제엔 일단 대응하는 셈입니다.

소득 양극화가 그리 심각한 문제가 아니라는 얘기는 물론 아닙니다. 소득 양극화는 사회적 이동성(mobility)를 줄입니다. 그리고 사회적 이동성의 감소는 사회 체제의 정당성을 훼손합니다.

보다 심각한 문제는 우리가 모두 '부러워하는 동물'이라는 사실에서 나옵니다. 우리는 모든 일에서 자신을 절대적 기준이 아니라 남과 비교해서 평가합니다. 서열이 결정적으로 중요했던 석기 시대의 원시 공동체에서 다듬어진 터라, 우리의 천성은 그러합니다. 자연히, 소득 양극화는 많은 사람들의 마음에서 체제에 대해 반감과 분노를 불러 일으킵니다. 가난한 사람들이 있다는 사실이 문제지 부자들의 재산이 빠르게 늘어나는 것은 문제일 수 없다는 얘기는 합리적이지만 어느 사회에서도 통하지 않습니다. 다수가 문제라고 믿으면, 문제가 됩니다.

문제의 성격이 그러하므로, 안타깝게도, 대책이라 할 만한 대책은 좀처럼 보이지 않습니다. 먼저, 관련된 사실들을 널리 알려서, 시민들이 선동가들에게 휘둘리지 않고 차분하게 판단하도록 하는 것이 중요합니다. 잘사는 사람들에 대한 부러움이 정당한 분노로 행세하는 것을 막는 것도 중요합니다. 아무리 자연스럽더라도, 시기하는 마음이 정의감이 될 수는 없습니다. 근본적으로, 부당하게 큰 돈을 버는 사람들이 줄어들도록 깨끗하고 투명한 사회를 지향해야 합니다. 부유한 사람들이 부당한 방식으로 돈을 벌었다는 인식이 널리 퍼지면, 그 체제는 안정될 수 없습니다.

자유주의의 앞날

자유주의가 대중의 출현에 결정적으로 공헌했는데 대중은 본질적으로 자유주의에 적대적이라는 사정은 더할 나위 없이 반어적입니다. 그러나 그런 사정은 이상하지 않습니다. 자유주의는 인류가 자신을 만들어낸 조건들을 넘어서려는 노력입니다. 그래서 그것은 인간적이고 고귀합니다. 대중이 출현하고 득세한 세상에서, 그것은 늘 위협을 받을 수밖에 없습니다.

그러나 자유주의의 앞날이 어두운 것은 결코 아닙니다. 자유주의를 낳은 힘은 앞으로도 작동할 뿐 아니라 점점 강력해질 것입니다. 돌아보면, 19세기 이후 세계적으로 자유민주주의와 시장경제가 발전해온 모습은 우리 마음을 밝고 든든하게 합니다. 앞날을 전망하면, 우리는 자유주의가 인류를 인도하리라는 것을 깨닫게 됩니다. 특히 인류가 지구 생태계를 대하는 태도의 기준이 될 것입니다.

지금 지구에 존재하는 생명체들은 모두 최초의 유전자가 복제되어 나왔습니다. 비록 인류가 발전된 문화를 지녔고 덕분에 지배적 종의 자리를 차지했지만 인류도 생태계의 한 부분입니다. 당연히, 우리는 모든 생명체들을 생태계라는 궁극적 사회의 구성원들로 여겨야 합니다.

그리고 우리는 생태계의 수호자로서 다른 생명체들에게 그들이 누려야 마땅한 자유를 보장해 주어야 합니다. 한 사람의 자유는 다른 사람의 자유를 침해하지 않는 범위 안에서 보장된다는 자유주의의 원리를 확대해서, 한 생명체의 자유는 다른 생명체의 자유를 침해하지 않는 범위 안에서 보장되도록 해야 합니다. 다른 종들에 대해서 마음대로 할 힘을 가진 우리도 스스로 그런 제약을 두어야 합니다. 바로 그것이 자유주의의 본질입니다. 비록 지금은 인류가 그렇게 자유주의를 추구할 능력이 없지만, 그것이 자유주의의 논리적 귀결이고 궁극적 정당성이라는 점은 모든 자유주의자들이 인식해야 합니다.

그리고 그리 멀지 않은 장래에 새로운 종으로 출현할 인공지능과 의식을 갖춘 '인조인간'들에 대해서도 자유주의는 기본 원칙이 될 것입니다. 과학소설 작가들이 'Homo roboticus'라고 미리 명명한 그 새로운 종에 대해서도 우리는 자유주의에 입각해서 공생을 모색해야 할 것입니다. 사람보다 뛰어난 지능을 갖춘 존재의 출현을 걱정해서 인공지능의 연구를 중단해야 한다는 주장은 자연스럽지만 비논리적이고 비현실적인 처방입니다. '기술적 특이점(Technological Singularity)'라 불릴 만큼 혼돈스러울 상황에서 자유주의는 인류를 인도할 수 있을 것입니다.

전체주의가 그 음험한 모습을 드러낸 시절에 오르테가 이 가세트는 말했습니다. "자유주의는 가장 높은 형태의 너그러움이다; 그것은 다수가 소수에게 양보하는 권리고 그래서 이 행성에 울려 퍼진 가장 고귀한 외침이다." 이제 21세기를 살아가는 자유주의자들은 그의 통찰에 새로운 차원을 더할 수 있습니다.

자유화의 전략

요즈음 자유화에 관한 논의가 활발하다. 자유주의 원리를 현실에 적용해서 억압적 요소들을 걷어내는 일(liberalization)이라는 개념이야 익숙하지만, 그것을 명시적 구호로 삼아서 적극적 개혁에 나서자는 움직임은 근래엔 처음이다.

이런 움직임은 크든 작든 자유주의의 영역을 확산시키는 계기이므로, 반가운 일이다. 이제 우리 자유주의자들은 그것을 이념적 경쟁에서 나온 뜻있는 돌파(breakthrough)로 삼아 성과를 확대해야 할 것이다. 이런 노력은 자유주의의 성격에 대한 이해에 바탕을 두어야 보다 효율적이 될 터이다.

먼저 지적되어야 할 것은 산업화나 민주화나 본질적으로 우리 사회가 치른 자유화의 한 부분이었다는 점이다. 산업화는 경제적 자유주의의 원리를 우리 경제에 적용해서 보다 발전된 시장경제를 이룬 과정이었다. 민주화는 그런 경제적 자유화에 바탕을 두고 정치적 자유화를 이룬 과정이었다. 산업화와 민주화는 서로 연관이 없는 현상들이 아니라, 우리 사회가 자유주의의 이상에 보다 가깝게 진화하는 모습의 다른 측면들이었다.

자유화라는 구호엔 이제 우리 사회의 모든 면들에서 자유주의를 명시적으로 추구해야 한다는 뜻이 담겼다. 자유주의는 정치와 경제는 물론 풍속에서도 적용되어야 할 보편적 이념이다. 실은 그것은 생태계에도 언젠가는 적용되어야 할 이념이다. 인류가 생태계의 한 부분이라는 사실을 인정하면, 바로 자유주의는 생태계가 건강하게 진화하도록 인도하는 원리가 된다.

이념들 사이의 경쟁은 사람들의 뇌를 차지하려는 다툼이다. 갖가지 생각들(memes)은 사람들의 뇌들이라는 환경에 서식하는 추상적 존재들이다. 그런 생각들은 서로 어울리는 것들이 한데 모여 거대한 복합체(memeplex)를 이룬다. 그런 생각의 복합체들 가운데 사회의 성격과 조직에 관한 것들은 이념(ideology)이라 불린다. 즉 이념들은 본질적으로 사회철학(social philosophy)들이다.

생각들의 환경이 뇌들이므로, 뇌에 잘 맞는 생각들이 번창한다. 그래서 사람들의 직관에 맞고 일상 경험에서 도움이 되는 것들이 우세하다. 즉 생각의 진화에선 민중주의(populism)가 자연선택에서 살아남아 널리 퍼진다.

자유주의는 사람들의 직관에 잘 맞지 않는다. 인류는 오랫동안 작은 무리를 지어 살았으므로, 엄격한 위계질서를 갖춘 조직에 맞는 생각들과 행태들을 천성으로 지녔다. 작고 일시적인 조직에서도 사람들은 이내 지도자를 찾고, 어린 아이들이 함께 몰려다니면, '골목대장'이 나온다. 개인들이 스스로 판단해서 자유롭게 활동하면, '보이지 않는 손'에 의해 인도된 것처럼 사회의 조화에 이바지하리라는 생각은 우리 천성엔 낯설다. 실은 개인들은 무리를 위해 존재하며 늘 무리의 이익에 봉사해야 한다는 생각이 오히려 우리 천성에 가깝다.

경제적 자유주의는 조건이 더욱 불리하다. 정치적 자유주의는 그것을 반대하는 전체주의자들까지 겉으로는 찬동한다. 공산주의 국가들마다 국호에 '민주주의'라는 이름을 넣는다. 진정한 민주주의 사회들에선 법의 지배, 언론의 자유, 자유로운 선거 및 권력의 분점과 같은 자유주의적 관행들이 자리잡았고 반자유주의적 세력들도 그런 관행들에 이의를 제기하지 않는다.

경제 분야에선 사정이 다르다. 경제적 자유주의는 상당한 경제학 지식이 있어야 이해가 되는 이념이다. 불행하게도, 경제학은 복잡하고 불투명하고 아름답지 못하고, 무엇보다도, 반직관적인 학문이다. 게다가, 미국 경제학자 폴 새뮤얼슨이 탄식했듯이, 사람들은 일상 생활에 필요한 경제 지식들을 갖췄고 그래서 자신들이 경제에 대해서 알만큼 안다고 여긴다. 당연히, 그들은 경제학을 진지하게 공부할 필요를 느끼지 못한다. 그러고도 정부나 정당의 경제 정책들에 대해서 평가하고 투표할 수 있다고 자신한다. 이런 문제는 지식인들에게서 더욱 심각하다. 일찍이 스페인 철학자 오르테가 이 가세트가 지적했고 하이에크가 잘 설명한 '한 분야에서의 박식이 다른 분야에서의 옳은 판단을 보증한다'는 오류가 우리 사회에서도 널리 퍼졌다. 그래서 경제학을 공부한 적이 없는 지식인들이 태연하게 경제 체제와 정책들에 대해서 '전문가'로 자처하면서 명쾌하게 평가한다.

사정이 그러하므로, 경제적 자유주의는 사람의 뇌라는 환경에서 번창할 길이 없는 이념이다. 경제적 자유주의자들은 이 근본적 조건을 인식하고 거기 맞춰 전략과 프로그램을 세우고 실천해야 한다. 자유주의 경제학자들이 늘 쉽게 풀어 쓴 경제학 입문서의 중요성을 강조하는 것은 이런 사정을 인식한 데서 나온다.

아울러, 경제적 자유주의들은 늘 외롭게 별다른 보답도 없이 노력해야 한다는 사실을 자신들의 실존적 조건으로 받아들여야 한다. 그래야 세상의 몰이해와 무관심에 지쳐서 자유주의를 위한 노력을 포기하는 개인적 불행을 피할 수 있다. 좌파 정권 아래서 자유주의자들을 이끈 손병두 전 서강대학교 총장은 말했다, "한국에서 자유주의자들은 독립운동을 한다는 마음으로 일해야 한다." 모든 자유주의자들이 깊이 새길 얘기다. 우파 정권 아래선 오히려 사정이 더 나쁘다. 반자유주의적 정권보다 훨씬 무서운 것이 시민들의 무관심이다.

경제적 자유주의의 생존과 전파에서 결정적 제약 조건은, 위에서 살핀 것처럼, 경제학 지식이 널리 퍼지지 못한다는 사실이다. 당연히, 자유화의 전략에서 핵심적 목표는 올바른 경제학 지식의 보급이다. 여러 해 전 경제학 학술대회에서 경제적 자유주의와 경제학 지식 사이의 관계에 관한 얘기가 나왔을 때, 원로 경제학자 김우택 교수가 말했다, "기회비용이라는 개념 하나만 알아도, 사람의 판단이 달라진다." 자유화가 세상을 바꾸는 구호가 되려면, 올바른 경제학 지식의 보급이라는 눈에 잘 뜨이지 않는 노력이 함께 나와야 한다.

다른 일들과 마찬가지로, 이 과업은 많은 시행착오를 거칠 것이다. 진화의 기본 전략이 수많은 실패들을 통해서 성공을 찾아내는 것 아닌가? 우리 경제적 자유주의자들이 부족했던 점이 바로 이 대목이다. 새로운 환경에 맞는 전략과 프로그램을 만들면, 처음엔 당연히 실패한다. 우리는 그런 실패들을 진화 과정에서 나오는 일련의 실험들로 여겨서 교훈을 얻고 다시 시작해야 한다. 우리가 늘 입에 올리는 것이 기업가 정신이고 혁신인데, 정작 우리가 그렇게 대범하게 실패들을 대했는가 성찰해야 한다.

국제통화기금(IMF)의 자기 변호에 환호하는 세태

국제통화기금(IMF) 기관지에 실린 "신자유주의: 과잉 추천?(Neoliberalism: Oversold?)"이 큰 화제다. "여러분들은 신자유주의가 안으로부터 죽는 것을 보고 있다"고 환호하는 사람까지 나왔다. 국내 신문들도 호의적으로 보도했다.

저자들은 신자유주의 정책들이 번영을 불렀다고 선선히 인정한다. 그런 전제 아래, 두 가지 사소한 문제들을 다룬다. 하나는 자본의 국제적 이동에 대한 제약이고 다른 하나는 재정 긴축 정책이다. 그들은 그 문제들에 대한 '신자유주의 과제(agenda)'가 잘못되었다고 주장한다.

전자와 관련하여, 그들은 생산적 외자는 장려하되 투기적 외자는 규제하라 주장한다. 그러나 그런 규제의 비용이 작다는 논거는 제대로 제시되지 않았다. 외자를 생산적인 것과 투기적인 것으로 나누기는 쉽지 않고, 투기적 외자를 통제하는 데엔 상당한 비용이 든다. 외환 거래에 매기는 '토빈 세(Tobin tax)'가 개념적 깔끔함에도 불구하고 도입된 적이 없다는 사실은 이런 걱정을 반영한다.

외자 유출이 경제 위기를 부르거나 키운다는 주장은 명백히 그르다. 경제 위기가 자본 유출을 부른다. 라틴 아메리카의 경우, 해외로 먼저 탈출한 것은 토착 자본이고 외국 자본은 몇 주 뒤에야 빠져나가기 시작했다.

재정 긴축에 관한 얘기는 요령부득이다. 뚜렷한 주장은 "충분한 재정적 여유가 있는 정부들은 빚을 지고 사는 것이 낫다"는 주장인데, 과연 도움이 되는 얘기일까? 개인이 지든 정부가 지든, 빚은 경제에 부정적 영향을 미친다는 것이 이번 경제 위기의 교훈이다.

길이가 짧고 주제는 사소하고 시의성도 없어서, 이 글은 좀 느닷없다. 저자들은 셋이지만, 모두 IMF의 한 부서 소속이다. IMF의 역할이 길게 소개되고, IMF 총재에 대한 칭찬과 경쟁적인 유럽중앙은행(ECB) 전 대표에 대한 험담까지 나온다. 이래저래 IMF의 자기 변호라는 느낌이 든다.

하긴 IMF로선 이런 글이 필요할 것이다. 국제기구라서 관료주의적이고, 세계적 기준을 강요해야 하니 고압적일 수밖에 없다. 유럽 사람들이 주도하니, 지역적 및 인종적 편견도 심하다. 그래서 한 나라에 내렸던 처방을 그대로 다른 나라들에 강요했다. 동아시아 외환 위기 때 IMF 총재 깡드쉬가 보인 오만함을 기억하는 사람들이 많을 것이다.

이제 IMF는 왜소하다. 세계 경제가 커지면서, 영향력은 크게 줄었다. 텃밭 유럽에서도 독일연방은행과 ECB에 밀린다. 게다가 EU에선 논리적 정책을 펼 수 없다. 독일과 그리스를 함께 만족시킬 정책이 나올 리 없다. 기껏해야 경제적 논리에 정치적 현실을 가미한 타협안들뿐이다. 그것들은 전에 IMF가 어려운 나라들에 호기롭게 강요했던 정책들과 거리가 멀다. 2011년엔 현임 총재 스트로스-칸이 뉴욕에서 성추행으로 체포되기까지 했다. 비록 풀려났지만, IMF의 위신은 땅에 떨어졌다. 그래서 이런 글이 나온 듯하다.

위기를 맞은 나라들에 강요했던 가혹한 정책들을 버려야 하는데, 자기들이 잘못했다고 고백하기 싫으니, '신자유주의 과제'가 잘못됐다고 슬쩍 떠넘긴 것이다. 신자유주의 과제라는 것은 없다. 자유주의라 불리는 사회 철학에 무슨 과제가 있겠는가? 특정 사회의 자유주의자들이 문제들을 다룰 때, 자유주의에 따라 경제학 지식을 이용해서 현실에 맞는 정책들을 다듬어낼 따름이다. IMF의 처방이 가혹했다고 비판을 받았지, 신자유주의 과제라는 것이 어디 따로 있어서 비판을 받았는가?

다행히, 저자들은 "신자유주의 과제가 그런 정책들의 입안자들보다 비판자들에 의해 많이 사용되는 표지(label)"라고 말함으로써 최소한의 양식이 있는 지식인들임을 보여준다. 신자유주의라 불리는 사회 철학의 바른 이름은 경제적 자유주의(economic liberalism)

다. 자유주의의 원리가 경제 분야에 적용된 것이다.

저자들이 명확히 말했듯이, 경제적 자유주의를 충실히 따르면, 사회는 발전한다. 희망이 없다던 아프리카가 지금 가장 빠르게 성장한다. 개신교 윤리가 사회 발전의 동력이라는 막스 베버의 주장은 널리 받아들여졌지만, 이제 경제적 자유주의가 동력임이 드러났다. 유럽의 개신교 사회들에서 경제적 자유주의가 먼저 자라났을 따름이다.

자유주의는 개체들이 높은 지능을 지닌 인류에 잘 어울린다. 꽉 짜인 군체(colony)가 기본 단위인 개미나 벌과 같은 진사회성(eusocial) 종들엔 적용될 수 없다. 그리고 경제 활동을 통해 시장을 발전시킨 인류에게만 경제적 자유가 뜻을 지닌다. 경제적 자유주의는 가장 깊은 수준에서 인간적이다.

사회 기반 시설에 투자할 때다

아직 소작농이 많았던 1950년대 말엽, 시골 중학교의 농업 시간. 비료를 설명하시던 선생님께서 소작인의 농사는 소작 기간에 따라 달라진다고 하셨다. 오래 소작한다고 믿는 소작인은 농토의 지력을 꾸준히 유지한다. 소작이 올해로 끝난다고 판단하면, 소작인은 석회를 좀 많이 뿌린다. 산성인 흙에 알칼리성인 석회가 섞이면, 자양분이 많이 빠져 나와서 작물들이 잘 자란다. 덕분에 그 해는 소출이 높지만, 거름을 많이 해서 지력을 보충하지 않으면, 다음 해부터는 소출이 평균을 밑돌게 된다.

사람의 판단에 시평(time horizon)이 결정적 영향을 미친다는 것을 나는 그 때 처음 배웠다. 사람마다 자신의 처지에 맞는 시평을 고르고 거기 맞춰 판단한다. 임기가 5년인 대통령에겐 시평은 5년을 넘을 수 없으므로, 5년 안에 효과를 볼 정책들만 채택된다.

최경환 부총리의 경제 정책은 석회와 비슷하다. 경기를 되살리는 데 도움이 되겠지만, 우리 경제의 체력을 고갈시킨다. 원체 다급한 상황이라는 점도 있지만, 최 부총리의 시평이 짧을 수밖에 없다는 사정도 그런 정책이 나오는 데 한몫 했을 것이다.

걱정스럽게도, 응급 처방으로 고갈된 경제의 체력을 다시 채우려는 노력은 눈에 잘 뜨이지 않는다. 중장기적 처방들을 담은 법안들이 국회에 묶여 있다는 사정도 있지만, 아무래도 미흡하다. 민간 대기업들에 투자를 늘리라며 사내 유보에 과세하는 반자본주의적 방안까지 내보였지만, 정작 정부는 투자에 나서지 않았다. 전망이 어두우면, 위험에 민감한 기업들은 사업 계획들을 다시 검토하고 투자를 줄이게 된다. 위험을 무릅쓸 수 있는 정부가 먼저 투자에 나서는 것이 자연스럽다.

정부의 투자는 효과를 보는 데 대체로 오래 걸린다. 반면에, 부총리나 장관의 시평은 한 해를 넘기 어렵고 대통령도 임기까지다. 그런 사정이 현 정권이 투자에 적극적으로 나서지 않은 것을 조금은 설명할 수 있을 듯하다.

어찌 되었든, 이제 정부는 서둘러 투자에 나서야 한다. 그래야 민간 기업들도 자신감이 생기고 투자할 기회도 열린다. 기업들이 감당하기 어려울 만큼 큰 사업들은 정부가 나서서 기본 계획을 세우고 필요한 법적 조치들을 취하고 이어 기업들이 참여하는 것이 자연스럽고 효과적이다. 우리나라처럼 시장에 대한 정부 규제가 촘촘하고 정책이 수시로 바뀌고 '민원'이라 불리는 NIMBY 현상이 극성스러운 사회에선 더욱 그렇다. 우리가 경제 발전을 이룰 때, 우리는 그런 방식으로 일했다. 정부의 '시장 설계' 기능이 지금처럼 위축되면, 장기적으로 우리 경제는 체력이 달리게 된다.

정부 투자로는 사회기반시설(infrastructure)에 대한 투자만큼 효과적인 것이 없다. 원래 정부의 고유 기능인데다 경기 부양에 늘 쓰이고 투자 효과도 비교적 크므로, 지금 적절한 방안이다. 아울러, 우리 건설 기업들이 일감이 적어서 무척 어렵고 정부가 매긴 엄청난 과징금을 내야 하므로, 가장 필요한 곳으로 돈이 흐르도록 할 것이다.

당장 필요한 사회기반시설들 가운데 이내 떠오르는 것은 관광 시설이다. 그 동안 여가는 크게 늘었지만, 여가를 즐길 관광 시설은 그리 늘지 않았다. 그래서 어지간한 관광지들은 사람들이 너무 많이 몰린다. 국민의 절반이 모여 사는 수도권에서 가족들이 쉽게 찾을 수 있는 관광지들은 많지 않다.

게다가 중국인 관광객들이 빠르게 늘어나면서, 관광지들을 개발하고 시설들을 마련하는 일은 경제적으로도 중요해졌다. 문명이 발전해도 지리적 조건은 바뀌지 않으므로, 예측 가능한 미래에도 중국 사람들은 한반도에 많이 찾아올 것이다. 우리는 긴 시평으로 이 일을 살피고 장기 계획을 마련하고 필요한 투자를 시작해야 한다.

이내 착수할 수 있고 건설업에 작지만 뜻있는 도움이 될 수 있는 사업은 한강 연안의 테마 공원이다. 한강은 천혜의 관광 자원이지만, 지금은 거의 빈 물길이다. 하남의 미사리나 김포에 테마 공원을 세워서 서울을 찾아온 중국 관광객들이 유람선을 이용해서 찾게 된다면, 다양한 혜택을 기대할 수 있다. 무엇보다도, 그들이 찾는 값싼 숙박 시설을 제공할 수 있다. 서울은 땅값이 너무 비싸서, 대중숙박 시설을 세우기 어렵다. 테마 공원과 값싼 숙박 시설이 세워지면, 빠르게 오락, 공연 및 문화 시설들이 따라 들어설 것이다.

중국 관광객들 가운데는 젊은 연인들이 많아서 서울의 사진관들이 호황을 맞았다 한다. 미사리에 젊은 연인들을 주요 고객 계층으로 삼은 테마 공원을 세우는 것은 멋진 방안으로 보인다. 우리의 전통 문화와 현대적 감성을 현대 기술로 구현한 테마 공원은 현 정권이 내세운 창조 경제를 실현하는 마당을 제공할 것이다.

지력을 보존하는 데는 두엄보다 더 좋은 것이 없다고 농업 선생님은 가르치셨다. 경제의 체력을 보존하는 데는 사회기반시설에 투자하는 것보다 좋은 것도 드물다.

전경련을 위한 변호

전국경제인연합회(전경련)가 비난의 폭풍을 맞았다. 쓸모 없다는 평가에다 해체하라는 요구가 나온다. 감싸는 목소리는 들리지 않는다.

전경련은 대기업들을 대변하는 단체다. 당연히, 대기업들의 이익을 지키는 기능을 지녔다. 전경련에 대한 평가는 그런 기능의 수행에 대한 것이어야 한다.

시장경제가 이상형에 가까워서 기업들이 자유롭게 활동해야, 대기업들의 이익도 보장된다. 그래서 전경련의 핵심 기능은 우리 시장경제의 건강을 지키는 일이다. 전경련의 중요성은 궁극적으로 거기 있다.

전경련은 그 핵심 기능을 대체로 잘 수행해왔다. 민중주의가 거센 우리 사회에서 시장경제를 떠받치는 '경제적 자유주의'를 전파하는 일은 전경련과 자매단체들인 한국경제연구원 및 자유경제원이 주로 수행해왔다. 시장경제와 기업에 대한 비난으로 채워진 경제 교과서를 학생들이 배우는 현실에서, 시장경제에 대한 인식이 더 나빠지지 않은 데엔 전경련의 공이 컸다.

기업들은 환경에 적응하면서 생존한다. 기업 환경에서 가장 두드러진 것은 물론 정부다. 기업들이 개별적으로 행정부나 입법부를 상대하는 것은 아주 비효율적이므로, 이 일도 주로 전경련이 맡는다. 눈에 잘 뜨이므로, 이것이 전경련의 주요 기능처럼 보인다.

비록 비판 받을 점들이 많지만, 전경련을 해체하거나 기능을 바꾸라는 주장은 그래서 설득력이 없다. 전경련이 사라지거나 변모하면, 대기업들을 대변하는 단체가 새로 나와야 한다. 그 방안이 과연 현실적일까?

전경련의 임무가 이제 끝났다는 주장은 전경련의 기능과 사회 환경의 변화를 제대로 살피지 않았다. 기업 환경이 어려워지는 터라, 시장경제를 지키는 단체의 필요성은 오히려 절실해진다. 시장경제에 비우호적인 의원들이 유난히 많은 이번 국회에서 쏟아져 나오는 거친 민중주의적 법안들을 줄이는 일은 특히 긴요하다. 나쁜 법안을 미리 막으면, 그 성과가 눈에 뜨이지 않으므로, 아쉽게도, 그런 활동은 제대로 평가 받지 못한다.

전경련이 정부의 수금 기구로 전락했다는 지적은 대기업들이 권력 앞에 아주 약해서 정치 자금과 준조세들을 끊임없이 내야 한다는 사정을 고려하지 않았다. 전경련이 돈을 거두지 않으면, 상황이 나아질까?

대기업들이 약한데, 전경련 혼자 강할 수 있을까? 어쩌다 전경련이 용기를 내서 정부에 맞서면, 대기업들은 좋아하지 않는다. 좌파 정권 시절, 전경련의 한 젊은 임원이 "현 정권은 사회주의 정권"이라 말한 적이 있었다. 그의 발언은 많은 사람들의 울분과 경계심을 대변했지만, 한때 촉망 받던 그는 끝내 불우했다. 그래도 경제연구소를 가진 대기업이 그를 연구원으로 받아들였다는 얘기는 듣지 못했다.

싱크 탱크로 변신해야 한다는 주장은 동조자들이 많다. 특히 '헤리티지 재단'이 자주 거론된다. 이 주장은 전경련의 기능만이 아니라 미국과 한국 사이의 근본적 차이까지 놓쳤다. 학생들이 잘못된 역사와 경제 이론을 배우고 시장경제를 옹호하는 사람들은 지식인 사회에서 실질적 파문을 당하는 한국에서 경제적 자유주의자들은 참호전을 치르는 군인들이다. 그들에 비기면, 헤리티지 재단은 제복 입고 열병식 하는 군대다.

그래도 전경련이 사방에서 해체하라는 압력을 받는다는 사실은 남는다. 앞으로 그런 압력은 더욱 커질 것이다. 당연히, 전경련은 정당한 비판들을 받아들여 혁신해야 한다. 사무국이 관료적이 되어 자신의 이익을 앞세운다는 지적은 특히 아프게 받아들여야 한다. 그냥 엎드려 폭풍이 지나가기를 기다리는 것은 최악의 선택이다.

전경련의 혁신은 이번 파문의 당사자가 책임을 지는 것으로 시작해야 한다. 전경련은 회장이 비상근이어서, 상근부회장이 실질적으로 운영한다. 미르 재단 및 K스포츠 재단에 관한 국정감사에도 상근부회장이 출석해서 기업들이 '자발적'으로 큰 돈 모아 기부했다고 증언했다. 누구도 믿지 않는 이 증언으로 전경련의 평판에 심중한 해를 끼쳤으니, 그는 당연히 책임을 져야 한다. 모든 죄는 궁극적으로 '들킨 죄'다.

상근부회장으로선 그런 답변밖에 할 수 없었겠지만, 그렇게 궁색한 상황으로 전경련을 이끌었다는 사실은 그가 혁신을 수행할 도덕적 권위를 잃었음을 뜻한다. 폭풍에 휩싸인 전경련이 무너질 위험을 줄이기 위해, 그리고 자신이 뒷날 얻을 평판을 위해, 상근부회장은 책임을 떠안고 물러나는 것이 옳다. 능력 있는 경영자라는 평가를 받은 그의 현명한 결단으로 혁신이 시작되어 전경련이 소생하기를 기대한다.

기본으로 돌아가야 한다

"비전이 없다"는 얘기가 부쩍 자주 들린다. 당장 사업이 힘들 뿐 아니라 앞길이 보이지 않는다는 뜻이다. 실제로, 전자와 조선처럼 경쟁력 있는 산업들도 처지가 어렵고 전망도 밝지 않다.

이번 '롯데 사태'에서 마음에 가장 무겁게 얹힌 것은 중국에 진출한 롯데가 1조원 가량 손실을 보았다는 사실이다. 외국에 진출한 우리 유통 기업은 우리 기업들에겐 해두보와 같다. 롯데의 중국 매장들에 자기 제품들을 진열해서 중국 소비자들을 직접 만날 수 있다는 것은 큰 행운이다. 그런 해두보가 흔들리는 것이다.

이런 어려움은 일시적 현상이 아니라고 믿는 사람들이 많다. 여러 해 전부터 우리가 걱정해 온 '협공(nut-cracker)'이 견디기 어려울 만큼 거세어졌다는 것이다. 우리는 두터운 문화적 지층 위에 선 독일이나 일본보다 저력이 훨씬 약하고 외부 충격에 크게 흔들린다. 그래서 선진국의 대열에 성큼 합류하지 못하고 어정쩡한 중진국에 머물면서 후발 사회들에 쫓긴다. 이런 협공에 대처할 전략을 정부도 기업들도 찾아내지 못했다. "비전이 없다"는 탄식이 나올 수밖에 없다.

큰 위기를 맞으면, "기본으로 돌아가자"는 얘기가 나온다. 위기의 본질을 가장 근본적 수준에서 진단하고 처방을 내자는 뜻이다.

우리 사회의 경제적 구성 원리는 시장경제다. 동서고금의 경험과 현대 경제학 이론은 시장경제가 가장 낫다는 것을 이론의 여지 없이 보여준다. 경제 활동에 대한 정치적 또는 종교적 권력의 규제가 덜 심했던 사회들에선 늘 경제적 번영과 정치적 자유 및 문화적 풍요가 나왔다.

안타깝게도, 우리 경제는 시장경제의 이상형에서 아주 멀다. 근본적으로, 정부가 차지하는 몫이 너무 크다. 공무원은 이제 1백만 명을 넘어섰다. 실질적으로 정부 부문에 종사하지만 공무원으로 분류되지 않는 사람들은 얼마나 되는지 짐작도 어렵다. 자연히, 시장은 위축되고 활기를 잃어간다.

정부가 비대해지니, 세금이 무거워지고 경제 활동에 대한 규제는 엄중해진다. 우리처럼 부패한 사회에선 공무원들은 적극적으로 시장의 움직임을 방해해서 자신들의 이익을 늘린다. 기업들이 인허가 업무에서 치르는 거래 비용은 뻘처럼 기업들의 발목을 잡는다.

게다가 재산권이 제대로 확립되지 않았다. 민중주의의 득세에 재산권은 오히려 약해진다. 요즈음엔 주민들의 '민원'에 기업들의 합

법적 활동이 막히는 경우들이 부쩍 늘었다.

이런 상황에선 우리 기업들이 힘을 기르고 재빠르게 움직여서 후발국 기업들에 따라잡히지 않고 선진국 기업들과 대등하게 경쟁하기 어렵다. 공무원 시험마다 젊은이들이 구름처럼 몰려드는 '중세적 풍경'이 이런 사정을 유창하게 말해준다.

당연히, 위기에 대한 대책은 우리 경제를 시장경제의 이상형에 보다 가깝게 다듬어가는 것이다. 정부의 크기와 기업에 대한 규제를 되도록 줄여서, 시장이 보다 활발하게 움직이도록 하는 것이다. 그것이 우리의 비전이다.

지금 정부가 추진하는 경제 개혁도 이런 비전에 따라 수행되어야 한다. 무슨 정책이든 시장경제의 원리를 거스르면 안 된다. 우리 경제를 조금이라도 시장경제의 이상에 가까이 가도록 도와야 한다.

노동 개혁이 특히 그렇다. 노동 시장의 근본적 문제는 노동조합의 존재다. 노조가 노동력의 공급을 독점하도록 만든 것은 자유로운 거래와 경쟁을 추구하는 시장 경제의 원리에 어긋난다. 게다가 노조가 노동력의 공급을 거부할 수 있게 하고 기업이 다른 노동력을 공급받을 수 없도록 했다. 심각한 문제들이 나올 수밖에 없다.

노조의 폐해들은 열거하기 지루할 정도로 많다. 그런 폐해들은 우리 사회에서 유난히 커서, 외국 전문가들은 우리 노동 시장을 '독성(toxic)'이라고 부른다.

그렇다고 노조 덕분에 노동자들이 혜택을 입는 것도 아니다. 노조는 스스로 기업의 이익을 높이거나 경제를 성장시킬 힘이 없다. 따라서 힘센 노조의 조합원들이 생산성 증가율보다 많이 받으면, 그들은 약한 노동자들의 몫을 가져가는 셈이다. 힘센 노조에 든 소수의 유복한 노동자들을 위해서 약하고 가난한 노동자들이-하청업체의 종업원들, 비정규적 및 외국인 노동자들이-희생되는 셈이다. 노동자들의 권익을 지켜주는 법이 정비된 우리 사회에서, 노조는 긍정적 역할은 없이 그저 무거운 짐으로 얹힌다.

이런 기본적 맥락을 정부는 시민들에게 잘 알려야 한다. 비록 헌법에 보장되었지만 노조의 특권들은 시장경제에 어긋난다는 사실을 시민들이 깨달아야 한다. 그래야 노조가 시장경제에 덜 해로운 모습으로 진화하도록 유도할 수 있다. 시민들이 막연하게 노조가 노동자들을 돕는 기구라고 여기는 한, 노동 개혁은 뜻있는 성과를 내기 어렵다.

가난에 보다 효과적으로 대처하는 길

사람들이 사회를 이루어 살기 시작한 뒤로, 가장 큰 사회적 문제는 늘 가난이었다. 그래서 가난에 효과적으로 대처하려는 노력은 모든 사회들의 구조와 작동 원리에 영향을 미쳤다. 우리가 예측할 수 있는 미래에도 가난에 대처하는 방안은 사회 철학과 경제 정책의 핵심으로 남을 것이다.

가난에 대한 대처와 같은 사회적 선택은 사회 구성원 다수의 뜻을 모아 이루어진다. 인류 문명의 발전에 따라 새로운 지식은 끊임없이 나오지만, 그런 지식이 사회에 퍼지는 데엔 긴 시간이 걸린다. 따라서 사회적 선택은 새로운 지식들을 제대로 반영하지 못하고 민중주의적 색채가 짙게 마련이다.

민주주의는 이런 경향을 한층 깊게 만들었다. 민주적 선거들을 통해서 민중주의적 정책들이 점점 많아지는 경향은 모든 사회들에서 나타난다. 사회가 원숙해지면, 작은 이익을 추구하는 이익 집단들이 번창하게 되어, 사회적 선택의 수준은 점점 낮아진다.

이번 총선거에서도 민중주의적 공약들은 두드러졌다. 민중주의적 경향이 비교적 덜했던 새누리당이 그저 표를 얻기 위해서 집권당에 걸맞지 않은 민중주의적 공약들을 내세운 것은 특히 걱정스럽다. 가난에 적극적으로 대처하겠다는 공약들에도 어쩔 수 없이 민중주의의 영향은 컸고, 결국 그것들은 가난에 대처한다는 선의에도 불구하고 사회에 해로운 영향을 미칠 것이다.

그런 공약들 가운데 아마도 가장 해로운 공약은 최저임금을 크게 올리겠다는 공약일 것이다. 올해 최저임금이 6천원 가량인데, 새누리당과 더불어민주당은 20대 국회 임기 안에 각기 9천원과 1만원으로 올리겠다고 다짐했다. 최저임금이 4년 안에 50% 넘게 오르면, 우리 경제에 전반적 충격을 줄 수밖에 없다. 조만간 터질 시한폭탄인 셈이다.

최저임금은 기업이 종업원들에게 지불하는 임금의 최저 수준을 규정함으로써 노동자들의 소득을 높이려는 제도다. 이 제도는 노동자들이 그 이하로는 자신들의 노동을 팔지 못하도록 막는 가격 바닥(price floor)과 등가적이다.

불행하게도, 선의에서 나온 최저임금은 가난한 노동자들의 임금을 높이기보다는 한계적 일자리들을 아예 없애는 효과를 지녔다. 별다른 기술이 없는 사람들이 기꺼이 받을 임금을 주는 한계적 일자리들은 적지 않고 나름으로 사회에 공헌하는데, 최저임금이 시행되면, 그런 일자리들은 사라지거나 기계가 대신한다. 그래서 가난한 사람들이 당장 어려움을 겪고, 반면에, 일자리를 잃지 않은 사람들은 소득이 높아진다. 일자리를 잃은 사람들의 희생으로 일자리를 가진 사람들의 소득을 높이는 셈이다.

무엇보다도, 최저임금은 철학적으로 문제적이다. 일찍이 조지 스티글러가 지적한 대로, 최저임금은 명목적으로는 노동자들을 보호한다고 여겨지지만, 실제로는 그들의 자유를 아주 엄격하게 제약한다. "고용주들이 법정 최소액보다 적게 지불하지 못하도록 하는 것은 노동자들이 그들의 노동을 법정 최소액보다 적은 금액에 팔지 못하도록 하는 것과 등가적이다. 고용주들이 법정 임금보다 적게 지불하지 못한다는 법적 제약은 노동자들은 그 임금에 그들을 고용할 의사가 있는 고용주들을 찾지 못하면 그렇게 보호된 분야에서 일을 아예 하지 못한다는 법적 제약과 등가적이다."

이처럼 최저임금을 지지하는 사람들은 노동 시장에서의 자유로운 경쟁이 궁극적으로 노동자들을 보호하는 힘이라는 사실을 놓쳤을 뿐 아니라, 노동자들은 자신들의 이익이 무엇인지 알지 못하는 존재들이라고 여긴다는 점에서, 노동자들을 가장 근본적 수준에서 경멸하는 것이다.

최저임금이 안은 이론적 문제들 가운데 가장 근본적인 것은 한 사회에 하나의 적절한 임금 기준이란 것이 존재하지 않는다는 사실이다. 노동 시장은 하나의 동질적 시장이 아니라 사정이 서로 다른 하위 시장들로 잘게 나뉘어진다. 당연히, 단일 최저임금은 너무 거칠 수밖에 없다. 미국의 경우, 주(state) 수준의 최저임금은 고용에 별다른 영향을 미치지 않지만, 연방 수준의 그것은 고용에 부정적 영향을 뚜렷이 미친다. 지금 진행중인 푸에르토리코의 극심한 불황과 파산에 연방 수준의 최저임금이 큰 몫을 했다는 분석은 이 점을 잘 드러낸다.

원래 현대적 최저임금은 열악한 작업장(sweatshop)들을 막고 거기서 일하는 노동자들을 보호하기 위해 19세기 말엽부터 도입되었다. 그래서 주로 여성과 청년의 취업에 부정적 영향을 미쳤다.

근년에 사람들의 수명이 빠르게 늘어나면서, 최저임금은 노인들의 취업에 부정적 영향을 미치게 되었다. 노인들은 생산성이 낮고 일하는 것 자체에 큰 가치를 두므로, 임금이 아주 낮은 일자리들도 반긴다. 최저임금은 이런 일자리들을 아예 없애거나 기계가 대치하도록 만든다. 고령화 속도가 빠르고 아파트에 사는 인구가 많은 우리 나라에선 아파트 경비에서 이런 현상이 두드러진다. 갑자기 일자리를 잃은 아파트 경비원들에게 최저임금은 순수한 재앙이다.

주류 경제학 이론에 어긋나고 일상적 경험과도 대체로 맞지 않는 최저임금은 1993년 미국에서 나온 자료 덕분에 나름의 이론적 근거를 지니게 되었다. 뉴저지의 식당들이 최저임금의 상승에 반응해서 고용을 늘렸다는 조사 결과가 발표된 것이다. 그 뒤로 이 자료의 타당성을 두고 논쟁이 이어졌지만, 최저임금에 찬성하는 경제학자들이 점점 늘어났다.

대조실험이 어려운 사회과학에서 논쟁이 깔끔한 결론으로 낳는 경우는 드물다. 그래서 언뜻 보면, 최저임금에 찬성하는 진영과 반대하는 진영이 팽팽하게 맞선 것처럼 보인다. 찬찬히 들여다보면, 사정은 다르다.

원래 주류 경제학자들은 거의 다 최저임금에 반대했다. 그들은 최저임금이 고용에 미치는 영향을 이론적으로 분석했고 도표로 깔끔하게 정리해서 자신들의 주장을 떠받쳤다. 그들은 최저임금이 높아질수록 고용과 경제 성장은 부정적 영향을 받는다는 것을 이론적으로나 실제적으로나 설득력 있게 보여주었다. 단기적으로 영향이 없는 것처럼 보이는 경우에도, 최저임금이 장기적으로 일자리를 줄인다고 그들은 주장한다.

반면에, 최저임금에 찬성하는 경제학자들은 최저임금이 고용에 별다른 영향을 미치지 않거나 때로는 고용을 늘린다고 주장한다. 그러나 그들은 뚜렷한 이론으로 자신들의 주장을 떠받치지 못한다. 무엇보다도, 경제학이 늘 자랑하는 수학적 모형을 내놓지 못해서 도표를 통해서 일목요연하게 설명하지 못한다. 그저 실사해보니, 최저임금의 영향이 경제학의 상식과 다르게 나온다고 주장할 따름이다. 최저임금에 관한 논쟁이 늘 자료의 신빙성에 머무는 까닭이 거기 있다.

게다가 그들의 주장엔 최저임금이 완만하게 높아진다는 전제 조건이 따른다. 최저임금이 상당히 빠르게 높아지면, 고용과 경제 성장이 부정적 영향을 받는다는 점을 그들은 적어도 침묵으로 인정한다.

이것은 대단히 미심쩍은 부분이다. 시장에서 작동하는 경제적 힘들은 하나 같이 모든 영역에서 일관된 방향으로 작용한다. 경제학 이론들도 모두 보편적 이론이다. 균형점 가까이에서만 작동하는 힘들도 없고 균형점 가까이에서만 이롭고 거기서 벗어날수록 해로워지는 힘은 더욱 없고 그런 이론도 당연히 없다. 고용에 영향을 미치는 많은 요인들 가운데 최저임금의 영향만을 가려내는 것이 실질적으로 불가능하므로, 최저임금의 긍정적 효과는 작거나 불분명한데 그것의 부정적 영향은 분명하고 지속적이라는 주장에 힘이 실릴 수밖에 없다.

어쨌든, 양쪽 다 최저임금이 명목적으로 완만하게 상승한다는 것을 상정한다. 그 동안 미국에서 최저임금이 고용에 별다른 영향을 미치지 않은 것은 최저임금 상승률이 물가상승률보다 작거나 비슷했기 때문이라는 분석도 있다.

그러나 최저임금을 4년 동안에 50% 이상 올리는 것은 얘기가 전혀 다르다. 이미 많은 영세 서비스 기업들은 한계 상황으로 몰렸다. 일손들을 내보내고 자신은 최저임금에 미치지 못하는 암묵적 임금(implicit wage)을 받지만, 당장 폐업할 수 없어서 버티는 경영자들이 많다. 아파트 경비는 점점 기계가 대신한다. 이런 상황에서 가파른 최저임금의 상승은 우리 경제에 충격을 줄 수밖에 없다. 전근대적 임금 구조 때문에 상당수 중소 기업들에도 최저임금이 적용되리라는 전망도 있다. 이래저래 가장 큰 피해를 볼 사람들은 일자리를 찾는 젊은이들과 노후 대책도 없는 노인들이다.

최저임금이 거칠고 폐해가 크므로, 경제학자들은 대안들을 제시해 왔다. 이런 대안들은 혜택을 보다 많은 저임금 노동자들에게 나누어주고 실업을 초래하지 않으며 비용을 저임금 노동자들의 고용주들에게만 지우지 않고 널리 분담시킨다. 자연히, 가난의 문제에 최저임금보다 훨씬 효율적으로 대처할 수 있다.

최저임금의 대안들 가운데 하나는 단체 협약을 통한 조정이다. 노동조합의 역사가 오래고 역할이 큰 유럽의 여러 나라들(이탈리아, 스웨덴, 노르웨이, 핀란드 및 덴마크)에선 최저임금이 없고 대신 단체 협약을 통해 각 분야들의 표준 임금을 결정한다. 그러나 전통과 풍토가 다른 우리 사회에서 이 방안은 채택되기 어렵다.

이론적 대안들 가운데 가장 멋진 것은 음소득세(Negative Income Tax)다. 이것은 모든 시민들에게 기본 소득을 보장하는 제도로서, 정부가 주는 보조금을 마이너스 소득세로 간주한다. (그래서 음소득세라 불린다.) 이 제도는 세금과 복지를 하나의 과표 속에 통합해서 세율을 합리적으로 조정한다. 덕분에 정부 보조를 받는 사람들은 임금이 아주 낮은 일자리도 마다하지 않게 되어, 보조금이 부르는 근로의욕저상(disincentive)도 없다. 적절한 최저임금 수준에 관한 논의와 함께 대안들에 대한 논의가 이루어지면, 경제에 덜 부담이 되는 방식으로 이 문제가 풀릴 수 있을 것이다.

음소득세의 개념적 아름다움과 추진 전략

음소득세 토론회의 의도와 목표

최저임금제에 대한 대안으로 흔히 제시되는 음소득세(Negative Income Tax)를 처음 생각해내고 쓴 사람은 영국 정치가 줄리에트 리스-윌리엄스(1898-1964)다. 1944년 그녀가 창안한 음소득세는 영국 자유당의 소득세 개혁 방안으로 채택되었다. 그녀는 로이 해로드, 존 힉스, 라이오널 로빈스와 같은 저명한 영국 경제학자들과 교류했다.

음소득세가 널리 알려진 계기는 1962년에 밀튼 프리드먼이 그것을 자신의 저서에서 가난을 완화하는 방안으로 추천한 것이다. 1968년 그는 두 차례의 '뉴스위크' 컬럼에서 음소득세를 소개했는데, 그 잡지의 큰 영향력으로 널리 알려지게 되었다. (나도 그 컬럼들을 통해서 음소득세를 접했고 그것의 열렬한 지지자가 되었다.)

프리드먼의 노력으로 널리 알려진 뒤 반 세기 넘게, 음소득세는 그것의 '개념적 아름다움'으로 많은 사람들을 매료했다. 그러나 그것의 정신을 철저하게 따른 제도가 시행된 적은 아직 없었다. 대부분 부분적으로 도입되거나 취지만이 반영되었다. 이런 사정은 음소득세의 도입이 현실적으로 쉽지도 깔끔하지도 않다는 것을 시사한다.

그래서 이번 토론회를 주최한 사람들은, 비록 열렬한 음소득세 지지자들이지만, 선입견을 되도록 배제하고 현실을 살펴서 음소득세의 도입 가능성을 타진해 보기로 했다.

자연히, 그들의 목표들은 제한적이었다.

1. 현행 세제에 음소득세의 개념이 얼마나 반영되었는지 살핀다.

2. 사회적 약자들에 대한 복지 교부금들이 얼마나 되는지 살핀다.

3, 그런 교부금들을 줄이거나 철폐하는 것에 대한 저항이 크리라는 점을 고려해서, 그런 교부금들을 시장에서 정상적으로 번 소득으로 간주하는 '포괄적 음소득세 모형'이 가능한지 점검한다.

그들은 추론했다, '만일 그런 포괄적 음소득세 모형이 현실적이라면, 세제와 복지 교부금을 하나의 과표로 묶는 데서 나오는 효과가 클 것이다. 1) 최저임금의 가파른 상승을 억제할 명분을 얻고, 2) 복지 교부금을 전혀 받지 못하는 소수의 극빈자들에게도 혜택이 돌아가도록 하고, 3) 조세와 복지 교부금을 간소화(streamlining)해서 너무 복잡하고 상충적인 세제를 개혁하며, 4) 비대한 복지 교부금 집행 기구를 간소하게 만들 수 있을 것이다.'

박기성 교수의 발제 논문은 그런 '포괄적 음소득세 모형'이 비현실적임을 명백히 보여준다. 현행 복지 교부금들은 종류에서나 금액에서나 너무 방대하다. 그것들을 그대로 인정하고서 음소득세의 원리를 적용할 길은 없다. 만일 음소득세를 통해서 조세와 복지 교부금을 합리화적으로 설계하려 한다면, 애초에 리스-윌리엄스와 프리드먼이 희망한 대로, 대부분의 복지 교부금을 없애고 음소득세를 새로 도입하는 길뿐이다.

음소득세의 개념적 아름다움

음소득세의 개념적 핵심은 정부의 과세와 보조금 지급은 본질적으로 소득재분배 기능을 지녔고 그 점에서 동질적이라는 통찰이다. 그런 통찰에서 소득세와 복지 보조금을 하나의 체계 속에서 다룰 수 있고 보조금을 음소득세로 파악하는 것은 여러 모로 좋다는 발견이 나온다. 무엇보다도, 경제학적으로 다루기 어려운 복지 보조금을 경제학이 지닌 조세 이론의 틀로 다룰 수 있다.

이런 통찰은 음소득세가 지닌 개념적 아름다움의 원천이다. 그리고 그런 개념적 아름다움이 합리적 조세 제도와 복지 제도를 설계하려는 사람들을 끊임없이 끌어당기는 매력의 원천이다. 이 세상의 모든 것들은, 생명체들의 활동들에서부터 우주의 구성까지, 어떤 가치를 최적화한다. 근본적 물리학 법칙인 변분원리(variational principles)는 바로 그 사실을 설명한다. 경제적 자유주의자들이 음소득세를 현실에 도입하는 과정에서 최적화해야 할 것은 음소득세가 지닌 개념적 아름다움이다.

아쉽게도, 프리드먼 자신은 음소득세의 개념적 아름다움에 대해 그리 깊이 생각하지 않았고 그리 큰 뜻을 두지 않은 듯하다. 〈자본주의와 자유〉의 마지막 장인 '결론' 바로 앞 장 '가난의 완화(The Alleviation of Poverty)'에서 거의 뒷생각(afterthought)처럼 언급했고 간단한 설명과 예를 들었다.

가난을 완화하는 데는 '개인적 자선'이 가장 좋은 방안이라고 프리드먼은 지적했다. 이어 현대 사회에서 자선만으로는 불충분하므로, 최저 소득을 보장하는 방안 - "to set, as it were, a floor under the standard of life of every person in the community" - 을 추천했다. 그런 최저 소득을 실제로 설계하는 일에선 금액과 방식을 정해야 하는데, 금액은 사회 구성원들의 조세 부담 의사에 따라 결정되므로 자신이 덧붙일 것은 없지만, 방식에선 모색의 여지가 있다고 말했다.

최저 소득을 보장하는 일에선 두 가지 자명한 원칙들이 있다고 프리드먼은 지적했다. 첫째, 목적이 가난의 완화라면, 우리는 가난한 사람들을 돕는 일에 집중하는 프로그램을 만들어야 한다. 가령 가난한 농부를 돕는다면, 그가 농부여서가 아니라 가난하기 때문에 돕는다는 얘기다. 둘째, 최저 소득을 보장하는 프로그램은 시장의 작동에 되도록 영향을 미치지 않아야 한다.

이런 조건들을 충족시키는 방안으로는 음소득세가 가장 낫다. 프리드먼이 열거한 음소득세의 장점들은, 자세히 따져보면, 모두 개념적 아름다움에서 나왔음이 드러난다. 음소득세의 효과를 직접적이고 명백하도록 만들고 다른 잡다한 복지 프로그램들을 모두 걷어낼 수 있도록 하며 근로의욕의 저상(disincentive)과 같은 부작용이 다른 방안들보다 작도록 만드는 것은 모두 음소득세의 개념적 아름다움에서 나온다. 이 점은 리스-윌리엄스가 프리드먼보다 깊이 인식한 듯하다.

아름다움에 대한 성찰

사정이 그러하므로, 음소득세에 관해 논의할 때, 우리는 그것이 지닌 개념적 아름다움을 시야에서 놓치지 말아야 한다. 진정한 음소득세의 시행에서 가장 큰 장애로 판명된 근로소득세공제(earned income tax credit)는 그 점을 또렷이 보여준다. 근로소득세공제에선 음소득세의 개념적 아름다움을 찾기 힘들다. 그래서 애초에 음소득세를 창안하고 지지한 사람들이 희망했던 효과를 제대로 거두지 못했다.

그러면 아름다움은 무엇인가? 왜 아름다움이 중요한가? 왜 경제 정책의 설계에서도 아름다움이 추구되어야 하는가? 이것은 좀처럼 나오지 않는 물음이지만, 이 자리에선 근본적 중요성을 지닌 물음이다.

진화생물학의 발전으로 얻어진 통찰들 가운데 하나는 아름다움이 자의적이지 않다는 사실이다. 아름다움은 엄격한 생물적 바탕을 지녔다. 바로 이런 사정 때문에 모든 인류 사회들에서 아름다움의 기준이 놀랄 만큼 같은 것이다. 그리고 미용과 복식의 유행이 그리도 강력한 힘을 지니는 것이다. 그것은 아울러 '왜 유행에서 어떤 요소들은 변하지 않고 어떤 요소들은 끊임없이 바뀌는가?' 하는 어려운 문제에 대해 설득력 있는 설명을 제공한다.

사람들의 지닌 아름다움의 기준이 자의적이지 않다는 사실은 우리로 하여금 물리학과 수학이 지닌 엄격한 아름다움을 떠올리게 한다.

> 우리가 물리학 이론들에서 발견하는 종류의 아름다움은 매우 제한된 종류다. 내가 말로써 그것을 나타낼 수 있는 한에서, 그것은 단순함과 필연성의 아름다움이다 - 완벽한 구조의 아름다움, 모든 것들이 서로 들어맞는, 아무 것도 바뀔 수 없는, 논리적 경직성의 아름다움. 그것은 군더더기가 없는 고전적 아름다움으로 우리가 그리스의 비극들에서 발견하는 종류의 아름다움이다.
>
> [스티븐 와인버그, 〈궁극적 이론의 꿈들〉]

물리학 이론들이 지닌 이런 아름다움은 언뜻 생각하기보다 훨씬 근본적인 무엇이다.

기묘하게도, 물리학 이론들의 아름다움은 간단한 기저 원리들에 바탕을 둔 경직된 수학적 구조들로 구체화되지만, 이런 종류의 아름다움을 지닌 구조들은 기저 원리들이 그르다는 것이 판명된 뒤에도 살아남는 경향이 있다.

좋은 예는 디랙의 전자 이론이다. 디랙은 1928년에 입자파들을 통한 양자역학의 쉬뢰딩거 버전을 특수 상대성 이론과 맞도록 다시 세우려 애쓰고 있었다. 이 노력은 디랙을 전자가 어떤 일정한 스핀을 가진 것이 틀림없으며 우주는 음 에너지를 가진 관측할 수 없는 전자들로 가득한데, 특정 점에서의 그런 전자의 '부재'는 실험실에서 반대 부하를 가진 전자의, 즉 전자의 반입자의, 존재로 보이리라는 결론으로 이끌었다. 그의 이론은 1932년에 우주선에서 바로 그런 전자의 반입자가, 즉 지금 양전자로 불리는 입자가, 발견되면서 엄청난 위신을 얻었다. 디랙의 이론은 1930년대와 1940년대에 개발되어 크게 성공적으로 적용된 양자전기역학의 버전에서 핵심적 요소였다.

그러나 오늘날 우리는 안다, 디랙의 관점은 대체로 틀렸음을. 양자역학과 특수 상대성 이론을 조화시키는 적절한 맥락은 디랙이 찾았던 종류의 쉬뢰딩거의 파동역학의 상대성 이론적 버전이 아니라 1929년에 하이젠베르크와 파울리에 의해 제시된 양자장 이론이라 알려진 보다 일반적인 형식체다. 양자장 이론에서는, 광자가 한 장의, 즉 전자기

장의, 에너지의 꾸러미일 뿐 아니라, 전자와 양전자도 또한 전자장의 에너지의 꾸러미들이며, 모든 다른 소립자들도 여러 다른 장들의 에너지의 꾸러미들이다. 거의 우연히, 디랙의 전자 이론은 전자, 양전자, 또는 광자를 포함하는 과정들에서 양자장 이론과 같은 결과를 내놓았다. 그러나 양자장 이론은 보다 일반적이다 - 그것은 디랙의 이론의 논지로는 이해될 수 없는 핵 베타 붕괴와 같은 과정들을 설명할 수 있다. 양자장 이론에는 입자들이 어떤 특정한 스핀을 갖도록 요구하는 무엇이 없다. 전자는 디랙의 이론이 요구한 스핀을 가졌지만, 다른 스핀들을 가진 다른 입자들이 있고, 그런 다른 입자들은 반입자들을 가졌지만, 이것은 디랙이 추측한 음 에너지와는 아무런 관련이 없다.

그래도 디랙의 이론의 '수학'은 양자장 이론의 본질적 부분으로 살아남았다; 그것은 모든 대학원 고등 양자역학 과정에서 가르쳐져야 한다. 이렇게 해서 디랙의 이론의 형식적 구조는 디랙이 그의 이론에 이르는 과정에서 따랐던 상대성이론적 파동역학의 원리들이 죽은 뒤에도 살아남았다.

[스티븐 와인버, 같은 책]

이처럼 물리학의 원리들이 죽어도 그것들이 지닌 수학적 아름다움은 때로 살아남는다. 그래서 미적 판단은 물리학과 수학에서 근본적이고도 실제적인 중요성을 지닌다.

미적 판단들의 유효성이 가장 놀라운 것은 바로 순수 수학의 물리학에의 적용에서다. 수학자들이 그들의 작업에서 개념적으로 아름다운 형식체들을 구축하기를 바라는 마음에 의해 움직인다는 것은 흔한 얘기가 되었다. 영국 수학자 고드프리 해럴드 하디는 '수학적 패턴들은 화가들이나 시인들의 그것들과 마찬가지로 아름다워야 한다. 생각들은 빛깔들이나 낱말들과 마찬가지로 조화로운 방식으로 서로 맞아야 한다. 아름다움은 첫 시험이다. 못생긴 수학에겐 영구적 자리가 없다'고 설명했다. 그래도 수학자들이 자신들은 일종의 아름다움을 추구하기 때문에 개발했다고 고백한 수학적 구조들은 흔히 뒤에 물리학자들에 의해 아주 가치가 있음이 발견되곤 했다. [···]

수학자들이 그들의 수학적 아름다움의 감각에 의해 인도되어, 수학자들이 의도하지 않은 곳에서도, 물리학자들이 오직 뒷날에야 유용함을 발견하는 형식적 구조들을 개발한다는 것은 매우 이상하다. 물리학자 유진 위그너의 잘 알려진 논문은 이 현상을 '수학의 비상식적인 유효성'이라 부른다. 물리학자들은 일반적으로 물리학자들의 이론들에 필요한 수학을 미리 개발해내는 수학자들의 능력을 예사가 아니라고 본다. 그것은 1969년에 닐 암스트롱이 처음 달 표면에 발을 디뎠을 때 그가 달 먼지에서 쥘 베른의 발자국들을 발견한 것과 같다.

[스티븐 와인버그, 같은 책]

실재하는 세계를 설명하는 물리학 이론들을 발견하고 그것들의 타당성을 판단하는 데 그렇게 큰 도움을 주는 미적 감각을 물리학자들은 어떻게 해서 갖추게 되었을까? 그리고 몇십 년이나 몇백 년 뒤에 물리학자들이 요긴하게 쓸 수학적 구조들을 미리 발견하는 데 큰 도움을 주는 미적 감각을 수학자들은 어떻게 해서 갖추게 되었을까? 와인벅은 세 가지 설명들을 내놓았는데, 그것들 가운데 가장 큰 설득력을 지닌 것은 진화적 관점에서 미적 감각을 살핀 것이다.

> 첫 설명은 우주 자체가 우리에게 무작위적이고, 비효율적이만 장기적으로는 효과적인 교육 기계로 작용한다는 것이다. 우연적 사건들의 무한한 연속을 통해서 탄소와 질소와 산소와 수소의 원자들이 결합해서 뒤에 원생동물들과 어류와 사람들로 진화한 원시적 형태의 생명을 이루었듯이, 똑같은 방식으로 우리가 우주를 바라보는 길은 생각들의 자연 선택을 통해서 점차 진화해왔다. 헤아릴 수 없이 많은 틀린 시도들을 통해서, 자연이 어떤 방식이라는 것이 우리에게 새겨졌고, 우리는 자연의 그러한 방식을 아름답게 보도록 되었다.

아름다움은 우리의 천성의 가장 깊은 곳에 뿌리를 두었다. 그것은 생명체로서 우리가 지닌 궁극적 목적인 생식을 돕기 위해서 나타난 성적 매력에 바탕을 두었다. 자연히, 아름다움에 관한 지식은 우리에게 큰 도움을 준다, 우리 자신들의 성격과 행동의 이해처럼 근본적인 과제부터 경제 정책의 설계라는 실용적 과제에 이르기까지. 그리고 위에서 살핀 것처럼, 이 우주의 질서를 탐구하는 수학자들과 물리학자들이 자신들의 이론들이 옳은가 그른가 판단하는 데서 미적 감각은 궁극적 기준이 된다.

우리는 되새겨야 한다, 아름다움은 본질적으로 논리의 경직성에서 나온다는 것을. 이 세상에 논리보다 경직된 것을 우리는 상상하기 힘들다. 경직되지 않았다면, 논리는 논리가 되지 못했을 것이다.

음소득세를 위한 전략

근년에 '보편적 기본 소득(universal basic income)'이 너른 지지 계층들을 얻어서 큰 동력을 얻었다. 아직 아시아에선 논의가 활발하지 않지만, 우리 사회에서도 곧 기본 소득에 관한 관심이 높아지고 입법의 움직임이 일 것으로 보인다.

> 자유방임주의자들로부터 사회적 자유주의자들을 거쳐 강경 좌파에 이르기까지, 이념적으로 넓은 대역에 걸쳐 정치 활동가들과 사상가들은 [기본 소득에 대해서] 흥미를 느끼거나 지지한다. 대부분의 시간을 작은 국가를 외치는 데 바치는 미국 싱크 탱크인 케이토 연구소는 2015년에 그 정책에 대해 호의적인 분석 자료를 발표했다. 그 기관은, 비록 정부의 소득재분배가 없는 세상을 더 좋아하지만, 만일 소득재분배가 있어야 한다면, 기본 소득이 소득재분배를 위한 가장 간단하고 가장 덜 침투적이고 가장 덜 낮추보는 방안이라고 느낀다.
>
> ['보편적 기본 소득 (Universal basic incomes)',
> The Economist, June 4th, 2016]

기본 소득과 음소득세는 모든 사람들에게 최저 소득을 보장한다는 점에서 같다. 프리드먼의 경우, 음소득세는 기본 소득을 합리적으로 보장하는 방안의 모색에서 나왔다. 자연히, 기본 소득에 대한 관심의 고조는 음소득세에 대한 관심을 늘릴 것이다.

여기서 우리가 주목할 점은 음소득세는 큰 진화 과정을 겪은 개념이라는 사실이다. 그것은 과세와 보조금 지급이 정부의 소득재분배 기능이고 그래서 동질적이라는 경제학적 통찰에서 나왔다. 그런 개념적 돌파 덕분에 음소득세는 개념적 아름다움을 지니게 되었다. 이제 최저 소득의 보장은 음소득의 핵심적 명제가 아니라 그것에 따르는 계(corollary)가 되었다. 즉 음소득세에선 최저 소득의 보장이 자연스럽게 도출되지만, 최저 소득에선 음소득세의 핵심 개념들이 도출되지 않는다.

프리드먼 자신은 이 점을 깊이 인식하지 못한 듯하다. 발명자가 자신의 발명의 진정한 중요성을 깨닫지 못하는 경우는 과학이나 기술의 역사에서 흔한 현상이다. 그리고 프리드먼과 그의 경제적 자유주의에 대한 큰 반감이 음소득세의 개념적 진화와 실천을 가로막았다.

따라서 논의의 초점이 최저 소득에 맞추어지면, 기본 소득이 부각되고 음소득세는 본질이 훼손될 위험이 있다. 이런 위험을 피하면서, 기본 소득에 대한 논의에서 동력을 얻는 일이 음소득세 추진의 기본 전략이라 할 수 있다.

조선 산업의 새 변경

변경의 추억

1970년대 말엽 대우조선을 찾은 적이 있다. 당시 나는 컴퓨터로 설계하고 제작하는 기술(CAD/CAM)을 들여와서 조선소들에 보급하고 있었다.

막 지어진 조선소에선 모든 것들이 거칠었다. 그래도 그곳엔 어려움이 닥치면 몸으로 부딪쳐 뚫고 나가겠다는 도전 정신이 암류처럼 흘렀다. 정주영 회장께서 조선소가 서기도 전에 거북선이 든 5백원권을 내밀면서 한국이 옛적부터 배를 잘 만들었다고 얘기하고 자금 얻고 일감 따냈다는 일화가 사람들의 의기를 높이던 시절이었다.

조선소 밖 마을까지 그랬다. 모든 것들이 임시변통이었지만, 생기가 넘쳤다. 나는 그곳에서 서부 영화에 나오는 변경 마을의 거칠고 들뜬 분위기를 느꼈다.

거나해지자, 대우 사람들에게 감탄 반 충고 반으로 한마디 했다, "대우는 좀 다를 줄 알았는데. 거칠어요. 꼭 현대 같아요."

구매 담당자가 씨익 웃으면서 대꾸했다, "복 선생님, 저희가 어디서 왔습니까?"

그러고 보니, 술자리에 앉은 사람들은 모두 현대에서 만났던 사람들이었다.

위의 일화엔 상당한 뜻이 담겼다. 현대중공업, 대우조선해양, 삼성중공업의 3대 조선소들은 정부의 중화학공업 정책에 따라 비슷한 시기에 세워졌고 같은 지식과 경험을 지닌 사람들이 똑같은 기술로 아주 비슷한 배들을 지으면서 동일한 환경 속에서 자라났다. 이른바 DNA가 같은 분지계(clone)들이다. 그런 사정은 이번 위기에도 깊은 수준에서 작용했다.

한국 조선업의 미스터리

지금까지 동아시아에선 일본의 사양 산업을 한국이 이어받고 이어 중국이 넘겨받았다. 그러나 일본이 계속 강세를 보이는 산업에선 우리 기업들은 일본과 중국 사이에 끼어 고전했다. 이른바 '협공(nutcracker)'이다.

이런 패턴에서 조선업은 드문 예외다. 우리 조선소들은 압도적 우세를 지닌 일본의 조선소들을 제치고 세계 시장에서 우위를 누렸다. 기술적으로 가장 앞선 조선소들은 아직도 한국의 '빅3'다. 한국 조선소들이 지은 배들이 가장 우수하고 중고선 값도 가장 비싸다. 지금 '수주 절벽'이라 불리는 현상은 세계적 불황과 유가의 가파른 하락에서 나온 일시적 현상이다.

한국 조선업의 활력은 미스터리다. 일본 정부가 조선업을 사양 산업으로 여기고 너무 일찍 포기했다는 사실이 먼저 꼽힌다. 1970년대에 불황이 닥치자, 일본 정부는 건조능력을 10년 동안에 절반으로 줄였다. 이 과정에서 해고가 쉬운 연구와 설계 인력이 많이 줄었고 대학에선 조선공학과가 줄어들었다. 그래서 호황이 닥쳐도, 일본 조선업은 인력 부족으로 힘차게 일어서지 못했다.

반면에, 우리 엔지니어들은 우수하다. 조선은 일관 공정이 어렵고 사람과 기계가 함께 일하는 작업이므로, 고급 인력이 특히 중요하다.

조선업이 특수하고 좁은 분야임을 지적하는 전문가들도 있다. 우리 대형 조선소들이 고급 선박 시장을 독점한 상황에선 중국 조선소들이 기술 향상에 어려움을 겪을 수밖에 없었다는 얘기다.

어쨌든, '협공'에 끼이기 전에, 우리 조선업은 멀찌감치 나아갔다. 비록 위기를 맞았지만, 한국의 주요 산업들 가운데 조선업이 그래도 전망이 밝은 까닭이 거기 있다.

한국 조선업의 좌절

그러면 잘 나가던 우리 조선업이 왜 넘어졌는가? 근본적 요인은 노화다. 외진 바닷가에 조선소를 세우던 초창기의 변경 정신(frontier spirit)은 차츰 사라지고 관료주의가 들어섰다. 노동조합은 점점 강성해져서, 막무가내로 눈앞의 이익만을 탐했다.

조선업은 경기 변동에 유난히 민감하다. 경기가 나빠지면, 교역이 줄어들어 배가 남아돈다. 조선에 대한 수요도 따라서 줄어든다. 2008년의 금융 위기 뒤 세계 경제는 크게 위축되었고 경기는 제대로 회복하지 못했다. 실질적으로 분지계들이므로, 3대 조선소는 이런 어려움들에 같은 방식으로 대응했다. 그래서 같은 시장에서 치열하게 경쟁했다.

세 조선소 모두 주인이 직접 경영하지 않고 대리인들이 경영했다는 사실은 이런 상황을 악화시켰다. 대우는 채권자인 산업은행이 관장하니, 주인이 있을 리 없다. 현대는 사주가 중요한 정치가여서, 전문경영인들이 운영했다. 삼성중공업은 주인이 있었지만, 그룹 핵심 인사들은 미래 수종 사업에 포함되지 못한 중공업에 큰 관심을 두지 않았다.

주인이 직접 경영하지 않으면, '주인-대리인 문제'가 심각해진다. 이 문제는 위험에 대한 대응에서 두드러진다. 단기적 성과를 통해서 주인의 평가를 받으므로, 대리인은 당장의 실적에 집착하고 장기적 위험에 대해선 마음을 쓰지 못한다. 그래서 위험 관리는 늘

주인의 몫이다.

새로운 시장이 나타나면, 대리인 경영자는 뛰어들 수밖에 없다. 단기적 성과로 자신의 운명이 결정되는데, 장기적 위험을 고려할 사람은 없다. 게다가 경쟁사가 먼저 진출하는 상황은 악몽이다. 잠시 한눈 팔다 새로운 시장이 나오는 것을 깨닫지 못해서 쫓겨난 창업공신들이 얼마나 많은가. 그래서 세 조선소가 거의 동시에 낯설고 위험한 해양 플랜트 사업에 아무런 준비 없이 뛰어들었다.

해양 플랜트 사업의 특질

해양 플랜트는 바다에 설치된 구조물이다. 핵심은 해저의 탄화수소(석유와 가스)를 채굴하는 석유 플랫폼(oil platform)인데, 우리 조선소들이 주로 제작한 것들은 시추선(drill ship)과 FPSO(floating production storage and offloading)다.

해양 석유채굴 설비는 험난한 조건 속에서 작동한다. 폭풍과 파도에 시달리고 혹한 속에서 작업해야 한다. 석유 유출로 환경 재앙이 일어나고 화재나 폭발의 위험성이 어린다. 석유나 가스가 분출할 때의 거대한 압력을 견뎌야 하고 독한 물질들에 의한 부식을 견뎌야 한다. 즉 모든 것들이 거대하고 튼튼하고 내구적이어야 한다. 당연히, 해양 플랜트는 선박보다 만들기가 훨씬 어렵다.

근년에는 기술적 어려움들에 정치경제적 어려움이 얹혔다. 저개발 산유국들이 자국 산업 육성 정책을 펴면서, 부품 국산화 비율이 높아졌다. 원래 공업이 발전하지 못한 나라들이므로, 부품들을 구할 도리가 없다.

이처럼 어려운 사업에 따르는 갖가지 위험들을 힘센 발주자들은 조선소들에게 모두 떠넘긴다. 발주자의 잘못된 설계를 바꿀 때도, 조선소가 책임을 지도록 되었다. 조선소가 아무리 애쓰고 많은 자원을 투입해도, 공정은 마냥 연기되고 인도 시기를 맞추지 못한다. 그러면 혹독한 지체상금이 기다린다.

해양 석유 사업은 해저 채굴 설비, 석유 플랫폼 및 연안 시설들이 함께 작동하는 거대한 체계다. 단위 사업 하나가 지체되어도, 온 체계가 멈춘다. 그래서 지체상금이 유난히 무겁다. 반면에, 조선소는 대금을 잘게 나누어 받아서 금융 비용이 선박보다 훨씬 무겁다.

이처럼 해양 플랜트는 우리 조선소들로선 조심스럽게 접근해야 할 분야였다. 세 조선소들이 실질적으로 분지계들이며 심각한 주인-대리인 문제를 안았다는 사정은 그런 합리적 접근을 어렵게 했다. 중국 조선업의 빠른 성장으로 시장 점유율이 낮아지고 고급 선종들에 집중할 수밖에 없게 되자, 세 조선소들은 해양 플랜트를 돌파구로 삼았다. 경쟁이 심해지면서, 수주 가격은 점점 내려갔고 발주자들의 무리한 요구들도 다 들어주게 되었다.

해양 플랜트는 조선보다 전망이 어둡다. 선박에 대한 수요는 경제가 발전하고 교역이 늘면서 꾸준히 늘어난다. 지금 불황이 깊지만, 조만간 선박 수요는 회복될 것이다. 바다에서 어렵게 채굴하므로, 해양 석유는 원가가 높다. 셰일 석유가 경제적이 되고 육지 석유 생산도 크게 늘어난 터라, 해양 석유에 대한 수요는 회복이 더디고 그리 크지 않을 것이다.

장기적 전망은 더욱 어둡다. 앞으로 셰일 석유와 가스가 점점 경제적이 되고, 태양광 발전과 전기 에너지 저장 기술이 발전하면, 해양 석유의 경제성은 점점 나빠질 것이다. 환경에 대한 영향을 고려해서 비용이 많이 드는 유전의 개발을 줄이라는 사회적 압력도 빠르게 커진다.

조선 시장의 전망

조선업의 경기는 해상 물동량과 해양 석유 채굴에 따라 움직인다. 해상 물동량은 세계 경기에 달렸고, 해양 석유 채굴은 석유 가격에 달렸다.

2002년 이후 중국을 비롯한 신흥 대국들의 빠른 경제 성장 덕분에 해상 물동량과 해양 석유 채굴이 함께 늘어났다. 그러나 2008년에 시작된 금융 위기로 이런 추세가 크게 꺾였고 조선 시장도 크게 위축되었다.

지금 세계 경제는 금융 위기에서 힘겹게 벗어나고 있다. 경기 회복의 속도와 폭에서 결정적 변수는 중국 경제다. 그 동안 중국 경제는 안정적으로 움직였으나, 전망에 대해선 전문가들의 의견 차이가 무척 크다.

석유 가격은 공급이 넘쳐서 아주 낮아졌다가 상당히 회복되었다. 예상보다는 빠르게 안정되었지만, 다시 내려갈 가능성도 있다. 석유와 가스에 대한 투자는 차츰 회복되겠지만, 해양 석유에 대한 투자는 미미할 것이다.

해운업은 전망이 밝지 않다. 2006년 이후 선복량 증가율이 해상 물동량 증가율을 상회하다가 2013년 이후 차츰 수렴하고 있다.

이런 사정을 종합하면, 조선업은 올해는 무척 어렵고 2017년은 좀 나아질 것 같다. 2018년엔 조선 경기가 상당히 회복하리라는 예측이 나오지만, 중국 경제의 움직임이 불확실성을 키운다. 적어도 두 해는 무척 어려우리라고 보아야 한다.

구조조정의 기준

어떤 일이든 첫걸음은 추구해야 할 궁극적 가치를 확인하는 것이다. 그런 궁극적 가치를 가장 크게 늘리는 '최적화'는 사람들의 행동을 인도하는 원리를 넘어 세상을 움직이는 기본 원리다.

이번 구조조정의 경우, 궁극적 가치로서 먼저 떠오르는 것은 종업원들의 일자리다. 그러나 막대한 부채를 안은 채 적자를 보는 기업이 종업원들을 모두 품고 갈 수는 없다. 기업이 망하면, 일자리는 모두 사라진다.

조선소들을 살리는 것은 종업원들의 일자리를 보장하는 것보다 낫다. 그러나 배들이 넘쳐서 모든 조선소들을 살릴 수 없으므로, 궁극적 가치를 기업들에 둘 수도 없다. 중요한 것은 우리 조선업이

지 개별 조선소들이 아니다. 우리 조선업이 생기를 잃지 않고 능력을 보존한다면, 특정 조선소들이 폐쇄되더라도, 후일을 기약할 수 있다.

즉 구조조정은 우리 조선업의 경쟁력을 최적화하는 방식으로 추진되어야 한다. 그것이 특정 집단들이 아니라 온 국민들을 위하는 길이다. 다른 고려사항들은 부차적 가치만을 지닌다.

우리 조선업의 경쟁력 보존이 궁극적 가치고 이번 위기에 대한 대책은 경쟁력의 최적화라는 사정을 확인하면, 기술의 중요성이 떠오른다. 기술이야 언제 어디서나 결정적 요소지만, '협공'으로 어려움을 겪어온 우리로선 민감할 수밖에 없다.

조선업의 위기에 관한 논의들은 풍성했지만, 주로 자금을 조달하는 방안을 얘기했다. 자금 조달은 물론 중요하지만, 복잡한 문제는 아니다. 대통령이 결심하고 실무 책임자들이 조율하면, 매듭지을 수 있다. 정작 힘든 것은 중국 조선소들의 거대한 압박에 뛰어난 기술로 버텨온 우리 조선소들이 경쟁력을 지니면서 고비를 넘길 방안을 찾는 일이다.

구조조정 대상 기업

며칠 전 현대와 삼성의 자구안을 채권은행들이 받아들였으므로, 3대 조선소가 각자 도생하게 되었다. 그 동안 국책은행들은 세 조선소들을 한데 묶어 처리하려 시도했다.

여러 모로 비슷한 세 조선소들을 한데 묶어서 처리하려는 충동은 자연스럽지만 비합리적이다. 조건이 좋을 때도, 기업들을 합쳐서 성과를 얻는 경우는 드물다. 내력과 인맥과 풍토가 다른 두 집단이 법적으로 합쳐진다고 이내 하나의 조직으로 통합될 수는 없다. 그래서 시너지가 나올 것 같은 합병들도 흔히 기대에 미치지 못한다. 처지가 어려운 기업들이 합쳐지면, 두 집단 사이에 생존을 위한 투쟁이 벌어질 수밖에 없다.

3대 조선소들은 대기업들이라, 합쳐지면 비효율적이 된다. 동질적이라 시너지도 기대하기 어렵다.

현대는 우량 기업이다. 다른 두 조선소들보다 규모도 훨씬 크고 재무 구조나 수주 능력도 월등하다. 갑작스럽게 악화된 시장 환경에 적응하면 된다.

삼성도 경쟁력이 있을 뿐 아니라 재무구조도 비교적 튼실하다. 다만 해양 플랜트 부문에서 수주 취소로 일감이 부족해질 수 있고 잔금을 받지 못할 위험도 있다. 그래도 크고 튼튼한 삼성 그룹의 지원을 받을 수 있으므로, 혼자 힘으로 헤쳐나갈 수 있다.

반면에, 대우는 여러 모로 부실하다. 부채가 너무 많고 회계 부정까지 저질러서 재무제표 자체를 믿을 수 없다. 종업원들의 근무 태도도 목불인견이다. 그래서 이번 조선산업의 위기는 실질적으로 대우조선의 위기라는 얘기까지 나왔다. 이제 정부가 주도하는 구조조정은 대우로 한정하는 것이 옳다.

대우조선해양의 구조조정

대우의 구조조정은 미국 정부의 GM 구조조정을 참고해야 한다는 얘기는 자주 나왔다. GM이 정부 주도의 파산을 통해서 멋지게 회생했으므로, 본보기로 삼을 만하다.

2009년 1월 새로 들어선 오바마 정권은 내파된 자동차 산업에 대해 구조조정을 시작했다. 문제가 자동차 산업이 아니라 자동차 회사들에 있음은 분명했다. GM, 포드 및 크라이슬러의 'Big Three'는 매출이 해마다 2퍼센트 이상 줄어들었다. 반면에, 외국 자동차 회사들의 미국 공장들(transplant factories)은 매출과 고용을 늘렸다.

경쟁력 상실의 원인도 분명했다. Big Three의 시간당 임금은 transplants보다 25퍼센트 높았고 은퇴 노동자들의 유산 비용(legacy costs)을 포함하면 45퍼센트나 높았다. 게다가 Big Three의 노동자들은 일시 해고 기간에도 임금의 95퍼센트를 받았다. 강경한 자동차 노조(UAW)가 자동차 산업의 활기를 앗아간 셈이다.

Big Three의 비중이 컸으므로, 오바마 대통령은 GM과 크라이슬러를 함께 구원하기로 결정했다. 그리고 "파산을 통한 혹독한 구조조정"을 요구했다. 이미 구조조정을 해온 포드는 정부 지원을 사절했다.

오바마 대통령은 2009년 2월에 GM과 크라이슬러가 제출한 자구안을 "비현실적이고 불충분하다"고 단호하게 거부했다. 그리고 자신이 행정부로 데리고 들어간 민간 회생전문가들에게 진지한 구조조정 계획을 요구했다. 이어 협상에 대해 명쾌한 지침을 내렸다, "나는 여러분들이 완강하고 상업적이기 바랍니다."

결국 GM과 크라이슬러는 현실적이고 진지한 대안을 내놓았다. GM은 빚을 주식으로 바꾸는 방식으로 빚을 300억 달러 줄이고 2012년까지 96,000명의 종업원을 45,000명으로 줄이고 임금을 transplants 수준으로 낮추며 약한 사업부들과 브랜드들을 팔거나 폐기하겠다고 약속했다. 그러나 GM은 약속을 다 지키지 못했고, 2009년 3월 최고경영자 릭 왜거너는 교체되었다.

2009년 6월 GM은 마침내 파산을 신청했다. 열 개가 넘는 공장들이 폐쇄되었고 2만개가 넘는 일자리들이 사라졌다. 주주들은 한 푼도 받지 못했고 채권소유자들은 채권 가격의 일부만을 주식으로 받았다. 6,100명의 딜러들도 1,100명 넘게 사라졌다. 이사들과 최고경영자들의 다수가 교체되었다.

여기서 주목할 점은 오바마 정권이 GM의 구조조정에 착수하면서 이미 출구 전략을 마련했다는 사실이다. 자동차 팀은 GM의 최대주주로서 정부가 할 역할에 대한 원칙들을 세웠다: 1) 영업 목표들을 미리 세운다; 2) 유능한 경영자들을 뽑고 강력한 이사회를 구성한다; 3) 지배구조 논점들과 주요 거래들에 대해서만 대주주의 역할을 한다; 4) 이사회와 경영자들이 회사를 운영하도록 한다; 5) 납세자들의 돈을 회수하고 민간 소유자에게 회사를 넘기기 위해 되도록 빨리 정부 소유 주식을 판다.

크라이슬러에 대해서도 비슷한 원칙을 세웠다. 자동차 팀이 처음부터 피하려 애쓴 것은 사라져야 옳은 '좀비 기업들'을 납세자들의 돈으로 떠받쳐서 불경기를 악화시킨 일본 정부의 실책이었다.

이런 원칙에 따라, 파산한 Old GM의 잔해에서 New GM이 태어났고 첫 해에 이익을 냈다. GM으로선 10년 만에 맛본 이익이었다. 마침내 2013년 12월, 예상보다 훨씬 일찍, 미국 정부는 GM 주식을 다 팔고 손을 뗐다. 미국 정부는 GM에 지원한 510억 달러 가운데 390억 달러를 회수했다. 한 추산에 따르면, 미국 정부의 개입은 120만 개의 일자리를 구했고 349억 달러의 조세 수입을 확보했다.

미국 정부가 청산으로 몰린 GM과 크라이슬러를 구해낸 과정에서 이내 눈에 들어오는 것은 오바마 대통령의 두드러진 역할이다. 막 취임했음에도 불구하고, 그는 침착하면서도 단호한 지도력을 보였다.

안타깝게도, 박근혜 대통령은 조선업의 구조조정에서 별다른 지도력을 보이지 못했다. 느닷없이 "한국판 양적 완화가 맞다"고 한마디 던진 것이 전부다. 지금 구조조정의 관제탑(control tower)이 없다는 지적이 자주 나오지만, 누구도 뒷일을 감당할 수 없는 현실에서 관제탑은 대통령 자신이 되어야 한다.

박 대통령에게 열린 정치적 공간

대우의 구조조정은 박 대통령에게 행정적 책임을 지우는 것만은 아니다. 대우가 워낙 부실하고 그 부실의 근본적 원인들 가운데 하나가 강경한 노조이므로, 대우의 구조조정은 박 대통령에게 너른 정치적 공간을 제공한다. 공을 들인 노동시장 개혁이 어려워진 박 대통령에게 이런 정치적 공간은 자신의 정치적 일정을 실천하는 데 도움이 될 수 있다.

대우는 이익을 내지 못하면서 세금으로 근근이 연명하는 좀비 기업이 아니다. 세금을 흥청망청 쓰는 좀비들의 잔치판이다. 실질적 주인인 산업은행 사람들, 산업은행의 감독 기관들, 권력에 기댈 수 있는 정치인들이 모두 세금으로 호사했다.

노조는 이런 약점을 잡고서 일은 되도록 적게 하고 임금은 높이 받는 데 열중했다. "근로자들은 아침에 일을 늦게 시작하고, 한 시간 일찍 끝낸다. 현장 감독은 매우 우려스럽다. 엔지니어들은 현장에 잘 없다 보니 문제를 그날그날 해결하지 못해 비효율이 생긴다." 동아일보가 보도한 어느 해상 플랜트 발주자의 평가다.

회사는 부실해지는데, 공적 자금으로 높은 임금을 받은 '귀족 노조'의 실상을 국민들에게 알리면, 박 대통령은 대우의 구조조정을 넘어서 자신이 희원한 노동시장 개혁에 힘을 실어줄 수 있다. 성격과 크기에서 이 일은 임기가 얼마 남지 않은 대통령이 효과적으로 수행할 수 있다. 반대 세력의 정치적 영향으로부터 비교적 자유롭고, 국민 다수의 지지를 받을 수 있고, 임기 안에 끝낼 수 있어서 흐지부지될 염려도 없다.

중형 조선소들의 구조조정

묘하게도, 중형 조선소들을 한데 묶어 시너지를 얻으려는 시도는 나오지 않았다. 중형 조선소들은 중형 유조선들의 건조에서 뛰어나다. 틈새 시장을 찾아 특화할 수도 있다. 우리 중형 조선소들이 주춤하는 사이, 중국과 일본이 중형 탱커 시장에서 수주량을 늘렸다는 사실은 시사적이다.

만일 정부에서 지주회사를 만들어 4개 중형 조선소들을 인수해서 시너지를 추구하도록 한다면, 상당한 성과를 기대할 수 있다. 실제로 2014년에 기술력이 높은 STX조선과 넓은 작업장을 가진 성동조선을 합병해서 시너지를 얻자는 주장이 나왔었다.

합리적 인원 감축

구조조정 과정은 설비 감축과 인원 감축이 병행된다. 일감이 부족해서 쉬는 도크와 장비들은 저장(mothballs)해서 경기가 회복될 때에 대비하면 된다.

인원 감축은 구조조정의 핵심이다. 이상적인 것은 줄어들 작업량에 맞춰 선제적으로 인원을 감축하는 방안이다. 외국에선 이 방안이 쓰이지만, 노조의 힘이 압도적인 우리 사회에선 쉽지 않다. 아마도 정년을 통한 자연 감소에다 희망 퇴직이라는 형식으로 인력을 점진적으로 감축할 것이다.

점진적 감축은 선제적 감축보다 부담이 커서 기업의 건강을 해칠 수밖에 없다. 더욱 큰 문제는 능력이 있는 사람들이 먼저 나가므로, 종업원들의 자질이 꾸준히 낮아지고 사기도 떨어진다는 점이다.

점진적 감축의 가장 큰 문제는 노조에 속한 사람들이 특혜를 누린다는 점이다. 맨 먼저 협력업체 기능공들이 해고되고, 사무직, 연구직, 설계직이 감축되고, 마지막으로 노조에 속한 기능공들이 감축된다. 노조의 보호를 받아 보수가 월등히 높은 기능공들은 가장 늦게 감축되고 보수가 유난히 낮은 협력업체 기능공들이 맨 먼저 일자리를 잃는 것은 정의롭지 못하고 구조조정 효과도 크게 줄인다.

기능공보다 설계 인력이나 사무직이 먼저 해고되는 것도 문제다. 일감의 증감에 직접적으로 수요가 증감하는 것은 기능공들이므로, 일감이 줄어들면, 먼저 기능공들을 줄이는 것이 합리적이다. 사무직을 억지로 줄이면, 기업 전체의 효율이 당장 낮아지고, 일감이 늘었을 때 좋은 인력을 구하기 어렵다. 설계 인력을 한번 줄이면, 다시 충원하는 데 오래 걸리고 수준도 낮아질 수밖에 없다. 이 일에서 우리는 일본의 전철을 밟지 말아야 한다.

시장 설계 방안

조선소들에 대한 구조조정과 함께, 조선업에 대한 정부의 지원이 모색되어야 한다. 당장 급한 것은 정부가 조선소들에 일감을 주는 것이다. 우리 해운업이 워낙 영세하므로, 조선업에 일감을 많이 줄 수 없지만, 없는 것보다야 낫다.

해군과 해경은 상당한 선박 수요를 지녔다. 정부가 함정 구매를 앞당겨 집행하면, 해군과 해경의 능력을 강화하면서 조선소들이 힘든 고비를 넘기는 데 상당한 도움을 줄 수 있다. 당장 예산을 마련하기가 힘들다면, 선박 금융을 통해서 조달하는 방안도 있다. 우리는 박정희 대통령이 조선을 포함한 중화학공업을 육성한 이유들 가운데 하나가 국방력 강화였음을 상기해야 한다.

해양 플랜트 분야에서 시급한 것은 3대 조선소들 사이의 지나친 경쟁을 완화하는 방안이다. 현실적 방안은 발주자에게 일방적으로 유리하게 된 계약 관행 대신 전반적으로 균형을 이룬 표준 계약서를 마련하는 것이다. 은행이 발주자에게 이행보증서를 발급할 때, 은행이 계약 내용을 검토해서 표준에서 벗어난 계약에 대해선 이행보증서의 발급을 거부하도록 하면 된다.

근본적 기술 혁신의 가능성

위기는 멀리 내다볼 기회를 제공한다. 지금 조선소들은 물어야 한다, "앞으로 우리는 무슨 배를 만들까?" 그리고 거기서 나온 답으로 필요한 기술 혁신을 시작해야 한다.

먼저, 해양 플랜트 설계에서 근본적 혁신이 가능하다는 의견이 있다. 해양 플랜트 전문가 박승균 씨는 '대한조선학회지' 기고에서 FPSO가 낡은 배의 선각과 갑판 위에 설비들을 새로 얹는 방식으로 출발했고, 그 뒤로 새로 배를 건조할 때도 옛 설계를 답습했다고 지적했다. 처음부터 배와 상부구조를 합리적으로 설계하면 성능을 크게 개선할 수 있다는 얘기다. 진지하게 논의할 만한 아이디어다.

새로운 상선도 생각할 수 있다. 인공지능이 장착되면, 기계는 자율적 존재가 되어 스스로 움직인다. 자율주행차나 무인비행기는 이미 익숙해진 예들이다. 승무원 없이 스스로 움직이는 유령선(ghost ships)도 나왔다.

이런 발전은 잠수함이 화물선으로 쓰일 가능성을 크게 높인다. 배가 나아갈 때는 파도를 만드는 저항(wave-making resistance)을 이기는 데 배의 동력이 대부분 쓰인다. 바닷속에선 이런 '조파 저항'이 없어서, 잠수함은 훨씬 효율적으로 움직인다. 태풍과 같은 악천후에도 그대로 운항할 수 있다.

잠수함은 배터리를 쓰는데, 충전하려면, 잠수함이 부상해서 디젤 엔진으로 발전해야 한다. 배터리 기술이 발전한 터라, 이제는 잠수함이 부상하지 않고 운항할 수 있다.

잠수함의 결정적 제약 요인은 승무원의 내구력이다. 잠수함에 갇혀 여러 날을 보내는 것은 심리적으로 힘들므로, 잠수함은 상선으로 이용되지 못했다. 자율 잠수함으로 이 제약이 풀렸다. 하역이 쉬운 석유나 가스를 나르는 잠수함 탱커의 출현은 시간 문제로 보인다.

혁신적 FPSO나 잠수함 탱커를 먼저 설계해서 건조하는 나라는 조선업에서 결정적 우위를 누릴 수 있다. 이 일은 조선소 차원에서 시작하기 어렵고 정부의 지원이 필요하다. 국책 연구기관인 선박해양플랜트연구소를 중심으로 대형 조선소들의 연구 및 설계 부서들이 협력하면, 단시일에 실용적 기술들이 개발될 수 있다. 이 방안은 퇴직한 연구 및 설계 인력을 흡수해서 기술을 보존할 수 있다는 장점을 지녔다.

조선업의 새로운 변경

이 글을 쓰기 위해 많은 분들을 만났다. 신문들이 '말뫼의 눈물'과 같은 주제로 한국 조선업은 기울었다는 비관적 메시지를 전할 때였다. 그 분들은 예상보다 낙관적이었다. 앞으로 몇 해 동안 무척 힘들겠지만, 우리 조선소들이 이번 위기를 비대해진 몸집을 날렵하게 만드는 계기로 삼는다면, 한국 조선업은 잃어가던 활력을 되찾을 수 있다고 했다. "이번 위기를 비대해진 몸집을 날렵하게 만드는 계기로 삼는다"는 엄중한 조건절이 걸렸지만, 그래도 나는 그 분들의 얘기에서 새로운 변경을 읽었다.

생각해보면, 변경은 마음속에 있다. 궁극적으로, 그것은 지리적 조건이 아니라 심리적 태도다.

한국 기업들의 정체성

지난 달 발표된 삼성전자의 '문화 혁신'이 관심을 끌었다. 직급을 줄이고 수평적 호칭을 쓰도록 하며 근무 행태를 간편하게 한다는 내용이다. 자잘해 보이지만, 사회적 풍토에서 나온 관행들을 바꾸는 일이라 쉽지 않을 것이다.

반응은 신통찮다. "사장들이 나와서 선서하는 것 자체가 삼성스러웠다"는 내부 반응과 "호칭을 바꾼다고 수평적 문화가 정착되는 것은 아니다"는 외부 평가는 전형적이다.

이런 개선의 시도는 삼성전자가 세계적 기업으로 자라났으므로 기업 문화도 걸맞게 진화해야 한다는 판단에서 나왔다. 물론 삼성전자가 가는 길로 다른 계열사들도 따라갈 것이다.

'삼성 소프트웨어 백서'도 마찬가지다. 삼성의 소프트웨어 능력이 크게 뒤지는데, '경직된 기업 문화'가 문제라는 평가다.

실은 삼성이 주력 산업들을 선정하고 비주력 계열사들을 매각한 것도 성격이 같다. 세계적 기업은 경쟁력을 지닌 분야들에 집중하고 나머지 계열사들은 비교 우위를 가진 경쟁사들에게 넘기는 것이 합리적이다. 우리 기업 생태계가 미약했던 시절엔 '선단 경영'이 합리적이었지만, 공급 사슬을 걱정하지 않게 된 지금은 몸집이 날렵해야 한다. 그래도 부조(父祖)가 어렵사리 세워 정성껏 가꾼 기업들을, 그것도 건실한 기업들을, 파는 것은 발상 자체가 힘들고 결행은 고뇌 속에 다져진 확신이 있어야 가능하다.

원래 이런 변혁은 먼저 기업의 정체성을 또렷이 설정하고 그것을 구현하는 데 필요한 변화들을 제시하는 것이 순서다. 제시된 정체성에 동의하면, 구성원들은 기꺼이 그것의 구현에 나선다. 정체성의 제시 없이 변화들을 요구하면, 구성원들은 재대로 이해하지 못해서 피로감만 늘어난다.

비주력 계열사들의 매각, 문화 혁신 및 소프트웨어 백서가 일관된 변혁에서 나온 조치들이라는 설명이 따르지 않은 것은 아쉽다. 이번 백서에선 "소프트웨어의 큰 그림을 그리는 건축(architecture)이라는 개념이 전혀 없다"는 지적이 나왔다. 반어적(反語的)으로, 백서 자체도 정체성이라는 기본 개념에 대한 인식이 없이 나왔다. 혁신 조치들이 산발적으로 나와서 따로 노는 형국이다.

정체성은 주어지는 것이 아니라 스스로 만드는 것이다. 사람이든 조직이든 자기를 다듬어낸 역사적 조건들을 인식하고 그것들을 자산으로 삼아 미래에 자신이 지닐 모습을 그려낼 때 비로소 정체성을 갖춘다.

이 점에서 삼성은 복을 누린다. 호암 이병철 회장은 '사업보국(事業報國)'을 경영 철학으로 삼았고 삼성의 이익과 사회의 이익이 합치되는 길을 고르려 애썼다. 이것보다 기업의 성공과 영속에 나은 처방은 없다. 그것이 삼성의 정체성이다. "마누라와 자식 빼고는 다 바꾸자"는 명언은 이건희 회장이 정체성을 깊이 모색했음을 말해준다. 덕분에 삼성은 지역적 기업에서 세계적 기업으로 도약했다.

이처럼 좋은 유산을 지녔으므로, 이재용 부회장은 삼성의 역사에서 논리적으로 도출되는 정체성을 능동적으로 다듬을 수 있다. 세계적 기업이라는 큰 틀 안에서 나름의 문화를 갖추고 목표와 전략을 마련할 수 있다.

삼성의 새 정체성은 호암의 경영 철학을 새롭게 다듬으려는 노력에서 나오는 것이 자연스럽다. '사업보국'의 정신을 확장시켜 사업으로 인류를 섬긴다는 자세는 새 시대에 맞는다. 나아가서 지구 생태계 전체를 위한다는 목표도 제시할 수 있다. 사람이 생태계의 한 부분이라는 깨달음에서 나온 겸허한 자세이므로, '친환경'과 같은 구호와는 차원이 다르다.

삼성이 누리는 이런 복은 힘든 과제도 부과한다. 호암의 '사업보국' 철학은 '인재제일'이라는 지침을 낳았다. 그래서 삼성 사람들은 뛰어날 뿐 아니라 자부심과 충성심이 유난히 크다. 삼성이 다른 기업들 보다 늘 한발 앞설 수 있었던 비결이 그것이다. 계열사 매각의 방정식에 그런 자부심과 충성심이 들어가지 않았다는 지적은 삼성이 깊이 새겨야 한다.

이제 해외 인력이 많아졌으니, 삼성을 '또 하나의 직장'으로 여기는 사원들이 많을 것이다. 갈 곳 많은 고급 인력은 특히 그러할 것이다. 앞으로 세계적 기업의 면모가 더욱 짙어지면, 그런 사무적 관계도 짙어질 터이다. 그래도 삼성 사원들의 그런 자부심과 충성심은 그냥 놓치기엔 너무 소중한 자산이다. 정체성을 다듬는 과정에서 '인재제일'이라는 지침을 어떻게 진화시킬 것인지 삼성은 깊이 고뇌해야 한다.

무역 의존도가 유난히 높은 우리 사회에선 중소기업들도 세계적 기업의 특질을 다소간 지닌다. 세계적 기업으로서의 정체성을 다듬어내고 거기 맞춰 모습을 바꾸어나가는 일은 우리 기업들이 맞은 근본적 과제다. 이번에 삼성이 시도한 변혁은 자잘해 보이지만, 그 뜻은 자잘하지 않고 삼성에 국한된 것도 아니다.

제3부

문화적 성찰

우리는 왜 역사를 공부하는가
교과서란 무엇인가
우리 본성 속의 희생 정신
수능에 관한 근본적 물음
언어는 일찍 가르쳐야 한다
이승만, 청동에 새겨야 할 이름
잊혀진 영웅
한문문명권의 역사와 미래
일본의 낭만적 애국심
모두 오라 함께 살자
미래를 함께 할 사람들
인공지능의 본질과 혁명성
인공지능과 사람의 지능
보다 나은 정보 처리를 위하여
마지막 변경을 향하여

우리는 왜 역사를 공부하는가

모두 '역사에서 교훈을 얻어야 한다'고 말한다. 맞는 얘기다. 교훈을 얻는 것은 중요하고 교훈은 과거의 경험에서 얻을 수밖에 없는데, 과거의 경험을 다루는 학문이 바로 역사학이다.

그러나 역사를 공부하는 것은 그런 실용적 차원보다 훨씬 근본적인 수준에서 중요하다. 폴란드 역사학자 레스제크 콜라코프스키의 말대로, "우리는 처신이나 성공의 방법을 알기 위해서가 아니라 우리가 누구인지 알기 위해서 역사를 배운다." 누구에게나 자신이 어떤 존재인지 아는 것보다 더 중요한 일은 없다.

역사의 시간적 범위

우리는 광대하고 영원한 우주의 아주 작은 부분이다. 당연히, 자신을 알려면, 우리는 세상을 긴 시평(時平) 속에서 널리 살펴야 한다.

세상은 참으로 넓고 오래 되었다.

이 우주의 시공은 대략 138억년 전에 생겼다는 것이 현재의 정설이다. 상상하기도 벅찰 만큼 아득한 세월이다. 그 이전엔 무엇이 있었는지 우리는 아직 알지 못한다.

태양계는 50억년 전에 생겼다고 여겨진다. 지구는 45억년 전에 생겼다. 지구가 생긴 지 얼마 되지 않아서, 즉 40억년 전 즈음에, 최초의 생물이 나타났다. 최초의 생물이 어떤 형태였는지는 아직 모른다.

한번 생명체가 나타나자, 많은 종들이 빠르게 진화해서 분화되었다. 그런 진화에서 결정적 사건은 세포 안에 유전자들이 그냥 들어있는 원핵생물에서, 즉 박테리아에서, 막 안에 유전자들이 들어있는 진핵생물로의 진화다. 그런 세포들이 협력해서 하나의 개체를 만들면서, 다세포생물들이 나왔다. 따라서 우리는 본질적으로 박테리아들의 집합체다. 우리 유전자들도 원래는 박테리아들의 유전자들이었다. 지금도 우리는 많은 박테리아들과 공생한다. 그런 박테리아들의 유전자들은 우리 자신의 유전자들보다 적어도 100 곱절은 많으리라고 추산된다. 우리가 자신을 제대로 알려면, 생물들이 진화한 역사에 대해 알아야 한다.

500만년에서 700만년 전 사이에 인류와 침팬지가 나뉘어졌다. 동아프리카에서 침팬지의 한 무리가 다른 무리들과 단절된 상태에서 진화해서 인류가 나왔다는 것이 현재의 정설이다. 인류와 전인류(prehumans) 사이의 경계는 애매하지만, 250만년 전 인류의 특질들을 두루 갖춘 존재가 나타났다. 현생 인류는 15만년 전부터 20만년 전 사이에 나타났다. 그들은 대략 7만년 전부터 동아프리카로부터 다른 대륙들로 퍼지기 시작해서, 다른 형태의 인류들을 완전히 대치했다.

기원전 9500년경에 서남아시아에서 처음으로 길들이기(식물의 재배와 동물의 사육)가 시작되었다. 이라크의 동북부, 터키의 동남부, 시리아의 서부, 그리고 팔레스타인으로 이어지는 지역은 산악이 많아 '산악 측면(Hilly Flanks)'이라 불리는데, 이 지역엔 길들이기에 적합한 식물들과 동물들이 많았다. 기원전 9천년 전 요르단 계곡엔 벌써 곡물 창고가 세워졌다. 산악 측면에서 나온 농업 기술은 지중해 지역과 유럽 대륙으로 퍼졌다. 동아시아의 농업은 산악 측면보다 2천년 가량 늦은 기원전 7500년경에 중국의 황하와 양자강 사이에서 시작되었다.

현생 인류가 한반도에 이른 시기는 3만년 전 후기 구석기 시대로 보인다. 한반도에 농업 기술이 들어온 것은 기원전 1500년 전으로 여겨지는데, 앞으로의 연구에 따라 상한이 올라갈 가능성도 있다. 아쉽게도, 이 시기에 한반도와 요동에 자리잡았던 정치 세력들은 스스로 기록을 남기지 않아서, 중국의 사서들에 나온 단편적 기록들에 의존해서 그들의 삶을 엿볼 수밖에 없다.

인류 역사 몇백만 년은 우주 역사나 지구 역사에서 한 순간에 지나지 않는다. 한반도 사람들의 역사 몇천 년은 인류 역사에서 한 순간에 지나지 않는다. 이렇게 긴 세월의 맥락에 놓고 살펴야, 비로소 우리가 일상적으로 역사라 부르는 '한반도의 최근의 역사'의 제 모습이 드러나고 우리는 우리 역사를 제대로 살필 수 있는 균형 감각을 갖추게 된다.

역사의 공간적 범위

아울러, 우리는 시야를 넓히려 애써야 한다. 한국사 개설서들을 읽을 때, 먼저 받는 느낌은 거기 기술된 한국 사람들의 역사가 나머지 인류의 역사와 너무 단절되었다는 것이다. 한국 사람들의 삶은 인류 전체의 삶의 한 부분이고, 자연히, 인류 문명의 맥락에 놓여야 비로소 뜻이 제대로 드러난다. 아쉽게도, 지금까지 나온 한국사 개설서들은 그렇게 한국 사람들의 삶을 인류 문명의 맥락에서 설명하려는 노력을 거의 보이지 않았다.

한국 사회에서 나온 중요한 변화들 가운데 한국 사회의 내생적 동력에 의해 나온 것들은 드물다. 한국 사회가 문명의 변두리에 자리잡았고 상대적으로 작았으므로, 한국 사람들의 삶에 큰 영향을 미친 사건들은 거의 다 외생적 요인들에 의해 일어났다. 고대부터 개항기까지, 한국 사회는 훨씬 크고 문화적으로 앞선 중국으로부터 정치적 및 문화적 영향을 크게 그리고 지속적으로 받았다. 개항 뒤엔 유럽 문명의 영향이 압도적이었다. 따라서 한국사는 세계를, 적어도 동아시아를, 포함하는 큰 그림 속에서야 제대로 기술될 수 있다.

이 점에서 우리 역사서들은 너무 부족하다. 해외에 널리 소개된 한우근의 개설서 〈The History of Korea〉 (1970)의 경우, 제1장 '원시 사회(Primitive Society)'는 "사람들이 처음 한국에 이른 때는 아직 확정되지 않았다 (The date at which human beings first came to Korea has not yet been determined)"는 문장으로 시작된다. 그리고 후기 구석기시대인 3만년 전에는 분명히 한반도에 사람들이 살았다는 설명을 내놓는다. 좀 느닷없다는 느낌이 들 수밖에 없다. '그 사람들은 어디서 왔는가?'라는 자연스러운 물음에 대한 답은 마련되지 않았다. 그들이 지녔던 문화도 이해하기 어렵다. 현생 인류의 출현과 인류 문명에 대한 얘기가 애초에 없었으므로, 석기시대의 의미와 그 석기들을 사용한 사람들의 문화를 제대로 보여주기 어렵다. 구석기시대와 신석기시대 사이의 큰 차이도 느끼기 어렵다.

역사학의 방법론적 한계

역사학은 과학의 방법론을 지니지 못했다. 역사학의 대상인 과거의 사건들과 추세들은 엄격한 대조 실험이 불가능하다. 그래서 사실과 반사실(counterfactual)을 역사가가 마음 속으로 비교하는 '사고 실험'에 의존한다.

모든 역사가들이 알게 모르게 의존해온 이 방법을 공식화하자고 제안한 사람은 19세기 영국 문필가 아이적 디즈레일리다. (영국 수상 벤저민 디즈레일리는 그의 맏아들이다.) 그 뒤로 영국 역사가 머콜리 트레

벨리언이 〈만일 나폴레옹이 워털루 전투에서 이겼다면 (If Napoleon Won the Battle of Waterloo)〉이라는 논문을 쓴 뒤로 널리 퍼졌다.

과학소설(SF) 작가들은 이 방법을 더욱 발전시켜 대체역사(alternate history) 기법을 만들어냈다. 미국의 남북전쟁에서 남군이 이겼다거나 제2차 세계대전에서 독일과 일본이 승리했다고 상정하고, 그런 결말에서 나온 세상의 모습을 그리는 것이다. 이처럼 다른 역사가 나올 만큼 중요한 사건은 분기점(branching point)이라 불린다.

게다가 역사학은 사람의 행동을 설명하는 이론을 갖추지 못했다. 그래서 생물학이나 사회과학이 나름으로 마련한 이론들을 빌려 쓴다. 그러다 보니, 일관된 방법론이 적용되기 어렵고, 생물학이나 사회과학에 대한 지식을 충분히 갖추기 어려울 수 밖에 없는 역사가들은 문제의 본질을 밝혀내는 통찰 대신 "사소한 설명(trite explanation)"에 그친다. 과학철학자 칼 포퍼가 역사학의 근본적 문제로 지적한 것이 바로 이 점이다.

따라서 어떤 뛰어난 역사 해석도 완전히 증명될 수 없고 어떤 그른 역사 해석도 완전히 논파될 수 없다. 그래서 과학적 방법론에 따른 엄격한 검증 과정을 통해서 그른 이론들이 제거되고 현상들을 보다 잘 설명하는 가설들이 나와서 정설의 지위를 다투는 진화 과정이 역사학에서는 제대로 작동하지 못한다.

역사의 왜곡

사정이 그러하니, 역사는 왜곡되기 쉽다. 역사적 사실들이 워낙 방대하므로, 어지간한 역사가라면 역사에서 자신의 주장을 지지하는 듯한 사실들을 어렵지 않게 찾아낼 수 있다. 그런 사정은 늘 악용되게 마련이어서, 어느 시대 어느 사회에서나 왜곡된 역사들이 씌어졌고 특히 적대적 세력에 대한 증오와 비방이 역사로 둔갑하는 일들이 잦았다.

20세기 초엽에 전체주의 정권들이 들어서면서, 역사 왜곡은 조직적이 되었다. 전체주의는 객관적 교리조차 부인하고 오로지 지도자의 뜻만을 따른다. 그리고 지도자가 제시하는 사회적 목표에 온 사회적 자원을 투입한다. 당연히, '절차적 안정성'이 있을 수 없어서 모든 것들이 지도자의 뜻에 따라 수시로 바뀐다. 어제의 영웅이 오늘의 역적이 되고 어제의 사실이 오늘은 허위가 되는 일이 늘 나온다.

전체주의가 시도하는 것은 역사의 조작을 통한 시민들의 통제다. 조지 오웰은 이 점을 통찰했다. "과거를 통제하는 자가 미래를 통제한다. 현재를 통제하는 자가 과거를 통제한다. (Who controls the past controls the future. Who controls the present controls the past.)"

스탈린 치하의 공산주의 러시아에서 끊임없이 일어난 역사의 조작은 널리 알려졌다. 지도자의 뜻에 맞도록 역사를 조직적으로 끊임없이 바꾸는 일에선 북한이 으뜸이다. 북한 정권이 그 동안 펴낸 역사는 근본적으로 왜곡되었고 끊임없이 바뀌어 왔다.

북한 정권의 선동선전의 영향을 직접 받으며 국내의 친북한 세력의 영향력이 큰지라, 우리 사회에서 나온 역사서들 가운데 적잖은 것들이 근본적으로 왜곡되었다. 이번 중고교 역사 교과서를 둘러싼 사회적 논쟁은 이런 상황에서 나왔다.

역사 왜곡의 사례: 노근리 사건

좌파 지식인들에 의한 역사 왜곡은 보통 시민들이 상상하기 어려울 정도로 심하다. 모든 사건들에 대한 조사와 서술이 왜곡되어서, 이 문제에 대한 인식이 깊은 지식인들도 모르는 새 왜곡된 사실들로 우리 역사를 구성하게 된다.

전형적인 것은 근년에 국제적 주목을 받아 중고교 역사 교과서에도 실린 노근리 사건이다. 이번 역사 교과서 논쟁에서 우파 지식인들은 좌익 편향 검인정 교과서들이 노근리 사건을 중요하게 다루어 미군의 양민 학살을 강조하면서 북한군의 조직적인 양민 학살은 전혀 다루지 않았다는 점을 비판했다.

북한군의 양민 학살을 언급하지 않은 책은 교과서가 될 최소한의 자격도 갖추지 못했으므로, 그 점을 지적한 것은 당연하다. 그러나 그런 주장은 노근리 사건이 실제로 미군의 양민 학살 사건이었음을 인정하는 셈이다. 우리 사회의 통념과 달리, 노근리 사건은 양민 학살 사건이라고 규정하기 어려운 사건이다.

1999년 9월 29일 미국 통신사 Associated Press(AP)는 한국전쟁 초기인 1950년 7워 하순에 한국의 노근리에서 미군이 한국 피난민들을 대규모로 죽였다는 주장을 보도했다. AP는 미군이 "힘없는 민간인 수백 명에게 기관총으로 쏘았고 (machine-gunned hundreds of helpless civilians)" 제1기병사단의 노병 6명이 자신들이 민간인들에게 총을 쏘았다고 증언했으며 다른 6명이 그런 상황을 목격했다고 증언했다고 보도했다. AP는 당시 노근리에 주둔했던 7기병연대 2대대 소속 노병으로 확인된 에드워드 데일리와의 대담을 집중적으로 보도했다.

이어 1999년 12월 29일 AP는 후속 보도를 통해 "미군 제트기들이 적군 잠입자들을 품고 있다는 의심에서 민간인 옷차림의 한국인 집단들을 공격했다 (American jets attacked groups of Koreans in civilian clothes on suspicion that they harbored enemy infiltrators)"고 주장했다.

이 보도의 내용이 심각한 문제임을 인식한 미국 정부와 한국 정부는 "독립적이지만 협력적인" 조사를 곧바로 시작했다.

1999년 9월 30일 미국 국방장관은 육군장관에게 노근리 사건에 관한 사실을 완전히 밝히는 조사를 실시하라고 지시했다. 아울러 국방장관은 조사 업무를 감독하기 위해 국무차관(인사 및 준비 담당)을 위원장으로 하고 8명의 저명한 미국 인사들을 위원으로 하는 운영위원회(Steering Group)를 설치했다. 10월 25일 미국 육군장관은 감찰감(Inspector General)에게 철저한 조사를 수행한 뒤 보고서를 제출하라고 지시했다. 감찰감은 연구팀과 대담팀으로 이루어진 조사단을 꾸몄다. 조사단은 1999년 10월에 활동을 개시했다.

미국 조사단은 15개월에 걸쳐 국립기록보관소(National Archives) 소장 문서 1백만 페이지 이상을 살폈고, 200명 가량 되는 미국인 증인들과 대담했으며, 76명의 한국인 증인들의 대담 기록과 구술 증언들을 분석했다. 아울러 신문 기사들, 45,000 통 가량되는 공중 촬영 영상 및 다른 법의학 조사 결과들을 면밀히 조사했다.

이 기간에 한국 정부도 조사단을 꾸며 진상을 조사했다. 양국 조사단의 요원들과 관련된 정부 요원들은 긴밀히 협력했고 12회 가량 회동했다. 2000년 1월엔 미국 육군 장관이 노근리 현장을 방문해서 증인들의 얘기를 듣고 깊은 애도의 뜻을 표했다. 이어 육군 장관은 김대중 대통령과 조성태 국방장관을 예방하고 조사에 관해 논의했다. 한국 조사단은 미국 국립기록보관소를 방문해서 조사했고 미국 조사단은 자신이 모은 모든 자료들을 한국 조사단에 제공했다.

마침내 2001년 1월 11일 미국 육군부는 '노근리 조사 보고서'를 발간했다. 1950년 7월 노근리에서 미군이 한국인 피난민들을 대규모로 죽였다는 주장에 대한 미국 육군 당국의 공식적 반응이었다.

그러나 보고서의 작성자들은 보고서가 "사실들의 독립적 평가(an independent assessment of facts)"지 "매체와 한국인들의 얘기들에 대한 조목별 대응(a point-by-point response to the media and Korean accounts)"이 아니라고 밝혔다.

보고서는 먼저 조사의 한계를 인정했다. "불행하게도, 50년의 경과는 이 특정 사건을 둘러싼 모든 사실들을 우리가 알 가능성을 크게 줄인다. 심적 외상, 나이, 그리고 매체들을 포함한 다수 요소들이 한국과 미국의 증인들의 회상에 영향을 미쳤다." 이어 조사에서 발견한 사항들을 7개의 핵심 논점들로 정리했다. 노근리 사건을 양민학살 사건으로 규정하는 것의 정당성과 관련된 사항들을 아래와 같다.

1) 한국인 증인들의 진술

노근리 사건의 생존자들이 1997년 9월 10일 빌 클린턴 미국 대통령에게 낸 청원에 따르면, 한국인 증인들의 진술은 대략 아래와 같다.

1950년 7월 25일 미군은 충북 영동군 영동읍의 임계리와 주곡리 주민 5백 내지 6백 명을 마을에서 철수시켰다. 미군 병사들은 그들을 남쪽으로 호송했다고 말했다. 그 날 저녁 늦게, 미군 병사들은 마을 사람들을 하가리의 마른 시내 바닥으로 데리고 가서 거기서 밤을 지내라고 명령했다. 마을 사람들은 밤새 미군 병력과 차량의

긴 행렬이 부산을 향해 움직이는 것을 보았다.

7월 26일 아침 호송한 미군들은 사라졌지만, 마을 사람들은 경부선을 따라 서쪽으로 걸었다. 이 지역에서 경부선은 서남쪽의 영동역에서 동북쪽의 황간역으로 향하므로, 미군의 입장에선 서남쪽이 전방이고 동북쪽이 후방이었다. 마을 사람들이 황간면 노근리 가까이 이르렀을 때, 도로방어진지의 미군 병사들이 그들을 막았다. 미군들은 마을 사람들을 경부선 철길 위로 올라가도록 한 다음 그들의 몸과 소지품들을 조사했다. 수상한 물품들이 발견되지 않았지만, 미군들은 미군 항공기들과 무선으로 교신해서 마을 사람들을 공격하도록 했다. 조금 뒤에 항공기들이 날아와 폭탄과 기관총으로 공격했다. 이 공격으로 1백 명 가량이 죽었다. 생존자들은 철길 아래의 작은 배수구로 피신했다. 미군들은 마을 사람들을 배수구에서 몰아내어 근처의 철길 터널(railroad overpass)로 몰아넣었다. 그리고 터널의 양 입구에서 4일 동안 (1950. 7. 26 - 29) 총을 쏘았다. 이 총격으로 3백 명 가량이 추가로 죽었다.

2) 피난민 행렬과 북한군의 위장 침투

노근리 사건을 부른 요인들 가운데 가장 근본적인 것은 피난민들이 북한군과의 싸움에서 일방적으로 밀려 남쪽으로 후퇴하는 미군들을 따라 나섰다는 사실과 북한군이 그런 상황을 이용해서 미군 지역으로 침투하는 전술을 썼다는 사실이다.

침입해오는 북한군에 대한 두려움은 남한 전역에 퍼져서, 남한 주민들의 다수는 승리한 북한군을 환영하는 대신 패배한 국군과 낯선 미군을 따라 나서서 함께 남쪽으로 향했다. 그러다 보니, 피난민들이 좁은 도로를 메워서 미군 부대들이 제대로 움직일 수 없었다. 맨 처음 북한군과 싸운 미군 부대인 제24보병사단의 '전쟁 일지(War Diary)'엔 "우리가 맞은 가장 큰 문제들 가운데 하나는 피난민의 통제였다. […] 이 문제의 범위는 기술하기 어려울 정도다; 흔히 피난민 집단은 3만 내지 4만 명의 피난민을 포함하고 소, 말, 달구지 등이 더해진다."

게다가 후방에서 준동하던 공산주의자들은 심각한 도로 상황을 악화시키기 위해 주민들을 선동해서 피난하도록 만들었다. "연합군 지역의 공산주의자들은 마을 사람들에게 거짓 정보를 주어서 그들로 하여금 좁고 바위투성이인 길을 따라 움직이도록 해서 연합군 차량들의 움직임을 늦추었다(Communists in Allied territory were giving false information to villagers to start them on their way along the narrow rocky roads causing the retarding of all Allied movement of vehicles.)" [제1기병사단 군수처 소속 파우히더 중령, 〈남한에서의 민간인 통제(Civilian Control in South Korea)〉]

북한군은 이런 상황을 이용해서 민간인 복장으로 피난민에 섞여 미군 후방으로 침투했다. 그들은 유격전을 펴면서 미군의 후방 기지들과 시설들을 파괴했고 미군 부대들을 뒤에서 기습했다. 심지어 피난민들을 인간 방패로 삼아 앞세우고 국군과 미군의 방어 진지를 돌파하곤 했다. 원래 이런 전술은 소련군과 중공군이 즐겨 쓰던 전술로 중공군의 조선족 병사들로 이루어진 북한군 부대들은 줄곧 이런 전술을 써서 큰 전과를 얻었다.

피난민들이 제기하는 문제들이 심각함을 깨달은 미군 당국은 한국 정부와 협의해서 한국 경찰이 피난민을 통제하는 방안에 합의했다. 미군 제1기병사단의 경우, 사단장 게이 소장은 1950년 7월 23일의 '피난민 정책 지시'에서 피난민을 다루는 것은 한국 경찰임을 분명히 했다. 한국 경찰이 피난민을 통제한다는 정책에 따라, 7월 26일 미 8군 사령부는 1) 피난민들의 전투선(battle lines) 월경 상시 금지, 2) 장성급 장교의 승인 없이 마을 사람들을 철수시키는 행위 금지, 3) 필요한 지역과 노선에서 피난민들을 소개시키는 한국 경찰이 따라야 할 절차, 및 4) 야간에 민간인의 이동 완전 금지로 이루어진 '피난민 이동 통제 계획'을 마련해서 전파했다.

그러나 북한군의 급습으로 허물어진 경찰 조직이 교전 지역의 피난민들을 제대로 통제할 수는 없었다. 이런 상황은 어쩔 수 없이 많은 피난민들이 북한군의 침투 작전에 이용되고 그 과정에서 희생되는 비극을 낳았다.

3) 1950년 7월 22일부터 29일까지의 전술적 상황

미군 제1기병사단은 1950년 7월 22일 영동 서북쪽에서 대전 전투를 치르고 후퇴한 미군 제24보병사단을 교체해서 전선을 맡았다. 예하 7기병연대는 7월 22일에 포항에 상륙했고 7월 25일엔 영동 동쪽에서 같은 사단의 5기병연대를 지원했다. 7월 26일 새벽 7기병연대 2대대는 북한군에게 포위되고 있다는 두려움에 명령 없이 노근리 근처로 혼란스럽게 물러났다. 그들은 26일 늦은 밤까지 그 지역에서 포기된 병력과 물자를 회수하고 있었다. 즉 그들은 피난민들이 공중 폭격과 기관총 사격을 받았다는 시간에 그곳 가까이 있었다. 그리고 7기병연대 1대대는 7월 26일 오후에 노근리 근처에 닿았다. 그들은 5기병연대 병력과 교체해서 2대대 동쪽을, 즉 2대대의 후방을, 점령했다.

7월 27일부터 29일까지 7기병연대는 북한군과 교전 상태에 있었고 29일에 후퇴했다. 이 기간에 7기병연대는 노근리의 서쪽과 남쪽엔, 즉 영동 쪽엔, 아군이 없다는 통보를 받았다.

4) 마을 사람들의 집합과 이동

조사단은 미군 병사들이 마을 사람들을 모아서 철수시켰다는 마을 사람들의 증언을 설명할 길이 없다고 결론을 내렸다. "미국 조사단은 마을 사람들이 이동하도록 강요되었을 가능성을 배제할 수 없지만, 황급한 퇴각 중에 이미 가득 찬 도로들에 4백 명의 피난민들을 더해서 포화된 상황을 악화시킬 목적으로 병사들이 그들의 지정 이동 경로에서 대략 3마일을 벗어나 임계리 마을까지 찾아갈 타당한 군사적 이유는 없었다. 아울러, 피난민 집단 속에 섞였을 것으로 믿어지는 북한군 잠입자들에 대한 널리 퍼진 지식과 두려움을 고려하면, 병사들이 이 철수를 수행했을 것 같지 않다."

또 하나 주목할 점은 7기병연대는 7월 25일에 임계리 근처에 있지 않았다는 사실이다. 연대의 위치에 관한 공식 기록은 이 사실을 분명히 보여준다.

5) 노근리 근처에 대한 공중 공격

한국인 증인들은 7월 26일 정오 경에 미군들이 무전기로 미군 항공기들과 교신해서 철로 위에 모인 마을 사람들을 공격하도록 했고 조금 뒤에 항공기들이 날아와 폭탄과 기관총으로 그들을 공격했으며, 이 공중 공격으로 1백 명 가량이 죽었다고 증언했다.

그러나 조사단은 해당 시간과 장소에 대한 공중 공격을 뒷받침할 기록을 찾을 수 없었다. 황간 인접 지역에 대한 미국 공군의 공중 공격으로 기록된 것은 7월 27일에 있었다. 이것은 우군 오폭(friendly fire)이었는데, 0715시에 F-80기 한 대가 7기병연대 1대대의 지휘소를 실수로 기총소사한 것이었다. 이 기총소사로 트럭 2대가 파괴되었지만 인명 피해는 없었다.

우군 오폭이 나오자, 7기병연대장은 자기 지역의 우군 오폭을 막기 위해 전술공군통제반(Tactical Air Control Party: TACP)을 배속시켜줄 것을 요청했다. 당시엔 1기병사단에 1개 TACP만이 배속되었다.

이 TACP는 7월 26-29일 기간에 노근리 근처에 있지 않았다.

TACP는 차량에 설치된 AN/VRC-1 무전기로 공군 부대들 및 항공기들과 교신할 수 있었다. 반면에, 보통 육군 병사들은 무전기로 항공기와 교신할 수 없었다. 육군 부대가 공군 부대에 공중 공격을 요청할 수는 있었지만, 그런 요청은 육군과 공군의 계통을 거쳐야 하므로 절차가 복잡하고 시간이 많이 걸렸다.

따라서 미군 병사들이 항공기들과 교신해서 철로 위의 한국 피난민들을 공격해달라고 요청했고 곧바로 미군 항공기들에 의한 공격이 시작되었다는 한국인 증인들의 진술은 사실일 수 없다.

다만, 7월 28일 밸리 포지 호에서 발진한 해군기들이 노근리 지역으로 유도되어 7기병연대 전방 철로 터널 속에 숨은 북한군을 공격했다는 것이 확인되었다. 1950년 8월 6일자 및 9월 19일자 노근리 지역 항공 사진들을 본 판독 전문가들은 공중 폭격의 흔적이 없다는 데 합의했다. 기총소사 흔적에 관해서는, 한 전문가만이 흔적이 있다는 의견이었고 나머지 4명의 전문가들은 흔적이 없다는 의이런 정황들과 증거들을 고려해서, 조사단은 "기총소사가 1950년 7월의 마지막 주에 노근리 근처에서 있었을 수 있고 한국인 민간인들을 다치거나 죽게 했을 수 있지만, 그런 공중 공격은 한국인 민간인들에 대한 의도적 공격이 아니었다"고 결론을 내렸다.

6) 노근리 근처의 지상 사격

당시 상황은 너무 혼란스러워서, 미국인 증인들도 한국인 증인들도 진술이 서로 엇갈린다. 그러나 조사단은 노근리 근처에서 지상 사격으로 한국인 민간인들이 죽거나 다친 것은 분명하다고 결론을 내렸다.

"미국 조사단은 노근리 근처에서 무슨 일들이 일어났는지 확실하게 판단할 수 없지만, 모든 이용가능한 증거들을 고려하면, 1950년 7월의 마지막 주에 노근리 인근에서 있었던 북한군의 진출과 미군의 철수에 앞섰거나 또는 동시적이었던 소화기 사격, 포병 및 박격포 사격, 및 기총소사의 결과로 수 미상의 한국인 민간인들이 죽거나 다친 것은 명백하다. 이들 한국인들의 죽음과 부상은 노근리 일대 여러 곳에서 일어났고 철도 쌍굴에서 전적으로 일어난 것은 아니다. [···] 민간인들의 죽음과 부상은 어느 곳에서 일어났든 전쟁에 내재하는 불행한 비극이며 의도적 살해가 아니었다."

7기병연대 병사들이 한국인 민간인들을 의도적으로 공격하지 않았다는 결론은 중요한 정황적 증거에 의해 떠받쳐진다. 7월 27일 7기병연대를 지원하던 77야전포병대대의 대대장이 7기병연대 2대대 지역을 찾아서 보병 부대가 충분한 화력 지원을 받는지 확인했다. 그 날엔 육군야전군 사령관실의 관찰조가 상황을 점검하기 위해 7기병연대 지역을 찾았다. 그리고 AP 기자를 포함한 7명의 저명한 기자들이 7기병연대 전선을 시찰했다. 이들 가운데 누구도 노근리 근처에서 많은 한국인 민간인들에 대한 공격의 증거를 보지 못했다.

반면에, 북한군이 7월 28일에 민간인들을 인간 방패로 삼아 미군을 공격했을 가능성은 작지 않다. "7기병연대 1대대의 지휘관은 [7월 28일] 온종일 연대 지역의 우측과 좌측을 뚫으려는 북한군의 시도들을 보고했다. 보고들은 북한인민군이 그들의 공격 시에 민간인들을 인간 방패들로 삼아 앞세우고 떠밀었음을 시사했다. (The 1st Battalion, 7th Cavalry's Commanding Officer reported NKPA attempts to penetrate both the right and left flanks of the regiment's position throughout the day. Reports suggested that the NKPA pushed civilians, as human shields, ahead of them during their attacks.)"

7) 피난민들에 대해 사격하라는 명령의 존재 여부

이 논점에 관한 조사단의 의견은 단호하다. "노병들의 진술들, 문서들, 그리고 문서들의 부재를 포함한, 모든 이용가능한 증거들에 바탕을 두고서, 미국 조사단은 미군 지휘관들이 1950년 7월 25일에서 29일 사이에 노근리 인근에서 피난민들에게 사격하라는 구두 또는 문서 명령을 내리지 않았다고 본다. 조종사들은 노근리 인근에서 민간인 피난민들을 공격하고 죽이라는 명령을 받지 않았다."

미국 육군 기록엔 한국인 민간인들에 대한 사격을 허가하는 것처럼 보이는 문서들이 있다. 그러나 조사단은 그것들이 노근리의 지상 사격과 관련이 전혀 없다는 결론을 내렸다.

하나는 1950년 7월 24일 1000시에 기록된 8기병연대 전문철에 나온 축약 전문이다: "피난민들은 전선을 넘지 못하게 함. 선을 넘으려는 모든 자들에게 사격함. 여인들과 아이들의 경우엔 신중하게 할 것. (No refugees to cross the frontline. Fire everyone trying to cross the lines. Use discretion in case of women and children.)" 이것은 8기병연대에서 제1기병사단 본부로 파견된 연락장교가 본대에 보낸 전화통신문이다. 이 전문은 제1기병사단 본부나 8기병연대의 예하부대에서 기록되지 않았다. 5기병연대 및 7기병연대에서도 발견되지 않았다. 이 전문은 사단이 마련하고 있는 피난민에 대한 방침을 연락장교가 잘못 전해 듣고 보고한 것으로 보인다. 어쨌든, 8기병연대는 7월 26일에 노근리 지역에서 황간으로 물러났다.

또 하나는 1950년 7월 27일에 제25보병사단장이 지휘관들에게 보낸 비망록(memo)이다: "한국 경찰은 첨부된 투명도에 표시된 파란 선들 사이의 지역에서 모든 민간인들을 철수시키고 철수가 완료되었음을 보고하라는 지시를 받았다. 이 지역에서 발견되는 모든 민간인들은 적으로 간주되어야 하며 그에 따라 행동을 취해야 한다. (Korean police have been directed to remove all civilians from the area between the blue lines shown on the attached overlay and report the evacuation has been accomplished. All civilians seen in this area are to be considered as enemy and action taken accordingly.)" 위의 비망록에서 파란 선들 사이의 지역은 곧 북한군이 점령할 것으로 보이는 지역이었다. 그리고 한국 경찰에 대한 지시는 이미 7월 25일 이

전에 내려갔다. 그리고 민간인들이 그 지역에서 떠난 뒤 거기서 발견되는 민간인 복장을 한 한국인들이나 적군의 첩자로 의심되는 자들은 한국 경찰이 아니라 미군 방첩대(Counter-Intelligence Corps)에 인계하라는 지시가 내려갔다. 따라서 위의 비망록은 전투를 앞두고 한국인 민간인들을 철수시켜 보호하려는 뜻이었다. 어쨌든, 제25보병사단은 1950년 7월 마지막 주에 노근리 지역에서 작전하지 않았다.

공군에서도 상황은 다르지 않았다. 조사단과의 대담에서 1950년 7월과 8월에 한국에서 비행한 미국 공군 전투 조종사들은 사격하기 전에 목표들이 아군인지 적군인지 먼저 확인하라는 지침을 따랐다고 증언했다. 그들은 육군 부대 지역으로 접근하는 민간인들을 기총소사하라는 명령을 받은 적이 없다고 말했다.

8) 한국인 사상자들의 수

미군 문서들엔 노근리 인근에서 죽거나 다친 한국인 민간인들에 대한 기록이 없다. 미국 조사단은 사상자 수를 결정할 수 없었고, 한국 조사단에 자료를 요청했다. 한국 조사단은 한국인 생존자들의 모임과 영동군청이 1950년 7월의 마지막 주에 노근리 인근에서 죽거나 다치거나 실종된 사람들이 248명이 된다고 주장한다는 것을 미국 조사단에 통보했다. 미국 조사단은 그것이 확인되지 않은 숫자며 너무 많아 보인다고 지적했다. 특히 1950년 8월 6일에 찍은

항공 정찰 사진에 시체나 대규모 묘지가 보이지 않는다는 점을 근거로 제시했다. 한국측도 그런 의견의 타당성을 인정하고 보다 철저한 조사를 통해서 믿을 만한 숫자를 제시하겠다고 약속했다. 그러나 2000년 12월에 한국에서 열린 양국 운영위원회들의 회합에서 한국측은 248명의 숫자를 그대로 제시했다.

9) 증인들과 증언들에 대한 검토

양국 조사단은 자신이 조사한 증언들을 상대에게 보냈다. 미국 조사단은 200명 가까운 증인들과의 문답 형식의 대담을 축어적으로 작성해서 한국 조사단에 제공했다. 한국 조사단은 76명과의 대담을 미국 조사단에 제공했는데, 형식이 일정하지 않았다. 76명의 한국인 증인들 가운데, 미국 조사단은 49명의 증언만을 검토하고 분석했다. 나머지 증언들은 검토하고 분석할 만한 내용이 없었다.

1999년 12월 미국 조사단은 한국인 증인들의 진술들 가운데 상충되거나 모호한 부분들을 명확히 하기 위해서 한국 조사단에게 45개 항목을 한국인 증인들에게 확인해 달라고 요청했다. 미국 조사단의 요청에 대한 한국 조사단의 반응은 20명의 증인으로부터 얻어낸 "짧은 답변 또는 한마디 반응의 연속(a series of short-answer or one-word responses)"이었다.

2000년 2월 미국 조사단은 한 법률회사가 "노근리 희생자들과 생존자들(victims and survivors of No Gun Ri)"을 대변한다는 통보를 받았다. 2000년 2월 미국 조사단은 그 법률회사와 접촉해서 그들의 의뢰인들로부터 얻어낸 자료들 가운데 미국 조사단에 제공하고 싶은 것이 있으면 보내달라고 요청했다. 그러나 미국 조사단은 그 법률회사로부터 연락을 받지 못했다.

양국의 증인들과 그들의 증언들에 관해서 주목할 만한 것들은 아래와 같다.

미군 노병들 가운데 수백 명의 피난민 시체를 본 사람은 없었다. 유일한 예외는 에드워드 데일리다. 그의 증언은 AP 보도의 핵심이었다. 그는 자신이 사건 당시 7기병여단 2대대 H중대 소속으로 노근리 지역 전투에 참가했으며 미군의 한국인 민간인들을 학살하는 일에 가담했으며 늘 양심의 가책을 받았다고 증언했다. 그러나 그는 제1기병사단 27병기중대(Ordnance Company)에서 1949년 3월 18일부터 1951년 3월 16일까지 복무했다. 그가 소속된 부대는 사건 당시 노근리 근처에 있지 않았다.

7기병연대 소속이었던 델로서 플린트와 유진 헤썰먼은 미군이 한국인 민간인들을 공격했다고 AP와의 대담에서 증언했다. 특히 헤썰먼은 중대장 멜본 챈들러 대위가 "저 많은 사람들을 어쩌나. 그들 모두를 없애자(The hell with all those people. Let's get rid of all of them)"라고 말했다고 증언했다. 두 사람은 미국 조사단과의 대담을 거절했다. 7기병연대의 '전쟁 일지'엔 두 사람이 전투 초기에 부상해서 후송되었다고 기록되었다. 플린트는 늦어도 7월 26일 이전에,

그리고 헤썰먼은 늦어도 7월 27일 이전에 후송되었다. 따라서 두 사람 다 사건 당시엔 노근리에 없었을 가능성이 높다.

한국인 피난민들에게 실제로 기관총을 쏘았다고 주장한 노먼 팅클러는 조사단의 대담에 응하지 않았다.

증인들 가운데 많은 사람들이 애초에 AP가 자신들의 얘기를 잘못 알아들었거나 일부러 왜곡했다고 주장했다.

한국인 증인들이 고발한 일들은 무척 심각한데, 그들의 증언들은 질과 내용에서 선뜻 받아들이기 어려운 것들이 많았다. 한국인 증인들은 절반 이상이 사건 당시 16세 이하였다. 한국인 증인들은 50년이 지났는데도 아주 구체적으로 날짜, 장소 및 군사적 상황을 진술했다. 증인들은 "정찰기"나 "포병"과 같은 용어들을 써서 상황을 설명했는데, 그런 용어들은 전문적 지식을 지닌 사람들만이 쓸 수 있다. 군대 경험이 없이 시골 마을에서 농사를 짓던 사람들이, 특히 어린이들과 부인들이, 그런 전문적 용어들을 썼다는 사실은 그들의 기억이 많이 오염되었다는 것을 가리킨다. 많은 증언들이 증인 자신의 경험인지 남에게서 들은 얘기인지 잘 구별이 되지 않았다.

10) 결론

미국 조사단은 노근리 사건을 평가할 때, 당시의 어려운 상황을 고려해야 한다고 지적했다. 미군은 준비가 전혀 안 된 채 전쟁에 투입되었고 강력한 북한군에게 밀려 낙동강으로 후퇴하고 있었다. 피난민이 길에 가득 찼던 것도 큰 문제였지만, 북한군이 피난민으로 위장하고 잠입해서 미군 후방에서 유격전을 펴는 상황은 더욱 큰 문제였다. 그런 상황에서 피난민들이 희생될 가능성은 클 수밖에 없었다.

분명한 것은 노근리 근처에서 미군이 의도적으로 피난민들을 살해한 적이 없다는 점이다. 두려움에 질린 미군이 피난민을 위장한 북한군으로 오인해서 사격을 했을 수는 있었어도, 의도적으로 피난민에 대해 사격하라는 명령을 내린 미군 지휘관은 없었다.

"미국 조사단이 조사한 문서 증거들도 미군 노병들의 진술들도 한국인 민간인들의 의도적 살해 가정을 떠받치지 않는다. 1950년 7월 하순에 노근리 인근에서 민간인들에게 닥친 것은 [전쟁] 준비가 되지 않은 미국과 한국의 군대에 강요된 전쟁의 비극적이고 깊이 유감스러운 부수물이었다. (Neither the documentary evidence nor the U,S. veteran's statements reviewed by the U.S. Review Team support a hypothesis of deliberate killing of Korean civilians. What befell civilians in the vicinity of No Gun Ri in late July 1950 was a tragic and deeply regrettable accompaniment to a war forced upon unprepared U.S. and ROK forces.)"

미국 조사단의 보고서에 대한 평가

미국 조사단의 보고서가 나오자, 예상대로 많은 비판들이 따랐다. 가장 거센 비판은 8명의 외부 운영위원들 가운데 하나였던 피트 맥클로스키로부터 나왔다. 그는 노근리 사건이 미군 상부의 발포 명령에 의한 것이 분명하다고 주장하면서 미국 조사단의 보고서는 "호도(whitewash)"라고 평가했다. 운영위원의 비판인지라, 맥클로스키의 비판은 조사단으로선 특히 아프다. 그가 1951년에 해병대 장교로 6·25 전쟁에 참전해서 무공 훈장들을 받은 노병이라는 사실도 그의 비판에 무게를 실어준다. 다른 편으로는, 그가 미국의 대표적 반전주의자 정치인이었고 은퇴한 뒤 북한을 방문해 적과 "화해"했다는 점도 고려되어야 한다. 특히 그가 노근리 사건을 1890년에 미국 기병대가 원주민 200명을 사살한 '운디드 니(Wounded Knee) 학살'에 비교한 것은 그의 주장을 그대로 받아들이기 어렵게 만든다.

노근리 사건과 같은 일의 진상을 반 세기 뒤에 제대로 밝히는 일은 쉽지 않다. 그리고 정부의 조사엔 한계가 있게 마련이다. 미국 정부나 미군 당국이 되도록 책임을 지지 않으려 애썼을 것도 분명하다.

그런 점들을 고려하면서 미국 조사단의 보고서를 읽어보면, 미국 정부와 미군 당국이 1950년 7월 하순에 노근리에서 무슨 일들이 일어났는가 밝혀보려는 진지한 의지를 지녔고 그들이 그런 의지를 실천하기 위해 성실하고 부지런히 노력했고 객관적으로 관련 자료들을 수집해서 공정한 절차와 방법을 따라 평가했으며 조심스럽고 공평하게 결론을 내렸다는 것을 인정할 수 있다. 그 보고서가 내놓은 '노근리에서 일어난 사건은 "비극적이고 깊이 유감스러운 전쟁의 부수물"이었지 미군에 의한 한국인 민간인들의 학살은 아니었다'는 결론은 아마도 사실에 가까울 것이다.

미국 조사단의 보고서와 같은 시기에 발표된 한국 조사단의 〈노근리 사건 조사 결과 보고서〉도 미국 조사단의 보고서와 실질적으로 같은 결론을 내렸다. "사건에 영향을 미친 배경 요인, 사건의 원인, 주요 쟁점별 상황 해석 등을 종합함으로써, 조사반은 노근리 사건이 '절박한 한국전쟁 초기의 수세적인 전투 상황 하에서 북한군의 강요에 의해 극도의 혼란 속에서 철수 중이던 미군이 1950년 7월 25일부터 7월 29일 사이 노근리 철로 및 쌍굴 지역에서 피난민을 통제하던 중 수 미상의 피난민을 살상하거나 부상을 입힌 사건'으로 규정하였다."

그러나 노근리 사건은 앞으로도 '노근리 학살 사건'으로 불릴 것이다. 그리고 많은 사람들이 노근리 사건은 미군에 의한 민간인 학살이었다고 믿을 것이다. 한번 널리 알려지면, 바꾸기 힘들다. 처음 보도한 AP 기자들이 퓰리처 상을 받았다는 사실은 그들의 보도에 후광을 입혔다. AP 기자들이 처음에 '학살'의 핵심 증인으로 내세운 미군이 거짓으로 진술했고 AP도 그의 진술이 거짓이었음을 인정하고 철회했다는 사실도 그런 후광을 그다지 줄이지 않을 것이다.

무엇보다도, 노근리에서 학살이 일어났다는 증언들과 증거들이, 명백한 거짓으로 밝혀진 것들까지도, 책들과 인터넷에서 그런 믿음을 강화하고 있다. 예컨대, "이 지역에서 발견되는 모든 민간인들은 적으로 간주되어야 하며 그에 따라 행동을 취해야 한다"는 지시가 미군의 태도를 보여준다는 주장이 늘 나온다. 그러나 제대로 인용해서 "한국 경찰은 첨부된 투명도에 표시된 파란 선들 사이의 지역에서 모든 민간인들을 철수시키고 철수가 완료되었음을 보고하라는 지시를 받았다. 이 지역에서 발견되는 모든 민간인들은 적으로 간주되어야 하며 그에 따라 행동을 취해야 한다"는 내용을 알게 되면, 미군 지휘관들이 북한군에 패배해서 급히 후퇴하는 상황에서도 한국 민간인들의 피해를 줄이려 애썼다는 점이 오히려 도드라진다. 물론 그런 악의적 인용을 읽는 독자는 그것이 제25보병사단장이 지휘관들에게 보낸 비망록(memo)이며 그 부대는 1950년 7월 마지막 주에 노근리 지역에서 작전하지 않았다는 사실을 모를 것이다.

노근리 사건의 본질

미국 조사단의 보고서가 강조한 것처럼, 노근리 사건은 여러 요인들이 복합적으로 작용해서 나온 비극이다. 그러나 이 사건에는 다른 전쟁들에선 보기 드문 요소 하나가 근본적 요인으로 작용했다. 보고서에 상세히 기술된 것처럼, 북한은 민간인들로 위장하고서 피난민들에 섞여 미군의 후방으로 잠입해서 유격전을 벌였다. 민간인들의 피해가 클 수밖에 없었다. 심지어 피난민들이나 민간인들을 인간 방패로 앞세우고 미군이나 국군 진지를 공격했다. 북한군이 그런 비인간적이고 잔인한 전술을 쓰지 않았다면, 노근리의 비극은 일어나지 않았으리라고 우리는 단언할 수 있다.

우리가 자신을 아는 길

델파이 신전에 씌어 있었다는 "그대 자신을 알라"는 충고보다 더 멋진 충고는 드물다. 신탁을 얻기 위해 신전을 찾는 사람들에게 한 말이라는 사실 덕분에 그 충고에는 또 한 겹의 묘미가 담긴다.

사람의 앞날은 우연히 결정되는 것이 아니다. 그가 물려받은 유전적 자질과 걸어온 길이 그의 앞날을 대체로 결정한다. 따라서 '자신의 앞날을 알고 싶어하면, 먼저 자신의 됨됨이를 들여다보라'고 그 충고는 얘기하는 것이다.

사회도 마찬가지다. 앞날을 가늠하고 보다 합리적 선택들을 하려면, 어느 사회나 자신의 정체성을 제대로 알아야 한다. 그리고 그런 정체성을 아는 일에서 필수적인 과정이 자신의 역사를 제대로 아는 것이다. 서두에 인용한 콜라코프스키의 말은 바로 그 점을 가리킨 것이다.

교과서란 무엇인가

교과서는 정설을 설명한 책이다. 역사상 가장 유명한 사회철학 교과서인 〈논어〉는 이 점을 잘 보여준다. 원래 유가는 제자백가(諸子百家)의 하나였고, 공자의 불우한 생애가 말해주듯, 춘추전국시대에 세력이 컸던 것도 아니다. 그러나 한(漢) 이후 유가가 한문문명권의 정설로 자리잡자, 〈논어〉는 절대적 권위를 지닌 교과서가 되었다.

정설을 설명한 책이므로, 교과서는 사회화에 기여한다. 시민들이 사회의 구성원으로 지녀야 할 표준적 지식을 갖추는 데 교과서는 긴요하다.

사회화에 대한 기여는 초중등 교과서에서 두드러진다. 학생들은 정부의 교과 과정에 맞게 씌어진 교과서에서 사회의 구성원으로서 갖춰야 할 필수 지식을 배운다. 가정에서 배운 기본 지식에 이런 필수 지식이 더해지면서, 학생들은 원숙한 시민으로 자란다.

초중등 교과서는 정설에서 사회화에 긴요한 지식만을 추려서 담는다. 즉 교과서는 본질적으로 표준화를 지향한다. 학생들이 다양한 견해들을 배워야 한다는 주장은 교과서의 본질을 간과한 데서 나온다. 다양한 견해들을 비교해서 판단하는 것은 사회화의 기본 과정을 마친 사람들이 전문 분야에서 누리는 지적 활동이다.

책의 공급은 시장이 잘 한다. 따라서 정부의 교과 과정에 맞는 교과서들이 많이 나와서 소비자들인 학생들과 학부모들의 선택을 통해서 끊임없이 향상되도록 하는 검정 방식은 합리적이다.

현실은 다르다. 먼저, 적절한 교과서가 공급되지 않는다. 역사 교과서의 경우, 대한민국의 정통성, 뛰어난 성취, 자유민주주의와 시장경제의 우수성과 같은 기본 사항들을 제대로 설명한 교과서들은 드물다. 거의 다 사실들을 교묘하게 비틀어서 대한민국의 역사를 폄하한다. 심지어 기회가 나올 때마다 북한을 돋보이게 하려 애쓴다. 어린 학생들의 사회화에 도움이 되기는커녕 반사회적 생각들을 심어준다는 것이 정부의 판단이다.

게다가 교과서의 채택에서 학생들과 학부모들은 권한이 없다. 교원노조의 영향력이 큰 학교에서 교사들이 고른 교과서를 학생들이 배운다. 어느 사회에서나 학생들은 교사들에게 맡겨진 볼모들이므로, 학부모들은 그저 탄식할 따름이다. 모처럼 대한민국의 역사를 긍정적으로 그린 교과서가 나오자, 좌파 지식인들이 일제히 일어나 온갖 트집을 잡아 몰아냈다.

거래가 자유롭고 가격과 품질에 의한 경쟁을 통해서 보다 나은 제품들이 지속적으로 나오는 시장의 이상과는 거리가 멀다. 경제학자들은 이런 상황을 '시장 실패'라 부르지만, 그런 말을 들먹이기 민망할 만큼 중등 교과서 시장은 열악하다.

시장 실패의 해결책은 정부 개입이다. 독점이 나오면, 정부가 나서서 경쟁이 이루어지도록 유도하고, 환경이 오염되면, 줄일 길을 찾는다.

즉 국정화는 시장 실패를 바로잡는 합리적 절차다. 독점이나 오염 같은 시장 실패에 정부가 나서는 것과 똑 같다. 정부가 어린 학생들의 사회화라는 목적에 맞는 역사 교과서를 직접 공급하는 것이다.

시장 실패에 따른 정부 개입은 시장 설계(market design)로 마무리된다. 시장이 제대로 움직여 점점 나은 제품들이 공급되려면, 소비자들이 제품을 자유롭게 고를 수 있어야 한다. 이번 경우, 교과서를 직접 공급하는 응급조치를 한 다음, 정부는 교과서의 선택에서 소비자들인 학부모들의 의견이 반영되는 제도를 마련해야 한다.

원래 검정 방식은 소비자들의 자유로운 선택을 전제로 삼는다. 이 전제가 충족되지 않은 것이 이번 파동의 근본적 원인이다. 학교마다 학부모들이 교사들의 전문적 의견을 참고해서 국정 교과서와 검정 교과서들 가운데 가장 나은 것을 고르게 된다면, 이번 파동은 자연스럽게 가라앉을 것이다.

이런 조치는 교과서들의 지속적 개선에 대한 궁극적 보장이다. 정권은 바뀌지만, 부모 마음이야 바뀔 리 없다. 자식들이 사회화에 뒤져 반사회적으로 행동하기를 바라는 부모는 없다. 극단적 반미주의자들도 자식은 소련이 아니라 미국에 유학 보냈고 군대는 카투사에 보냈다. 그게 부모 마음이다.

아울러, 학부모들이 교과서를 고르도록 하는 조치는 출판사와 교사들의 담합을 줄여 교과서 시장을 깨끗이 할 것이다. 학부모들이 급식 기업을 고른다면, 배 아프게 만드는 음식을 학생들이 먹겠는가?

이런 조치는 모든 교과들로 확대되어야 한다. 어린 학생들의 사회화를 방해하는 교과서들이 많고 전반적으로 수준이 낮다. 시장경제에 부정적 태도를 보이고 기업들에 대한 반감을 드러내는 경제교과서는 특히 문제적이다. 교사들의 이념적 편향이나 출판사의 영업 능력이 교과서의 채택을 결정하는 한, 사정은 나아지기 어렵다.

경제 활동의 목적이 소비이므로, 소비자의 자유로운 선택은 매사에서 결정적으로 중요하다. 생각해 보면, 교육의 소비자들인 학생들과 학부모들에게 선택할 권리를 돌려주는 것은 교육 개혁의 요체이기도 하다.

우리 본성 속의 희생 정신

북한의 연평도 포격 사건 뒤, 해병대에 응모하는 젊은이들이 오히려 크게 늘었다. 특히, 어렵고 위험한 수색 병과의 경쟁률이 가장 높았다. 이 흐뭇한 현상은 천안함 폭침 사건 뒤의 반응과 대조적이다. 당시엔 전방에서 복무하는 우리 병사들이 부모에게 전화해서 이명박 대통령의 강경한 대응을 막아 전쟁이 일어나지 않게 해달라고 애원했다. 실제로, "한나라당을 지지하면 전쟁이 난다"는 선전 덕분에, 지난 번 선거에서 민주당은 크게 이겼다.

이렇게 달라진 반응은 우리 젊은이들의 본성 속에 잠재한 희생 정신이 깨어난 덕분이다. 천안함 피습 당시엔 북한군의 소행이라는 구체적 증거가 없었고 정부의 발표가 오락가락한 데다가 북한을 감싸고 도는 세력이 억설들을 계속 늘어놓아서, 위기에서 발휘되는 희생 정신이 우리 젊은이들의 마음에서 깨어날 겨를이 없었다. 이번엔 모두 북한의 무도한 공격으로 우리 사회가 불타는 것을 보았다.

이런 희생 정신은 어떻게 생겼는가? 누구나 이기적이므로, 스스로 희생하는 태도는 설명하기가 쉽지 않다. 분명한 것은 그것이 우리의 본성에 내재한다는 점이다. 시대와 인종을 뛰어넘어, 모든 사회들에서 희생 정신은 나온다.

이 역설은 사람이 아니라 그가 지닌 유전자들을 고려해야 설명된다. 태초에 있었던 것은 유전자들이었고, 유기체들은 유전자들의 생존에 도움이 되도록 뒤에 만들어졌다. 유기체들은 본질적으로 유전자들을 다음 세대로 실어 나르는 존재들이다. 그래서 자신의 희생으로 자신의 유전자들이 보다 효과적으로 보존될 수 있다면, 우리는 그렇게 한다. 부모의 자식 사랑은 전형적이다. 사람은 형제들과 유전자들의 반을 공유하므로, 여러 형제들을 살릴 수 있다면, 사람은 자신을 선뜻 희생한다.

이런 태도는 차츰 친족이 아닌 집단에 대해서도 지니게 되었다. 자신의 희생으로 자신의 혈육이 속한 집단이 생존할 수 있다면, 사람은 대체로 그렇게 한다. 나라가 위급할 때 발휘되는 애국심이 바로 그것이다. 적군의 포탄이 떨어지자 휴가 길에서 발길을 돌렸다가 전사한 해병의 선택도 그것이다. 사회를 이룬 종(種)들에선 진정한 이기주의는 이타주의의 모습을 한다.

위에서 기술한 생물학적 설명은 우리 젊은이들의 희생 정신을 조금이라도 평범하게 만들지 않는다. 그런 고귀한 행동이 우리 본성의 한 부분이며 결코 변덕이나 우발적 현상이 아니라는 사실은 오히려 우리에게 감동과 안심을 함께 준다.

그러나 우리는 우리 본성에 희생 정신이 내재한다는 사실에 전적으로 의존할 수는 없다. 현대 문명에선 문화의 영향이 워낙 커서, 본성을 흔히 압도한다. 우리는 보다 많은 젊은이들의 마음 속에서 애국심이 깨어나서 튼튼히 자라도록 해야 한다.

불행하게도, 우리 사회의 생존에 필수적인 이 과업은 수행하기 힘들다. 어릴 적부터 좌파 교사들에게서 왜곡된 교과서들을 배운지라, 우리 젊은이들은 대한민국의 역사와 이념과 우수성에 대해 제대로 알지 못한다. 지옥 같은 북한의 실상도 북한이 제기하는 엄청난 위협도 모른다.

군대는 섬이 아니다. 사회로부터 인력과 물자를 공급받고 사회의 풍조에 영향을 받는다. 우리 해병대는 6·25 전쟁에서 미 해병대의 예하 부대로 작전들에 참여하면서 자라났다. 마침내 1951년 6월 도솔산 전투에서 미 해병대가 실질적으로 포기한 임무를 맡아 성공적으로 수행해서 국군의 사기와 명성을 높였다. 감격한 이승만 대통령으로부터 '무적해병'이란 호칭을 받은 우리 해병대의 전통이 오래 이어지도록 하려면, 우리 사회에 드리운 종북주의의 검은 구름을 걷어내는 데 뜻있는 모두가 나서야 한다.

수능에 관한 근본적 물음

올해도 어김없이 대학수학능력시험(수능)이 문제를 일으켰다. 정답이 복수인 문제 둘이 나와서, 혼란이 크다. 작년 수능은 지리 과목의 잘못된 문제 하나로 뒤늦게 만 명이 넘는 학생들의 운명을 바꿀 모양이다.

당연히 갖가지 개선책들이 나온다. 안타깝게도, 그것들의 효과는 클 수 없다. 짧은 기간에 수천 개 문제들을 내는데, 한두 개가 잘못되는 것은 잔류적 수준이다. 어떤 개선책도 오류를 더 줄이기 어렵다. 적절한 난이도를 통해서 변별력을 확보하기는 더욱 어렵다.

이런 사정은 우리가 옳은 물음을 던지지 못한다는 것을 가리킨다. 잔류적 수준의 오류가 그리 큰 문제를 일으킨다면, 그런 체계는 근본적 문제를 안았다는 얘기다. 수능의 치명적 약점은 모든 고등학생들과 재수생들이 참여하는 시험이어서 작은 문제도 영향이 극대화된다는 사실이다.

자연엔 그렇게 비효율적인 체계가 존재하지 않는다. 모든 자연적 체계는 한 부분에 일어난 작은 문제가 전체로 파급되는 것을 막기 위해서 단위성(modularity)을 조직 원리로 삼는다. 단위(module)들이 모여 바로 위의 계층을 이루고 그 상위 계층이 모여 다시 상위 계층을 이룬다. 생명체든 사회 조직이든 같다. 우주 자체가 그런 원리로 이루어졌다. 각 단위들은 내부적으로 결속력이 크면서도 다른 단위들로부터는 상당한 독립성을 지녔다. 덕분에 조직이 안정적이면서도 유연하다.

만일 예전 방식대로 학생들과 대학들이 자유롭게 지원하고 뽑는다면, 어떻게 될까? 한 대학에서 나온 출제 오류는 그 대학에 지원한 학생들에게 국한될 것이다. 수능에 필연적으로 따르는 출제 문제가 사라지는 것이다.

우리의 생각은 자연스럽게 수능의 존재 이유로 옮아간다. 수능은 고교 졸업생들을 그들이 원하는 대학으로 연결시키는 과정의 한 부분이다. 수능을 치르고 대학에 가서 다시 시험을 치른다. 그런 예비 과정인데도, 비용은 엄청나다. 관리 비용만 몇백억 원이 든다. 수험생들이 치르는 시간과 노력도 무척 크다. 실은 온 나라가 숨을 죽인다. 출근 시간이 늦춰지고 영어 듣기 시간엔 비행기 이착륙도 금지된다. 이제 효과는 작고 비용은 엄청난 수능을 버릴 때가 되었다.

실은 논의가 수능에 머물러선 안 된다. 우리 교육 체계가 본질적으로 반체제적이라는 데까지 나아가야 한다. 시장경제를 구성 원리로 삼은 터라, 우리 사회에선 시민들이 자유롭게 활동하고 시장이 미쳐 하지 못한 부분들을 정부가 맡는다. 덕분에 자유롭고 풍요로운 사회로 발전했다. 그러나 교육은 정부가 독점한다. 시민들의 참여를 사교육이라고 규정해서 억누르면서 질이 낮은 교육 서비스를 시민들에게 강요한다.

자연히, 정부 주도의 공교육이 놓치는 부분들은 시장이 보완한다. 그러나 정부는 고맙다고 하기는커녕 사교육은 나쁘다고 박해한다. 같은 지식을 학교에서 교사들이 가르치면 좋지만 다른 사람들이 학교 밖에서 가르치면 나쁘다는 해괴한 논리다.

교육은 중요하지만 공공재가 아니다. 그래서 시장이 정부보다 훨씬 효율적으로 공급한다. 정부가 교육을 독점하다 보니, 정작 정부의 몫인 가난한 사람들을 위한 교육은 소홀하다. 예전에 가장 어려운 사람들을 위한 야학이 개인들의 노력에 의존했다는 사실에서 이 점이 아프게 드러난다. 시민들이 자기 처지에 맞는 교육을 찾아서 향유하고 정부는 그렇게 하지 못하는 가난한 사람들을 위해 자원을 써야 한다.

찬찬히 살피면, 우리는 깨닫게 된다, 모든 문제들은 교육이 시장경제 원리를 어기고 오히려 명령경제를 따른다는 사실에서 나온다는 것을. 명령경제에선 온 사회의 활동들이 하나로 묶였으므로, 한 부문의 작은 문제도 온 경제에 영향을 미친다. 수능이 문제를 일으키는 것과 아주 비슷하다.

당연히, 명령경제를 운영하는 당국에선 작은 변화들도 억누른다. 그래서 혁신이나 진화가 나올 수 없다. 지금 우리 공교육에선 외부 환경에서 나온 변화를 교과목이나 학과에 반영하는 것도 무척 힘들다. 인문계 졸업생들의 취업이 어렵다는 얘기가 오래 전에 나왔어도, 대학들은 변신이 더디다.

근본적 대책은 시장경제에 맞도록 교육 체계를 바꾸는 것이다. 물론 그것은 무척 어렵다. 그러나 시장경제의 원리가 교육 문제들에 대한 대책을 인도하는 기준이 될 수는 있다.

먼저, 수능은 폐지하는 것이 옳다. 큰 비용을 들여서 서로 경쟁할 필요가 없는 학생들을 경쟁하도록 강요하는 것은 야만적이다. 학생들이 자기 희망과 능력에 맞는 대학에 직접 지원하면 된다.

자율형사립고 문제도 그렇게 접근해야 한다. 소비자들의 욕구를 충족시키는 것이 경제의 목표다. 학부모들이 좋다고 하는 학교 형태들을 왜 막는가? 그런 실험들에서 나온 장점들을 다른 학교들도 본받도록 하는 것이 합리적이지 않은가?

사회는 모든 분야들에서 구성 원리를 충실히 따라야 한다. 지금 교육 분야에서 나온 문제들은 모두 그렇게 하지 못한 데서 나왔다.

언어는 일찍 가르쳐야 한다

'원시 시대에 과학기술부가 있었다면, 우리는 아직 정교한 돌도끼를 쓸 것'이라는 우스개가 있다. '원시 시대에 교육부가 있었다면?' 모범 답안은 '우리는 아직 돌도끼를 발명하지 못했을 것'이다.

영어가 생존에 필수적인 세상에서 교육부는 사교육을 억제한다며 영어 교육을 억제한다. 초등학교 1-2학년 영어 교육 금지는 특히 문제적이다. 이 조치의 근거는 외국어는 언어적 정체성이 세워진 뒤에 배워야 한다는 주장이다. 이해할 수 없는 얘기다. 일상적 경험과 맞지 않고 언어학의 정설과 어긋난다.

사람은 언어 능력을 완벽하게 갖추고 태어난다. 이어 둘레에서 쓰는 언어를 모국어로 배운다. 이처럼 선천적 능력이 환경에 맞춰 발현되는 과정은 각인(imprinting)이라 불린다. 동물들의 새끼들이 어미를 알아보는 것이나 연어가 태어난 하천을 기억하는 것도 각인 덕분이다.

아기는 무척 빠르게 언어를 배우니, 나흘 된 아기가 언어들을 구별한다. 첫 돌 지나면, 둘레에서 많이 쓰는 언어에 대한 편향이 깊어져 언어적 정체성이 결정된다. 세 살엔 모국어로 소통하는 기본 능력을 갖춘다.

각인은 일정 기간만 작동한다. 그래야 올바른 정보가 입력될 수 있다. 그런 결정적 시기(critical period)는 새끼들이 어미를 알아보는 일에선 생후 몇 시간에서 며칠 사이다. 언어의 습득에선 대략 11세까지다. 즉 11세까지 배우지 못한 언어는 뒤에 아무리 열심히 배워도 원어민처럼 쓸 수 없다.

언어 능력은 보편적이므로, 보통 사람도 여러 언어를 쓸 수 있다. 물론 먼저 배운 언어를 더 잘 쓴다. 두 언어를 동시에 배워도, 한 언어가 다른 언어보다 우세하다. 그렇게 먼저 배운 언어가 모국어로 되므로, 언어적 정체성에서 혼란은 나오지 않는다.

당연히, 되도록 어릴 적에 두 개 이상의 언어를 가르치는 것이 합리적이다. 실제로 대부분의 사람들은 모국어를 배우고 이어 세계어인 영어를 배운다.

이중언어 사용은 크게 이롭다. 풍부한 정보들을 얻을 수 있으므로, 삶이 풍요로워진다. 게다가 이중언어 사용자의 뇌는 단일언어 사용자의 뇌보다 민첩하고 갈등을 잘 풀고 치매에 대한 저항력이 높다. 문화적 공감 능력, 열린 마음 및 사회적 주도력에서도 낫다. 지능계수가 2-4점 가량 높다는 조사도 있다. 당연히 경제적 혜택도 커서, 미국의 경우 단일언어 사용자보다 연간 소득이 3천 달러 가량 높다.

반면에, 여러 언어를 배우는 데서 나오는 부작용은 없다. 단 하나의 문제는 분산적 이중언어 사용(distractive bilingualism)이라 불리는 현상이다. 첫 언어의 습득이 중단되거나 불충분하면, 그 아이는 두 언어를 제대로 쓰지 못할 수 있다. 이런 현상은 이민 가정의 아이들에게서 때로 나온다.

이것이 초등학교 3학년부터 영어를 가르치라는 교육부 조치의 근거인 듯하다. 그러나 그것은 상황을 거꾸로 읽은 것이다. 우리 아이들은 이민 오지 않았다. 모두 엄마 품에서 한국어를 배워서, 첫돌 지나면 한국어를 모국어로 삼는다.

더구나 우리 아이들은 어릴 적에 한글을 깨친다. 이민 가정 아이들의 언어 습득에서 읽기는 매우 중요해서, 새 나라에 들어오기 전에 첫 언어로 글을 읽을 수 있었던 아이들은 그 언어를 계속 배워서 습득할 수 있다. 일찍 한글을 깨친 우리 아이들이 분산적 이중언어 사용에 시달릴 가능성은 없다.

우리 사회에서도 분산적 이중 언어 사용 현상은 나온다. 한국어를 모르는 베트남이나 캄보디아 출신 어머니에게서 태어난 아이들은 이민 가정에서 자라는 셈이어서 때로 분산적 이중언어 사용을 겪을 수 있다. 교육부는 다문화가정의 아이들이 우리 말을 제대로 배우도록 관심을 갖고 필요한 자원을 들여야 한다.

우리 시민들의 다수는 영어를 제2언어로 삼은 이중언어 사용자들이다. 아쉽게도, 그들은 결정적 시기를 지나서 영어를 배운다. 그래서 영어를 별 어려움 없이 이해하지만 영어로 말하지는 못하는 수용적 이중언어 사용자들(receptive bilinguals)에 머문다. 그들이 영어로 유창하게 말하는 생산적 이중언어 사용자들(productive bilinguals)로 도약하도록 돕는 것이 영어 교육의 현실적 목표다. 그 목표는 아이들이 되도록 일찍 영어를 배우도록 해야 이룰 수 있다.

세계화와 인터넷의 보급 덕분에 세계적으로 이중언어 사용자들은 단일언어 사용자들보다 많다. 이제 영어를 수용적으로만 쓰면, 개인적으로나 사회적으로나 큰 손해를 본다. 특히, 부모 소득이 자식 영어 실력에 영향을 미쳐서 부와 가난이 세습되는 영어 격리(English Divide)가 심화된다.

우리 아이들이 초등학교 첫 두 해 동안 영어를 배우지 못해 생산적으로 쓰는 데 어려움을 겪는다는 사실은 비극적이다. 그렇게 만든 것이 교육부라는 사실은 희극적이다. 이 비희극은 웃어넘기기엔 너무 심각하다.

이승만, 청동에 새겨야 할 이름

우리는 자신이 누구인지 알아야 한다. 그래야 자신의 삶을 보다 합리적으로 꾸려나갈 수 있다.

자신의 정체성을 알려면, 우리는 먼저 역사를 공부해야 한다. 우리는 혼자 갑자기 나온 것이 아니라, 유구히 이어진 역사의 작은 부분이다. 널리 살피면, 생태계의 역사의 한 부분이고, 좁게 살피면, 조선 역사의 한 부분이다.

정체성은 과거를 자산으로 삼아 미래를 창조하는 과정이다. 우리를 형성한 역사적 요인들을 이해하고 우리가 물려받은 유산들을 자산으로 삼아 미래의 우리 모습을 또렷이 그릴 때, 비로소 우리는 정체성을 갖추게 된다.

우리가 큰 나라들에 둘러싸인 작은 나라이므로, 우리 역사에선 지정학적 요소가 두드러졌다. 이웃 민족이나 국가가 갑자기 강성해지는 것이 좋은 소식인 경우는 없지만, 우리나라는 국제 환경이 급격히 바뀔 때마다 크게 부대낄 수밖에 없었다. 당연히, 우리 역사는 우리 강역 둘레의 국제적 환경과 연관되어 해석되고 기술되어야 한다.

이런 사정은 19세기에 유럽 문명이 동아시아에 거세게 닥친 뒤로 더욱 두드러지게 되었으니, 먼 유럽과 미국에서 일어나는 일들이 동아시아에 직접 영향을 미치게 되었다. 그래서 동아시아의 전통적 질서는 무너지고 새로운 질서가 태어났다. 그 과정은 힘들고 더디었으며, 거의 모든 사회들에서 분열과 내전을 불렀다. 아울러, 서양 문명을 받아들여 근대화를 이루는 것이 민족들과 국가들의 생존의 결정적 요소가 되었다.

불행하게도, 우리는 그렇게 변신하는 데 이웃 나라들보다 많이 늦었다. 그리고 근대화를 제때에 이루지 못한 대가를 혹독하게 치렀다.

사정이 이러하지만, 우리 역사를 연구하는 학자들은 둘레를 살필 만큼 시야가 넓지 못했고 서양 문명이 우리 사회를 변화시킨 과정에 대해 깊이 탐구하지 못했다. 아마도 이런 경향은 우리나라가 전통적으로 폐쇄적인 사회였고 외부 환경의 변화에 대해 관심이 적었다는 사실을 반영했을 것이다. 어쨌든, 지금 우리 사회에서 생산되는 역사서들은 시야가 좁고 해석이 피상적이어서 우리 시민들이 우리 역사를 제대로 아는 데 큰 도움이 되지 못한다. 실은 드물지 않게 역사를 제대로 아는 것을 방해하거나 왜곡된 지식을 제공한다.

우리 사회의 폐쇄적 및 지역적 전통이 워낙 확고했으므로, 그것에서 벗어나 외부지향적 태도를 지니고 세계적 맥락에서 현실을 살핀 지식인들은 드물었다. 그런 안목을 지닌 지식인들 가운데 으뜸은 우남 이승만이었다. 그는 유럽의 우세한 문명이 나머지 열세한 문명들을 압도하는 과정을 살피고 제국주의가 뒤덮은 국제 질서를 연구했다. 그리고 그런 연구에서 얻은 지식과 통찰을 통해서 약소국인 자신의 조국이 살 길을 찾았다. 세계화가 많이 진행된 지금도 우리 사회에서 우남보다 더 널리 그리고 깊이 세상을 살피는 지식인은 찾기 어렵다.

자연히, 우남은 우리가 20세기의 세상을 보는 눈이 될 수 있다. 우남의 눈길을 따라가면, 우리는 자연스럽게 20세기 역사를 당대의 시각에서 살필 수 있다.

거꾸로, 이 사실은 우리가 우남의 삶을 연구할 때 그를 문명적 및 국제적 맥락 속에 놓고 살펴야 함을 뜻한다. 그가 세상을 그런 차원에서 살피고 조선의 살길을 찾았기 때문이다. 그는 서양 문명이 다른 문명들을 대치해서 인류 문명의 주류로 자리잡는 과정을 살폈고 강대국들이 모두 제국주의를 추구하던 당시의 국제 질서 속에서 이미 국제적 인식에서 사라진 조국이 되살아날 길을 찾았던 것이다. 우남에 대해 깊이 연구해서 그의 생각과 역할에 대해 정당한 자리를 마련해주지 않은 채 우리 역사를 해석하고 기술하는 것은 어리석고 위험하다.

우남의 뛰어난 식견과 지도력은 대한민국의 탄생에 결정적 공헌을 했다. 우남이 약소 민족들에겐 더할 나위 없이 야멸찬 국제 질서의 맥락에서 힘이 약한 우리 민족이 독립하고 생존할 수 있는 전략을 찾은 덕분에 대한민국이 탄생할 수 있었다. 한 나라가 태어나는 일은 워낙 거대한 현상이라서, 그것을 한 사람의 공으로 돌리는 것은 과장일 수밖에 없다. 만일 그런 과정이 나름의 정당성을 지닐 경우가 있다면, 대한민국의 탄생에서 우남이 한 역할일 것이다. '국부'라는 호칭이 자연스럽고 정당한 경우가 있다면, 바로 우남일 것이다.

여기서 우리가 놓치지 말아야 할 것은 우리가 정체성을 갖추는 데서 우남이 수행한 역할이다. 처음에 언급한 대로, 한 사람이나 한 국가의 정체성은 그들을 형성한 역사와 그들이 물려받은 유산에 의해서 결정되는 것이 아니다. 그들의 정체성은 그들이 물려받은 것을 자산으로 삼아 미래에 갖추고자 하는 자신들의 모습에 의해 결정되는 것이다. 즉 정체성은 수동적으로 물려받는 것이 아니라 적극적으로 선택하는 것이다.

우남은 자유민주주의와 시장경제를 신봉한 사람이었다. 그리고 그는 그것들을 대한민국의 구성 원리로 채택하는 일을 주도했다. 당시 상황에서 그런 선택을 한 나라들은 아주 드물었다. 우남은 대한민국을 세웠을 뿐 아니라 지금까지 인류가 생각해낸 이념과 체제 가운데 가장 훌륭한 자유민주주의와 시장경제를 대한민국의 구성 원리로 삼았다. 그렇게 함으로써 그는 우리 대한민국 국민들이 자신들의 정체성을 현명하게 갖출 수 있는 바탕을 마련한 것이다.

우남의 업적은 "하늘을 덮을 만큼" 크고 그의 영향은 천추만세에 이어질 것이다. 그러나 그는 대한민국으로부터 외면을 받았다. 지난 반세기는 우남에게 오욕의 세월이었다. 그의 업적은 잊혔고 그의 허물은 터무니없이 과장되었다.

그런 왜곡된 평가는 필연적으로 우리가 우리 현대사를 바라보는 시각을 뒤틀리게 했다. 대한민국 덕분에 자유와 풍요를 누릴 수 있었던 국민들 가운데 많은 이들이 대한민국의 정당성을 훼손하고 성취를 폄하하는 지금 상황은 우남에 대한 의도적 폄하와 깊은 연관이 있다. 이런 상태는 개인적으로는 불의이며 사회적으로는 정체성의 왜곡이다.

2백 년 전 영국에서 죽음을 앞둔 스물 여섯 살의 시인이 서글픈 마음으로 자신의 비명을 지었다. "여기 누워 있다 그의 이름이 물로 씌어진 사람이. (Here lies one whose name was writ in water.)" 불멸의 작품들을 남긴 키츠가 스스로 지은 이 비명은 셰익스피어의 한 구절에 빗댄 것이다. "사람들의 악행들은 청동에 새겨져 남는다; 그들의 덕행들을 우리는 물로 쓴다 (Men's evil manners live in brass; their virtues/ We write in water.)"

다행히도, 키츠의 묘비엔 요절한 친구의 죽음을 애도한 셸리의 시구가 새겨졌다. "그는 그가 한때 아름답게 만들었던 아름다움의 한 부분이다. (He is a portion of the loveliness/ Which once he made lovely.)"

우남은 “그의 이름이 물로 씌어진 사람”이다. ‘이승만’ 이름 석 자가 청동에 새겨져 그가 세우고 사랑한 대한민국의 중심에 우뚝 설 때 대한민국 국민들의 정체성도 완성될 것이다.

잊혀진 영웅

학생들에게 한국 현대사를 올바로 가르치려는 움직임이 차츰 동력을 얻고 있다. 많은 사람들이 걱정해온 것처럼, 주로 좌파 지식인들이 만든 중등교육 역사 교과서들은 걱정스러울 만큼 한국에 적대적이었고 북한에 호의적이었다. 한국 현대사에서 특히 편향과 왜곡이 심했던 부분은 당연히 한국 전쟁이었다.

다행히, 좌파 정권이 물러나면서, '잊혀진 전쟁'을 새롭게 인식하고 나라를 구한 분들을 기리려는 움직임이 일었다. 2008년 9월 15일에는 해군이 인천상륙작전을 재연하는 작전을 폈다. 이어 해군은 인천상륙작전에 참가해서 서울 수복 작전에서 전사한 윌리엄 해밀턴 쇼 미 해군 대위를 기리는 추모 공원을 만들기로 했다고 발표했다. 1922년에 평양에서 태어난 그는 한국 해군의 창건에 공헌했고, 전쟁이 나자, 자신이 가르쳤던 한국 해군 장교들을 도우려 현역으로 복귀해서 참전했다.

한국 전쟁을 일으킨 북한 지도부는 미리 승리를 확신했다. 미국의 개입 가능성을 걱정한 스탈린과 마오쩌뚱에게 김일성은 '미군이 개입하기 전에 끝내겠다'고 호언했다. 그렇게 한국이 꼼짝없이 지도록 된 전쟁을 끝내 역전시킨 과정엔 당연히 수많은 영웅들의 공헌이 있었다. 한국전쟁사를 읽으면, 전투마다 우리가 기려야 할 영웅들이 나온다. 내가 꼭 기리고 싶은 영웅들 가운데 오늘 생각나는 이들은 제임스 린치(James H. Lynch) 미 육군 중령과 로버트 베이커(Robert W. Baker) 소위다.

1950년 9월 23일 04시 30분 '린치 임무단(Task Force Lynch)'은 상주 낙동리 나루에서 낙동강을 건너기 시작했다. 미 제1기병사단 제7기병연대의 3대대장 린치 중령이 이끈 이 임무단은 3대대를 중심으로 1개 전투공병 중대, 2개 전차 소대(전차 7대), 1개 야전포병 대대, 1개 중박격포 소대, 1개 수색정찰 소대로 이루어진 혼성 부대였다.

북쪽에선 9월 15일에 시작된 인천상륙작전이 계획대로 진행되고 있었다. '크로마이트 작전(Operation Chromite)'이라 불린 이 멋진 상륙 작전은 상륙 부대인 미 10군단이 북한군의 퇴로를 끊고 낙동강 전선을 지키던 미 8군이 공격에 나서서 북한군을 파괴한다는 내용이었다. 한강 남안에서 기다리는 10군단의 '모루'에 힘차게 떨어질 '망치'의 머리가 바로 '린치 임무단'이었다.

낙동리 나루를 건넌 이 부대는 10군단 예하 제7사단이 기다리는 오산으로 향했다. 진격 속도가 하도 빨라서, 이 부대는 천안에서 북한군을 따라잡았다. 베이커 중위가 이끈 제70전차대대 C중대 3소대의 전차 3대는 진격 속도를 늦추지 않고 아직 적군 전차 부대들이 있는 지역을 지나 기적적으로 오산의 제7사단 31연대 지역에 닿았다. 꼭 58년 전인 1950년 9월 26일 22시 26분이었다.

크로마이트 작전의 성공은 한국 전쟁의 구도를 단숨에 바꿔놓았다. 9월 28일에는 서울이 수복되었고, 모든 전선에서 북한군은 패주하기 시작했다. 당시 낙동강 전선에 있던 북한군 7만 명 가운데 38선을 넘어간 병력은 겨우 2만 5천 명이었던 것으로 추산된다.

이제 낙동리 나루는 기능을 잃었고 그 나루에서 차가운 새벽 강물을 건너 북진의 길에 오른 '린치 임무단'도 잊혀졌다. 그래도 나는 그려본다, 언젠가 그 나루에 비석이 서고 거기 '린치 임무단'의 공적이 새겨지는 모습을. 그 어려운 전쟁에 싸워 이 나라를 지킨 영웅들을 잊을 도덕적 권리가 우리에겐 없다.

한문문명권의 역사와 미래

박근혜 대통령의 중국 방문은 우리가 한문문명권의 역사를 깊이 살펴야 함을 일깨워주었다. 중국의 문자언어인 한문을 공용해온 중국, 일본, 월남 및 조선을 포함하는 이 지역은 인종과 문화에서 아주 동질적이다. 유가(儒家)를 사회 철학으로 삼아 그것에 정통한 학자-관리 계층이 군주정치를 떠받쳤다. 대승불교가 널리 퍼져서, 종교적으로 어느 문명보다 너그러웠다.

한문문명은 중국 당(唐) 왕조에 극성했다. 당은 높은 문화를 누렸을 뿐 아니라 교역과 외교로 국제 질서를 세웠다. 빈공과(賓貢科)는 이런 노력을 상징한다. 주변부의 나라들도 열심히 당의 문화를 받아들였다. 당시 유럽은 서로마제국이 망하고 분열되어 '암흑기'라 불린 시기였다.

불행하게도, 한문문명은 끝내 과학혁명을 이루지 못했고, 과학혁명과 산업혁명을 이룬 유럽 문명에 압도되었다. 자연히, 우세한 문명을 받아들여 사회를 발전시키는 것이 과제가 되었다. 이 일에서 일본이 경이적으로 성공해서 단 한 세대 만에 근대 국가로 변모했다. 다른 나라들이 일본을 본받자, 일본은 유럽 문명이 들어오는 도관(導管)이 되었다.

20세기 초엽 일본은 동북아를 위협하던 강대국 러시아와 싸워 이겼다. 근대에선 처음으로 비백인 국가가 백인 국가에 이긴 것이다. 당연히, 유럽의 식민지들은 일본의 승리에 고무되었고, 인도, 이집트, 월남의 지식인들은 일본에서 배우려 했다. 전사가 존 풀러는 1905년의 여순항 함락을 1453년의 콘스탄티노플 함락에 비겼다. 러일전쟁을 문명권 사이의 충돌로 본 것이다.

일본은 이런 기대를 저버렸다. 유럽 세력으로부터 한문문명권을 수호하는 대신, 그들을 본받아 침략에 나섰고 그들보다 더 악랄하게 침탈했다. 한문문명권의 수호자라는 위업을 이루기엔 일본의 도덕 수준이 너무 낮았다. 지금 한문문명권이 성찰하고 교훈을 얻어야 할 대목은 이렇게 일본이 놓친 기회다. 일본의 만행들이야, 일본의 인정이나 사과와 관계없이, 역사에 기록되었다.

패배한 일본이 인도차이나에서 물러나자, 프랑스가 다시 월남을 통치하려 했다. 공산주의 월맹(북 베트남)은 프랑스와 싸워 이기고 독립을 되찾았다. 이것은 식민지가 스스로 유럽 종주국을 물리치고 독립한 첫 사례다. 불행하게도, 월맹은 이미 정당성을 갖춘 자유월남(남 베트남)을 무력으로 점령하고 공산주의 체제를 강요해서 주민들에게 엄청난 괴로움을 주었다.

한국은 미국의 군정 아래 자유민주주의와 시장경제를 채택한 행운을 바탕으로 건강하게 자라났다. 특히, 외부지향적 정책으로 경제를 발전시킨 것은 그 자체로 큰 성취이면서 '종속 이론'에 끌리던 뒤진 사회들에 올바른 발전 모형을 제공했다. 이 사실이 우리 자긍심의 바탕이다.

반면에, 더할 나위 없이 억압적인 공산당 정권이 북한을 지배해 온 것은 같은 민족인 우리로선 참으로 괴롭다. 조선의 전통에 있던 어떤 병적 요소가 그런 지옥을 만들었나 우리는 성찰해야 한다.

묘하게도, 한문문명의 중심인 중국만이 현대 역사에 대한 기여가 없다. 1840년대에 아편전쟁으로 유럽 세력과 부딪친 뒤, 중국은 바뀐 환경에 제대로 적응하지 못했고 끝내는 일본의 침략을 받았다. 일본 육군의 태반이 중국에 묶였다는 사실이 가리키듯, 태평양 전쟁에 대한 중국의 공헌은 컸지만, 궁극적으로 일본을 패배시킨 것은 미국이다.

공산당이 중국을 장악하자, 중국의 역할은 아예 부정적이 되었다. 명령경제의 도입으로 국민들은 극도로 억압되었고 수천만 명이 굶어 죽었다. 한국전쟁에선 침략국인 북한을 도와서 국제연합으로부터 '침략자'로 규정되었다. 변경의 소수 민족들을 억압하고 둘레의 거의 모든 나라들과 국경 분쟁을 일으켰다.

그런 역사가 이번 중국 '전승절' 행사에 그늘을 드리웠다. 용전분

투한 국민당군의 공헌을 중공군이 가로챈 데다가, 함께 싸운 미국, 영국, 네덜란드 및 호주는 축하하지도 않았다. 특히, 박근혜 대통령의 화사한 모습은 다른 자유 국가의 지도자가 참석하지 않았다는 사실을 도드라지게 했다.

초강대국이 된 뒤 중국은 자신이 지향하는 세계 질서의 모습을 밝히지 않았다. 실은 나라가 커지면 책임도 커진다는 사실도 깨닫지 못했다. 한 세기 전 일본이 한문문명을 수호할 기회를 놓쳤듯이, 지금 중국은 인류 문명의 진화에 기여할 기회를 놓치고 있다. 높은 도덕 수준이 떠받쳐야 그런 기회를 잡을 수 있다.

이제 이웃들이 중국에게 도덕적 행동을 요구해야 한다. 도덕심은 사람의 천성이므로, 도덕을 강조하는 것은 어느 경우에나 현명하고 현실적인 방책이다. 모두 힘과 전략을 얘기하지만, 중국이 도덕적으로 성장하지 못한다면, 모래성에 지나지 않는다. 사회의 근본은 도덕이다. 국제 사회라고 다르지 않다.

일본의 낭만적 애국심

2015년 11월 12일 일본 신문들은 도쿄 전범 재판을 검증하는 위원회가 총리 직속 기관으로 설치된다고 보도했다. 그 날이 도쿄 재판의 선고 67주년이어서, 그 소식은 더욱 음산하게 다가왔다.

도쿄 재판은 태평양 전쟁을 공식적으로 끝낸 절차였다. 일본이 1931년 만주를 침공한 뒤 1945년 미국에 항복할 때까지 일본이 저지른 무수한 잘못들에 대해 명백한 책임이 있는 전범 25명에게 책임을 물은 것이다. 소수 지도자들에게만 책임을 물었으므로, 도쿄 재판은 '정화법'의 성격을 지녔다. 2차대전에서 일본 사람들이 지은 막중한 죄들을 상징적으로 씻어낸 것이다. 그래서 독일 뉘른베르크 재판과 함께 도쿄 재판은 참혹한 전쟁을 공식적으로 끝내고 새로운 국제 질서를 마련하는 계기가 되었다.

그런 절차를 일본 정부가 검증하겠다는 것은 2차대전 뒤에 마련된 국제 질서를 근본적으로 뒤흔드는 일이다. 일본 헌법의 조항들을 바꾸는 것과는 차원이 다르다. 일본 헌법 자체가 도쿄 전범 재판의 바탕 위에 세워진 것이다.

그 재판은 정당성도 획득했다. 선례가 없었으므로, 재판에 대한 걱정도 컸고 법리적 문제들도 지적되었다. 실제로 인도 재판관 라다비노드 팔은 일본군이 만행들을 저지른 것은 분명하지만 전범 재판은 '승자의 보복'이라면서 모든 피고들이 무죄라고 판결했다. 그러나 재판이 공정하게 진행되면서, 걱정은 많이 가셨고, 그 재판들을 인도한 원칙들은 국제법 속에 자리잡았다. 특히 '인류에 대한 범죄'는 뒤에 나온 잔혹한 범죄들을 다스리는 개념적 기초를 제공했다.

따라서 일본 정부가 이제 와서 도쿄 재판을 검증하겠다고 나선 것은 이해하기 어렵고 크게 걱정스럽다. 검증으로 일본이 얻을 실익이 없다는 점이 마음에 걸린다. 2차대전에서 일본이 보인 행적은 너무 오만하고 부도덕하고 잔인해서, 다시 거론하는 것 자체가 일본으로선 부끄럽고 손해를 보는 일이다.

결국 이번 움직임의 동력은 일본 사람들의 '낭만적 애국심'이라는 얘기가 된다. 현대 대중은 조국의 영광을 최고의 가치로 여긴다. 그래서 조국의 역사를 체험하고 조국의 '역사적 권리'들을 누리려 한다. 일본 사람들로선 일본이 동아시아와 서태평양을 정복했던 1940년대 초엽을 기억하고 당시 품었던 세계 지배의 꿈을 그리워할 것이다.

성공적 근대화로 일본이 갑자기 강성해지자, 일본 지배층은 천황을 매개로 신과 교통하는 일본 민족이 세계를 통일하고 지배하리라는 신화적 역사관을 만들어냈다. 서양의 식민지가 된 동아시아에서 서양 세력을 몰아내고 아시아 국가들이 함께 번영하는 '대동아공영권'은 그런 과정의 첫 단계였다. 물론 거기서도 지배자는 일본 민족이었고 다른 열등한 민족들은 '분수에 맞는' 자리를 차지했다. 이런 신화적 역사관에 따라, 일본은 서양 종주국들보다 오히려 훨씬 더 차별적이고 수탈적인 정책을 폈다. 그래서 처음에 일본군을 해방군으로 환영했던 동남아 사람들이 일본에 대해 적대적이 되었다. 양식 있는 일본 지식인들에겐 이런 신화적 역사관을 온 일본 사람들이 따랐다는 사실이 일본군의 만행들보다 더 부끄러울지 모른다.

낭만적 애국심은 국경 안에 머물 수 없다. 한 나라의 역사적 권리는 필연적으로 다른 나라의 역사적 권리와 부딪친다. 그래서 낭만적 애국심이 거센 지역에선 역사 전쟁이 일어난다. 전통이 단절된 적이 없고 역사에 대한 애착이 깊은 한문문명권에선 낭만적 애국심이 유난히 거세다.

전쟁은 일으키기는 쉬우나 끝내기는 어렵다. 태평양 전쟁이 그 점을 괴롭게 보여준다. 1941년 12월 일본은 펄 하버를 기습해서 큰 전과를 얻었다. 일본의 희망과는 달리, 미국은 굴복하는 대신 총력전으로 대응했다. 마침내 1944년 7월 싸이판의 함락으로 일본의 방위망이 무너지면서, 일본의 패배는 확실해졌다. 그러나 전쟁은 1

년 넘게 이어졌고 전상자들의 다수가 이 시기에 나왔다.

그래도 실제 전쟁은 전세가 기울면 끝난다. 역사 전쟁은 결코 끝나지 않는다. 두고두고 나라들과 민족들 사이의 관계를 독성으로 만든다.

1894년 5월 일본군 4천명이 제물포에 상륙했다. 조선의 요청이 없었는데도, 내란이 일어난 조선에서 거류민을 보호한다며 일본이 일방적으로 파병한 것이다. 이 출병이 청일전쟁, 러일전쟁, 조선 합병, 만주사변, 중일전쟁으로 이어져 끝내 태평양 전쟁을 불렀다. 당시 일본군을 지휘한 오시마 요시마사(大島義昌) 소장의 외증손이 아베 신조(安倍晋三) 총리다. 외조부 기시 노부스케(岸信介) 총리가 전범으로 수감되었다는 사실과 외증조부가 첫 해외 출병을 지휘했다는 사실을 아베 총리가 무겁게 받아들이고 옳은 교훈을 얻기를 희망한다.

모두 오라 함께 살자

새로운 곳으로 들어가서 자리잡기는 힘듭니다. 국가든, 공동체든, 조직이든, 신분이든, 새로운 존재가 쉽게 들어오지 못하도록 막습니다. 나와 남을 구분하는 것이 생명체와 사회의 근본 조건이므로, 그것은 자연스러운 현상입니다.

다른 편으로는, 새로운 구성원들을 맞아야, 사회나 조직은 활기를 지니고 오래 지속할 수 있습니다. 이미 안으로 들어와 자리잡은 구성원들만으로 꾸려나가면서 새로운 구성원들을 받아들이기를 거부하는 사회나 조직은 차츰 늙고 활기를 잃게 됩니다. 이처럼 나와 남을 구분하려는 태도가 스스로에게 해로운 지경에 이르면, 우리는 그것을 기득권이나 텃세라고 부릅니다.

기득권이나 텃세는 보편적 현상이어서, 흔히 당연한 것으로 여겨집니다. 이미 조직 안으로 들어온 사람들이 볼 때는 특히 그렇습니다. 찬찬히 생각해 보면, 그러나 우리는 깨닫게 됩니다, 그것이 당연하지 않다는 것을. 우리는 모두 이주민들의 후손들입니다. 지금 뭍에서 사는 모든 생명체들은 아득한 옛적에 바다에서 올라온 생명체들의 후손들입니다. 바다에서 뭍으로 올라오는 과정은 실은 지금도 이어지고 있습니다. 바닷가에서 뛰노는 망둥이들은 바다에서 뭍으로 올라와 정착하는 과정에 있습니다. 아마도 몇 백만 년 뒤 우리 후손들은 뭍에 정착한 망둥이들과 함께 살 것입니다.

우리 인류는 이 세상의 주인처럼 행세합니다만, 우리도 이주민들의 후손들입니다. 첫 인류가 나타난 것은 대략 5백만 내지 7백만 년 전입니다. 현생 인류는 20만 년 전에 동아프리카에서 처음 나타나 7만 년 전부터 온 지구로 퍼지기 시작했습니다. 우리는 이주민의 후손들이며 그것도 아주 늦게 자리잡은 이주민의 후손들입니다.

텃세를 부리고 싶어지거나 기득권을 지켜야 한다는 생각이 들 때, 우리는 이 사실을 생각해야 합니다. 그래야 가까스로 구조되지마자 구조선에 더 탈 자리가 없으니 더 태우지 말라고 외치는 조난자의 어리석고 부끄러운 모습을 피할 수 있습니다.

삶은 끊임없이 새로운 기회를 찾습니다. 그 힘은 무엇에도 좌절하지 않을 만큼 강하고 끈질기고 지략이 풍부합니다. 이 지구의 모든 곳들에 생명체들이 살고 있습니다. 생명이 도저히 깃들 수 없을 만큼 혹독한 환경에서도 우리는 생명체들이 번창하는 것을 봅니다. 인류 자신이 그 점을 증명해왔습니다. 7만 년 동안에 우리는 모든 대륙들과 심해의 섬들로 퍼져서 문명을 이루었습니다. 당연히, 지금도 사람들은 새로운 기회를 찾아 먼 땅으로 낯선 사회로 갑니다. 이제 인류는 지구를 넘어 외계로 뻗어나가려 합니다. 너무 광막해서 끝이 없고 그래서 '마지막 변경'이라 불리는 외계에선 정착민이라는 말이 큰 뜻을 지닐 수 없을 것입니다. 모두 광막한 우주로 끊임없이 뻗어나가는 지구 생태계의 한 부분일 것입니다.

따라서 새로운 기회를 찾는 사람들을 막거나 제약하는 것은 본질적으로 삶의 원리를 거스르는 일입니다. 모든 인류 사회들은 새로운 기회를 찾는 사람들에게 문을 열어주어야 합니다. 그리고 그들이 기회를 찾도록 도와주어야 합니다. 그것이 삶의 원리에 맞는 태도입니다.

현실적으로는, 그 일이 쉽지 않습니다. 많은 이주민들이 몰려오면, 자원이 많지 않은 사회는 대처하기 무척 어렵습니다. 게다가 새로 들어온 사람들에 대한 편견들이 있게 마련입니다. 우리는 날마다 이 괴로운 사실과 부딪칩니다.

1886년 뉴욕 항에선 그로버 클리블랜드 대통령이 참석한 가운데 프랑스 사람들이 기증한 여신상을 세우는 식전이 성대하게 열렸습니다. '세계를 밝히는 자유(Liberte Eclairant Le Monde)'라는 이름을 지닌 이 거대한 조상의 대좌엔 미국 시인 엠마 래저러스의 〈새로운 거인(The New Colossus)〉이 새겨졌습니다.

정복하는 두 다리로 땅과 땅을 딛고 선
그리스의 유명한 청동 거인과 달리,
여기 파도에 씻기고 노을 진 우리 문에 서리라
그 불길은 갇힌 번개인 횃불을 들고
그 이름은 망명자들의 어머니인
힘센 여인이. 그녀의 횃불 든 손에선
온 세상을 향한 그녀의 환영이 빛난다; 그녀의 부드러운 눈길은
쌍둥이 도시들이 틀 짓는 하늘 다리 놓인 항구를 굽어본다.
"오래 된 땅들이여, 그대의 많이 이야기된 위엄을 지니시오!" 하고
그녀는 침묵의 입술로 외친다. "내게 주시오, 당신의 지친 이들을,
당신의 가난한 이들을, 자유롭게 숨쉬기를 갈망하는 당신의 움츠린
이 사람들을, 집 없는 이들을, 폭풍에 시달린 이들을 내게 보내시오.
황금문 옆에 나는 등을 매답니다.

Not like the brazen giant of Greek fame,
With conquering limbs astride from land to land;
Here at our sea-washed, sunset gates shall stand
A mighty woman with a torch, whose flame
Is the imprisoned lightening, and her name
Mother of Exiles. From her beacon-hand
Glows her world-wide welcome; her mild eyes command
The air-bridged harbor that twin cities frame.

“Keep, ancient lands, your storied pomp!” cries she
With silent lips. “Give me your tired, your poor,
Your huddled masses yearning to breathe free,
The wretched refuse of your teeming shore.
Send these, the homeless, tempest-tost to me,
I lift my lamp beside the golden door!”

뒤에 ‘자유의 여신상(Statue of Liberty)’이라 불리게 된 이 조상과 거기 새겨진 힘찬 시구는 자유로운 나라 미국을 상징했고 세계의 모든 사람들에게 영감을 주었습니다.

널리 알려진 이 이야기엔, 안타깝게도, 불행한 이야기가 검은 그림자처럼 따릅니다. ‘자유의 여신상’이 서기 네 해 전에 미국은 악명 높은 ‘중국인 배제법’을 만들어서 중국인 노동자의 이민을 막았습니다. 그리고 ‘자유의 여신상’이 세워진 바로 그 해엔 일시적으로 미국을 떠난 중국인들의 재입국을 막는 법률이 시행되었습니다. 이 야만적인 법률 때문에 고국을 방문했던 2만 명의 중국인들이 미국으로 돌아오지 못하게 되었습니다.

미국의 주류인 백인들이 대부분 불과 몇 세대 전에 아메리카 대륙에 들어온 이주민들이었고 아메리카엔 이미 1만 년 이전에 정착한 원주민들이 있었다는 사실은 이런 행위를 더욱 비인간적으로 만듭니다. 중국인들에 대한 야만적 편견과 차별의 부정적 영향은 아직도 ‘차이나타운’이라는 모습으로 남았습니다. 미국 속의 중국으로 불리는 '차이나타운'은 미국의 주류 사회에 들어가서 동화될 수 없었던 중국인들의 결핍된 삶을 우리에게 보여줍니다.

이처럼 이주민들에 대한 정착민들의 텃세는 언제 어디서나 나옵니다. 낯선 사람들에 대한 경계와 차별은 사람의 천성에서 나오므로, 누구도 정착민의 편견과 기득권으로부터 자유로울 수 없습니다. 그래서 우리는 늘 성찰해야 합니다, 나도 모르게 이주민들을 차별하는 것은 아닌가.

온 지구가 하나의 제국이 되어가고 국경은 점점 낮아지고 성기어지므로, 이런 성찰은 점점 더 중요해집니다. 국경을 강화해서 새로운 기회를 찾아 새로운 삶을 시작하려는 사람들을 막는 것은 삶의 원리를 거스르는 일임을 우리는 깊이 새겨야 합니다. 이번에 시리아 해안에 밀려온 세 살 난 아기의 모습은 사람들로 하여금 마음을 둘러싼 편견과 무관심의 단단한 껍질을 깨고 나오도록 했습니다. 만일 이번 일로 국경이 조금이라도 낮아지고 성기어진다면, 더할 나위 없이 애처로운 그 아기의 죽음은 헛되지 않을 것입니다.

지금 북한과 중국 사이의 두만강과 압록강은 어떤 국경보다 위험합니다. 그 위험한 강을 건너, 북한 주민들이 지옥을 탈출하고 있습니다. 교역과 이주가 어느 곳보다 자유로웠던 고대 페니키아의 해변에 밀려온 아기의 시신보다 훨씬 더 가슴 아픈 모습들이 이 시각에도 두만강과 압록강에서 나오고 있습니다. 안타깝게도, 우리 사회는 북한을 탈출한 사람들에게 문을 활짝 열지 못했습니다. 우리는 이 부끄러운 사실을 깊이 반성해야 합니다.

강을 건너는 사람들의 위험에 함께 가슴을 졸이지 않는다면, 국경을 넘은 뒤에 그들이 겪는 어려움에 함께 아파하지 않는다면, 힘들게 우리 대한민국으로 들어온 탈북 동포들을 따스하게 대하고 세심하게 배려하지 않는다면, 우리의 인간성은 그만큼 왜소해집니다. 누구도 우리가 거대한 삶의 한 부분이라는 사실을 외면하고서, 대가를 치르지 않을 수는 없습니다. 이제 우리는 외쳐야 합니다. "모두 오라. 함께 살자!"

탈북 동포들을 잘 대하는 것이 우리에게 큰 현실적 이익을 준다는 얘기는 여기서 되풀이하지 않겠습니다. 도덕적으로 옳은 일을 놓고서 이해를 따지는 것은 어쩔 수 없이 초라해지기 때문입니다.

그래도 한 가지만은 말씀 드려야 하겠습니다. 모두 통일에 대해 준비해야 한다고 합니다. 맞는 얘기입니다. 그리고 힘들게 북한을 탈출해서 우리 사회로 들어온 사람들을 환영하고 품어서 우리 사회의 온전한 시민들로 만드는 것보다 통일을 위한 준비로서 좋을 것은 없습니다. 한 마디로, 그것은 통일의 예행연습입니다.

이 중요한 일에서 자유통일문화원이 실속 있는 기여를 하리라 믿습니다. 감사합니다.

미래를 함께 할 사람들

지난 한 해를 돌아보면, 중요한 함의들을 지닌 사건들은 대개 눈에 잘 뜨이지 않는 것들이라는 경험을 되새기게 된다. 시리아 난민 200명이 입국 신청을 하고 우리 정부가 미얀마의 카렌 족 난민 22명을 데려온 것이 대표적이다.

난민들을 받아들이는 것은 도덕적으로나 타산적으로나 옳다. 도움을 청하는 사람들 앞에서 문을 닫아버리는 처사는 우리 천성에 어긋나고 우리 국력을 줄인다. 스페인 철학자 오르테가 이 가세트의 지적대로, 국민의 본질은 "미래를 공유하는 사람들"이다. 이 땅에서 살기를 간절히 바라므로, 난민들은 대한민국의 시민들이 될 자격을 갖췄다.

물론 난민들을 받아들이기는 쉽지 않다. 준비가 잘 된 미국이나 유럽도 애를 먹는다. 시리아 난민들의 경우, 이슬람 근본주의자들이 섞였을 위험도 있다. 그래도 우리나라로 들어오는 난민들이 빠르게 늘어나므로, 우리는 이 문제에 관심과 자원을 더 들여야 한다.

당장 중요한 것은 신속한 입국 수속이다. 공항에서 입국 허가를 기다리는 것은 연옥의 삶이다. 시리아 난민들 가운데 135명은 '준난민'으로 국내에서 체류하고 나머지 65명은 공항에서 수속을 밟고 있다니, 다행이다.

난민이든 이주 노동자든 한번 들어오면, 대부분 눌러앉게 마련이다. 독일에서 일했던 터키와 한국의 이주 노동자들은 다수가 거기 정착했고 그들의 자식들은 독일 시민들이 되었다. 우리는 난민들과 이주 노동자들의 다수가 여기 뿌리를 내리리라 예상하고 대응해야 한다.

이민 1세대는 어느 사회에서나 큰 자산이다. 잘사는 곳에 들어와 생계를 꾸리는 것만도 행운으로 여기고, 주민들이 마다하는 일들을 즐겁게 한다. 우리 사회에서도 이주 노동자들 덕분에 공장들이 제대로 돌아간다.

문제는 2세대에서 나온다. 그들은 어엿한 시민들로 태어난다. 그러나 불리한 가정 환경으로 교육을 제대로 받지 못하고 갖가지 차별들을 받는다. 좋은 직업에 종사하기 어렵고 실업자들이 많다. 당연히, 그들은 사회에 대한 불만이 크고 자칫하면 반사회적 성향을 보이게 된다. 알제리계 프랑스 청년들이 파리 둘레 빈민촌들에서 자주 폭동을 일으키는 것은 전형적이다.

우리 사회에 들어오는 난민들이나 이주 노동자들이 대부분 이슬람 교도들이라는 사실도 문제를 낳을 수 있다. 이민 2세대가 극단적 이슬람 세력의 영향을 받지 않도록 하려면, 그들이 제대로 배워 우리 사회에 충분히 동화되고 좋은 일자리를 얻도록 해야 한다. 그들이 차별을 받는다고 느끼면, 당사자들만이 아니라 우리 사회의 불행이다.

가장 급한 것은 그들이 언어를 제대로 배우도록 하는 것이다. 뿌리 뽑힌 가정에서 자라나는 아이들은 말을 배우는 데 큰 어려움을 겪는다. 언어가 그리도 중요하므로, 언어 능력에서의 작은 부족도 결정적 장애가 된다.

언어는 어릴 적에 둘레의 어른들이 말하는 것을 들으면서 스스로 배운다. 이민 가정의 부모는 한국어에 서투르므로, 아이들은 부모의 모국어를 모국어로 삼게 된다. 이어 학교에서 한국어를 배우므로, 한국어는 제2언어가 된다. 세계화가 깊어지는 현대에서 이런 이중언어 사용자들은 우리 사회의 자산이다.

여기서 결정적으로 중요한 것은 아이들이 부모의 모국어를 제대로 배우도록 하는 것이다. 만일 부모로부터 충분히 모국어를 배우지 못한 채 학교에 들어가면, 그 아이는 부모의 모국어와 한국어 둘 다 제대로 배우지 못해서 언어 능력이 뒤질 수 있다. 이런 분산적 이중언어사용(distractive bilingualism)은 당사자의 불행일뿐더러 사회에 짐이 된다.

이민 가정들에서 아이들이 언어들을 제대로 배우도록 하는 일은 일차적으로 정부의 기능이다. 그러나 관료주의에서 자유로울 수 없는 공무원들이 섬세하고 지속적인 관심과 투자가 요청되는 이런 일을 만족스럽게 하리라 기대할 수는 없다.

자선 단체의 지원을 받는 전문가들은 정부가 미쳐 살피지 못한 부분들을 메울 수 있다. 난민들과 이주 노동자들을 고용한 기업들과 자선 단체들이 협력한다면, 이 일을 효율적으로 할 수 있을 것이다.

냉전이 한창이던 1970년대에 밀튼 프리드먼은 중앙 당국에서 모든 것들을 계획하는 사회주의 체제에선 자선이 설 곳이 없다고 지적했다. 반면에, 자본주의 사회에선 자선이 늘 나와서 체제를 건강하게 한다.

독일 잠수함들의 공격으로 영국이 심각한 식량 부족을 맞았던 1943년, 처칠은 "어떤 공동체에서든 아기들에게 우유를 먹이는 것보다 더 좋은 투자는 없다"고 했다. 낯선 풍토에서 두 개의 언어를 배우려 애쓰는 아이들에게, 미래의 우리 시민들에게, 지금 도움을 주는 것은 우유를 먹이는 것에 버금갈 만큼 효율적인 투자다.

인공지능의 본질과 혁명성

바둑 프로그램 알파고가 이세돌 9단에 첫 판을 이겼다. 인공지능이 사람의 지능을 빠르게 추월하는 추세를 걱정한 사람들이 마지막 희망을 건 분야들 가운데 하나가 바둑이었으므로, 문화적 충격은 작지 않을 것이다.

그러나 궁극적 승부는 이미 정해진 터였다. 설령 이번 대전들에서 전패하더라도, 알파고가 멀지 않은 장래에 인간 기사들을 이기리라는 것은 확실했다.

장기든 바둑이든 고스톱이든, 게임이라 부르는 것들은 본질적으로 '계산 장치'다. 그리고 계산이야 인공지능이 사람의 지능보다 훨씬 낫다. 서양 장기에서 인공지능이 최고수를 이긴 것은 벌써 여러 해 전이다. 10대 후반의 기사들이 이름 높은 바둑 고수들에게 흔히 이기는 현상도 그 나이에 사람이 계산을 가장 잘 하기 때문이다.

인공지능은 빠르게 사람의 지능을 보강하고 대치한다. 이미 여러 분야들에서, 특히 진료와 법적 판단에서, 전문가 체계(expert system)라 불리는 인공지능이 자리를 잡았다. 전문가 체계는 해당 분야의 전문가들이 참고하는 규칙들과 자료들을 정리해서 스스로 판단할 뿐 아니라 스스로 배우는 능력까지 갖춰서 새로운 상황에 적응한다.

이런 추세에서 상징적 사건은 이미 40년 전에 나왔다. 19세기 중엽 수학자들은 '4색 추측'을 내놓았다. 맞닿은 구역이 같은 색이 아니도록 지도를 칠하는 데는 네 가지 색깔들로 충분하다는 얘기다. 이 추측의 증명은 보기보다 힘들어서 1976년에야 나왔다. 그러나 증명 과정이 너무 방대하므로, 컴퓨터 프로그램만이 따라갈 수 있다. 인공지능이 수학적 증명의 본질적 부분이 된 것이다.

인공지능이 우리 삶을 근본적으로 바꾸어 왔지만, 우리 사회에선 그것의 성격에 대한 논의가 드물었다, 당장 일자리들에 미치는 부정적 영향을 주로 얘기한다. 알파고의 선전은 인공지능에 대한 진지한 논의가 나오는 계기가 될 수 있다. 인공지능은 왜 그리도 혁명적인가?

생명체들은 환경에 적응하면서 생존한다. 그렇게 적응하는 기본적 수단은 유전자들에 담긴 지식으로 본능이라 불린다. 환경에 빠르게 반응하기 위해서 동물들이 발전시킨 뇌에 담긴 지식은 지능이라 불린다. 사회에 존재하는 지식은 문화라 불린다.

인공지능은 말 그대로 사람의 뇌에 자리잡은 지능을 보완한다. 사람의 지능이 만든 기술이지만, 다른 기술들과 달리, 지능과 같은 수준에서 작동한다. 여기에 인공지능의 혁명성이 있다.

그래서 기계들에 인공지능이 장착되면, 기계들은 자율성을 지니게 된다. 무인항공기나 '운전자 없는 자동차'는 이런 추세를 잘 보여준다. 지금까지는 기계들이 사람의 근육을 보강하거나 대치했지만, 인공지능이 장착된 기계들은 사람을 완전히 밀어낸다.

여기서 주목할 점은 사람의 뇌는 거의 바뀌지 않는다는 사정이다. 사람의 뇌는 이미 생존에 필요한 수준보다 9배 가량 커서, 출산이 무척 힘들고 위험하다. (사람은 다른 유인원들보다 뇌가 3배 가량 크고, 유인원들은 원숭이들보다 뇌가 3배 가량 크다.)

반면에, 인공지능의 용량은 제약이 없다. 그리고 한 가지 일을 잘하는 인공지능들을 한데 융합하는 일이 어려운 것도 아니다. 실은 사람의 지능도 한 가지 일만 하도록 된 단순한 프로그램들이 차츰 융합된 것이다.

이런 추세의 끝은 모든 면들에서 사람들을 뛰어넘는 인공지능의 출현일 것이다. 사람의 뇌는 10의 44승 비트의 정보를 저장할 수 있다. 현재 가장 큰 컴퓨터는 10의 14승 비트를 저장할 수 있다. 아직은 차이가 크다. (참고로, 우주는 대략 10의 100승 비트를 저장할 수 있다고 추산된다.) 그러나 컴퓨터는 인공지능의 뇌가 아니라 신경세포에 해당된다. 인터넷으로 연결된 컴퓨터들 모두가 인공지능의 뇌다. 사물인터넷이 보급되면, 그 뇌는 엄청나게 커질 것이다. 초지능

(super-intelligence)은 그렇게 커진 물질적 바탕에서 나올 가능성이 크다. 바로 생명이나 의식이 나온 창발적 과정이다. 이런 시나리오는 과학소설가 로버트 하인라인과 버너 빈지가 설득력있게 제시했다. 현재 전문가들의 평균적 예측은 2040년경에 그런 초지능이 나오리라고 본다.

생명의 본질은 정보처리며, 진화는 생태계의 정보처리 능력을 늘린다. 따라서 인간보다 정보를 잘 처리하는 종의 출현은 논리적이다. 생태계의 진화에서 중요한 것은 정보처리의 향상이지 어느 종이 그것을 맡느냐 하는 문제는 아니다. 그래서 초지능은 궁극적으로 새로운 생물적 종이 될 것이다. 과학소설가들은 이미 호모 로보티쿠스(Homo roboticus)라는 이름을 지어놓았다.

그렇게 뛰어난 인공지능이 나타난 세상에서 사람은 어떤 존재가 될까? 중요한 결정들은 모두 초지능이 내리는 상황에서 사람은 어떻게 살아야 할까? 과연 초지능은 인류에게 호의적일까?

인공지능이 미치는 영향을 우리는 주로 경제 분야에서 느낀다. 전통적 일자리들은 많이 사라지는데, 새로운 일자리들은 적다. 새로운 환경에 잘 적응한 사람들은 엄청난 소득을 올리지만, 다수는 적응이 어려워서, 소득 격차는 점점 커진다.

그런 경제적 영향은 심각한 문제지만, 그 너머엔 인류의 운명을 결정하는 실존적 문제들이 도사리고 있다. 그리 멀지 않은 미래에 나타날 호모 로보티쿠스와 호의적이고 협력적인 관계를 맺는 일이 인류의 운명을 결정할 것이다.

초지능이 나온 세상에서 생태계에 군림하는 사람의 지위는 불안할 수밖에 없다. 초지능이 자신을 낳은 인류에 호의적이리라는 보장도 없다.

실제로 많은 석학들이 인공지능의 연구를 자제하자고 주장한다. 그런 제안은 부질없지만, 그들이 고뇌하는 문제들은 우리도 성찰해야 한다.

그러면 바둑의 장래는? 알파고가 사람보다 잘 둔다 해서, 애기가들이 수담을 마다할 리는 없다. 기계가 사람보다 훨씬 빨리 달린다고, 100미터 경주가 시들하거나 우샤인 볼트의 인기가 줄지 않는다. 그래서 이창호나 이세돌의 일화들은 오래 전설로 남을 것이다. 사람에게 궁극적으로 흥미로운 것은 사람이다.

인공지능과 사람의 지능

이세돌 9단과 알파고 사이의 대국은 여러 모로 흥미로웠고 교훈적이었다. 나로선 사람의 천성에 대해 성찰할 기회를 얻은 것이 반가웠다.

알파고의 기력은 중앙의 계산에서 두드러졌다. 중앙의 착점이 지닌 가치를 상당히 정확하게 계산하는 듯했다. 직업 기사들도 중앙의 계산에선 초보적이어서, 계산된 '실리'에 대비되는 '세력'이란 개념을 쓴다. 중앙 전투에 도움이 되는 착수는 '두텁다'고 하고 그렇지 못하면 '엷다'고 한다. 상대적으로 탁월한 중앙 계산이 알파고의 핵심적 능력인 듯하다.

중앙의 계산이 약하므로, 기사들은 귀와 변의 실리에 먼저 마음을 쓴다. 알파고는 중앙의 계산을 이용해서, 중앙 작전을 주도했다. 그런 기풍은 화려한 세력 작전으로 '우주류'라 불렸던 다케미야 마사키(武宮正樹) 9단의 기풍을 떠올리게 했다.

인공지능과 사람의 지능 사이의 이런 미묘한 차이들은 사람의 본성을 엿볼 수 있는 창문 노릇을 했다. 먼저 눈에 들어온 것은 기사들이 보인 돌에 대한 집착이었다. 돌과 집은 같지만, 기사들은 본능적으로 집보다는 돌에 끌리는 듯했다.

사람의 지능은 추상적인 것들보다 구체적인 것들을 잘 다루도록 진화했다. 예컨대, 아이들은 "3 더하기 4는 몇?"이라는 물음보다 "사과 3개에 사과 4개를 더하면 몇 개?"라는 물음에 빨리 대답한다. 바둑을 배우는 사람들은 돌을 살리는 데 마음을 쓰지만, 바둑 실력이 늘수록 집을 따지게 된다.

제2국에서 알파고가 상대의 작은 말을 잡고 대신 자기의 큰 말을 잡혔을 때, 이 9단이 혹시 알파고가 실수한 것이 아닌가 화면을 확인한 장면에서 그 점이 잘 드러났다. 모두 알파고가 실수했다고 흥분했지만, 알파고는 선수를 얻어 보다 큰 이득을 보았다.

사람이 보이는 구체성에 대한 편향은 소유 효과(endowment effect)라 불리는 편향으로 강화된다. 사람은 자기가 소유한 것들에 객관적 가치보다 높은 가치를 부여한다. 그래서 기사들은 자기 돌들을 죽이는 것을 꺼리고 사석작전을 좀처럼 하지 않는다.

사람은 누구나 위험회피자들이다. 사람은 승패의 확률이 반반인 일에 돈을 걸지 않는다. 액수는 같지만, 딸 돈보다 잃을 돈이 가치가 크기 때문이다. 사람의 욕구엔 우선순위가 있다. 그래서 생존에 필수적인 것들에 먼저 쓰고 점차 사치적인 일들에 쓴다. 모든 사회들엔 '손 안의 새 한 마리가 숲 속의 새 두 마리보다 낫다'는 내용의 속담들이 있다.

기사들도 위험을 피한다. '실리를 싫어하는 기사 봤나?'는 얘기에 그들의 태도가 잘 드러난다. 작지만 확실한 이익을 상당히 클 수도 있지만 불확실한 이익보다 선호한다는 얘기다. 그래서 유리해지면 안전하게 둔다. 알파고는 위험부담자의 면모를 보였다. 제3국에서 유리해진 뒤에도 승리를 굳히는 수를 두지 않았다.

알파고는 바둑의 규칙에 따라 계산만을 하도록 설계된 인공지능이다. 즉 바둑 전문가다. 반면에, 사람을 포함한 모든 생명체들은 환경에서 살아남도록 진화되었다. 즉 사람의 지능은 생존 전문가다.

생존하려면 많은 일들에서 잘해야 한다. 그러나 지능의 바탕인 뇌는 용량이 한정되었다. 따라서 사람의 지능은 어떤 기능이든지 생존에 필요한 수준만큼만 잘 하도록 진화했다. 생존에 가장 중요한 물체 인식과 안면 인식에서 사람의 지능은 뛰어나다. 엄청난 투자에도 불구하고, 인공지능이 이 두 분야에서 아직 초보적이라는 사실은 이 점을 보여준다.

우리는 합리적으로 판단하도록 진화했다. 판단에 필요한 정보의 수집엔 비용이 든다. 그래서 우리는 적당한 수준에서 수집을 멈춘다. 이런 '제약된 합리성'의 논리가 사람의 지능 자체에도 적용되는 셈이다.

보다 나은 정보 처리를 위하여

1920년 오스트리아 경제학자 루트비히 폰 미제스는 사회주의 체제가 작동할 수 없다고 단언했다. 시장에선 수많은 개인들과 기업들이 끊임없이 방대한 정보를 처리해서 수요와 공급이 균형을 이룬다. 정부는 그런 정보 처리 능력이 없다. 그래서 사회주의 체제는 아주 적은 정보로 거칠게 계산해서 만든 계획에 의지하게 된다. 당시는 사회주의의 청사진이 제시되지 못한 때였다. 미제스는 아직 태어나지 않은 사회주의 체제에 사망 진단을 내린 것이다.

사회주의가 '인류의 미래'라 일컬어지던 시기인지라, 그런 진단은 거센 반론을 만났다. 20세기 사회과학의 가장 중요한 논쟁인 '사회주의 계산 논쟁'은 그렇게 시작되었다.

이어 하이에크는 사회주의가 정보에 관한 그른 가정에 바탕을 두었음을 지적했다. 사회 운영에 필요한 정보는 거의 다 개인들이 지녔고 정부가 이내 이용할 수 있는 상태로 존재하지 않는다. 정부가 정보를 모으는 데는 비용과 시간이 소요되므로, 정부는 늘 빈약하고 묵은 정보만으로 경제를 운영하게 된다. 자연히, 정부가 주도하는 사회주의 명령경제는 개인들이 주도하는 자유주의 시장경제보다 훨씬 못하다.

논쟁이 진행되자, 사회주의자들도 정보 처리의 중요성을 깨닫게 되었다. 마침내 그들은 정부가 시장과 비슷한 기구를 만들어 정보를 처리하는 '시장 사회주의'를 제시했다. 하이에크의 반응은 간명했다 - 시장이 이미 존재하는데 '짝퉁 시장'을 일부러 만든다고? 그것으로 '사회주의 계산 논쟁'은 실질적으로 끝났다.

이번 메르스 파동은 우리 정부가 명령경제 방식으로 정보를 처리한다는 것을 아프게 보여주었다. 전염병이 돌면, 사람들은 갑작스럽게 닥친 위험에 대처해야 한다. 그럴 때 전염병의 성격과 보균자들에 관한 정보는 긴요하다. 그러나 정부는 그런 정보를 독점했다. 감염자들을 골라내는 데 필요한 정보를 달라는 의사들의 호소까지 외면했다. 그런 정보를 알리면, 시민들이 공황에 빠진다는 얘기였다.

정부의 정보 독점은 예상된 효과들을 모두 낳았다. 자신이 감염되었음을 모르는 사람들은 제약 없이 움직였고, 의사들은 진료에 어려움을 겪었고, 병은 빠르게 전파됐다. 시민들은 보이지 않는 병균들로부터 자신들을 지킬 길이 없자, 공황에 빠졌다. 전염병 정보에 대한 수요가 커지자, 질 낮은 정보들이 공급되었다.

정부는 아무리 애써도 전염병의 차단에 필요한 정보를 충분히 지닐 수 없다. 하이에크가 역설한 것처럼, 필요한 정보는 개인들이 지녔다. 누가 열이 나는지 누가 누구를 만나는지 정부가 어떻게 실시간으로 알아서 필요한 사람들에게 알려주겠는가? 시민들이 스스로 위험 요인들을 알고 판단해야 한다. 그리 하려면, 시민들은 필요한 정보를 제때에 정확히 알아야 한다.

실은 정부는 자신이 제대로 움직이는지조차 잘 모른다. 시민들이 아우성을 쳐야, 어디에 문제가 있는지 비로소 알게 된다.

대부분의 정보들은 시민들이 지녔다는 것을 잘 아는 부처는 경찰이다. 경찰은 자주 현상금을 걸고 용의자들을 수배한다. 이번 메르스 파동에선 현상금을 걸 필요도 없었다. 정부가 지닌 정보가 공개되면, 모든 시민들이 자발적으로 감염 위험들로부터 멀어졌을 것이고 감염은 크게 줄어들었을 것이다.

'노동의 지도'를 원리로 삼는 사회주의 사회에서 개인들은 스스로 결정할 일들이 적고 필요한 정보도 적다. 자유주의 사회에선 개인들이 스스로 판단하므로, 필요한 정보가 많다. 당연히, 정부는 시민들에게 정보를 충분히 그리고 빨리 제공해야 한다.

삶의 본질은 정보 처리다. 무생물은 정보를 처리하지 않는다. 개체들은 유전자에 담긴 본능적 정보와 뇌에서 처리된 지적 정보를 이용해서 환경에 적응한다. 독자적으로 정보 처리를 한다는 사실이 개체들의 정체성과 위엄을 떠받친다.

말기 환자에게 가족이 나쁜 예후를 알려주지 않는 일이 흔하다. 선의에서 나왔지만, 그것은 환자가 스스로 정보를 처리해서 판단할 능력이 없다고 여기는 것이며 당사자를 근본적 수준에서 경멸하는 행위다. 그런 대우를 바라는 사람이 있을까?

투표를 앞두고 여론조사 결과를 못 밝히게 한 것도 시민들이 어리석다고 보는 예다. 유권자들이 최신 정보를 이용해서 전략적 투표를 할 여지를 줄이고, 여론조사를 할 수 있는 사람들이 일반 시민들을 조종할 여지를 늘린다.

관료들은 정보를 독점하려는 경향이 있다. 합리적 판단에 필요한 정보를 시민들로부터 감추는 것은, 무슨 이유를 들든, 시민들의 정체성을 훼손하고 인격을 경멸하는 것이다. 조만간 끝나 기억에서 빠르게 사라질 메르스 파동에서 우리가 얻어야 할 교훈들 가운데 근본적 중요성을 지닌 것은 정보 처리에 관한 것이다.

마지막 변경을 향하여

현대 문명은 점점 거대해지고 복잡해진다. 빠르게 불어나는 정보의 홍수는 상황을 악화시킨다. 그래서 현대 문명은 점점 이해하기 힘들어진다.

사람은 이해할 수 없는 것들을 두려워하고 공격한다. 소박한 공동체를 이루어 살려는 시도부터 신정정치를 지향하는 근본주의까지, 문명에서 벗어나려는 움직임들이 갖가지 모습으로 나온다. 그러나 한번 발명된 것은 없앨 수 없다. 누구도 문명 사회를 떠나서 생존할 수 없다.

이처럼 혼란스러운 상황에 대처하려면, 현상들 아래에 있는 맥락을 찾는 것이 긴요하다. 우리 삶이 뻗어가는 방향을 가늠하면, 점점 빠르게 바뀌는 환경에 보다 잘 적응할 수 있다.

생명은 가능성의 영역에 머물던 것들을 구체화한다. 생명이 없던 지구를 다양한 생명체들이 덮었다. 여러 종들이 사회를 이루었고 나름의 문화를 발전시켰다. 인류 문명은 이런 과정을 크게 가속시켰다. 이제 지구 생태계는 사람의 주도 아래 외계로 뻗어나가려 한다.

1957년 '스푸트니크 호'가 연 외계 시대는 1969년 '아폴로 11호'의 달 탐사로 큰 운동량을 얻었다. 이제 무인 우주선들이 태양계를 탐사하느라 분주하다. 1977년에 발사된 '보이저 호' 두 척은 바깥 행성들의 탐사 임무를 마치고 컴컴한 성간공간을 항해한다. 농사짓기 시작한 지 1만 년 남짓한데, 인류는 아득한 외계로 진출하는 것이다.

미국의 '행성협회'가 '햇살돛(solar sail/light sail)'을 발사한다는 소식이 얼마 전에 보도되었다. 이 계획은 외계 진출에서 작지만 뜻있는 시도다. 하긴 과학과 기술에 무심한 우리 신문들이 이런 소식을 보도한 것도 작지만 뜻있는 진보다.

햇살돛은 태양의 방사압(radiation pressure)으로 추진되는 우주선이다. 아주 얇은 돛에 햇살을 바람처럼 받으면서, 외계를 항해한다. 광막한 외계에선 연료를 싣고 가는 로켓은 연료 무게 때문에 비실용적이다. 대안들 가운데 가장 현실적인 것이 햇살돛이다. 연료가 필요 없고 구조가 간단해서, 무척 경제적이다. 끊임없이 가속되니, 장거리 여행에선 속도도 빠르다.

햇살돛을 처음 생각해낸 사람은 케플러다. 혜성의 꼬리가 늘 태양의 반대쪽을 향한다는 사실로부터 태양에서 무슨 바람이 분다고 추론한 다음, 언젠가는 외계를 건너는 돛배가 나오리라고 예견했다. 1864년 제임스 클럭 맥스웰이 전자기장 이론을 발표하자, 케플러의 추론은 이론적 바탕을 얻었다. 이듬해 선구적 과학소설 작가 쥘 베른은 빛이나 전기로 추진되는 우주선이 나오리라고 말했다. 마침내 1976년 미국 JPL이 핼리 혜성과의 만남을 위해 햇살돛을 설계하기 시작했다.

햇살돛 연구에서 단연 앞선 나라는 일본이다. 2010년 5월 21일 일본 우주항공연구개발기구는 햇살돛 우주선 'IKAROS 호'를 로켓에 얹어 발사했다. 6월 10일 이 우주선은 두께가 7.5마이크로미터이고 한 변이 14미터인 정사각형 햇살돛을 성공적으로 폈다. 포개어진 돛을 우주선 스스로 펴는 일은 보기보다 까다롭다. 이 우주선은 반년 뒤에 금성 궤도에 이르러 임무를 수행했다. 그 뒤엔 10개월 주기로 태양을 돈다. 태양 가까이 가면, 태양광 전지가 작동되어 깨어나서 교신하고, 태양에서 멀어지면, 동면한다. 현재 4번째 잠에서 깨어나 교신하고 있다. 대단한 성취다.

햇살돛은 과학소설을 통해서 열렬한 지지자들을 얻었다. 쥘 베른의 〈지구에서 달까지〉가 나온 뒤, 여러 작가들이 햇살돛으로 추진되는 우주선들을 그렸다. 달 탐사 계획이 진행되던 1960년대에 뛰어난 작품들이 많이 나왔다. 그런 작품들은 젊은이들의 가슴에 외계 여행의 꿈을 심었다. 하늘하늘한 돛폭에 햇살을 받으면서 컴컴한 외계를 항해하는 햇살돛보다 더 아름답고 낭만적인 것을 상상할 수 있을까?

사람은 밥만으로 사는 것이 아니다. 일상 속에서 찌들어도, 아니 찌들기 때문에 더욱, 우리 마음은 모험과 낭만을 찾는다. 진정한 모험과 낭만은 변경만이 줄 수 있다. 미국 사람들이 서부의 변경을 그리도 그리워하는 까닭이, 새로운 변경을 찾자고 외친 케네디의 호소가 그리도 큰 호응을 얻은 까닭이, 거기 있다. 인류에 열린 변경들 가운데 가장 기본적이면서도 결코 다하지 않는 변경은 외계다. 그래서 '마지막 변경'이라 불린다. 꿈을 잃고 모험을 마다하는 우리 젊은이들에게 변경으로 가는 길이 이미 열리고 있다는 사실을 깨우쳐주는 것은 뜻이 깊다.

우리 마음을 답답하게 하는 추문들과 다툼들은 물결들에 지나지 않는다. 외계로 나가려는 노력들은 조류의 한 부분이다. 아무리 거세어도 물결들은 순간적이다. 아무리 느려도, 조류는 뗏목을 먼 땅으로 인도한다.

대한민국 보수가 지켜야 할 가치

초판 1쇄 발행 2016년 12월 10일
초판 2쇄 2016년 12월 26일

지은이 | 복거일

펴낸곳 | 북앤피플
대 표 | 김진술
펴낸이 | 김혜숙
디자인 | 박원섭
마케팅 | 이종률

등 록 | 제2016-000006호(2012. 4. 13)
주 소 | 서울시 송파구 삼학사로 14길 21
전 화 | 02-2277-0220
팩 스 | 02-2277-0280
이메일 | jujucc@naver.com

ISBN 978-89-97871-27-8 03810